KB096046

고구려

6

고구려6 한의 바다

개정판 1쇄 발행 | 2021년 6월 14일
개정판 12쇄 발행 | 2024년 10월 2일

지 은 이	김진명
발 행 인	김인후
편 집	정은진, 박 준 **마 케 팅** 홍수연
디 자 인	이정아, 원재인 **경영총괄** 박영철
주 소	서울시 은평구 통일로1034, 판매시설동 228호
문 의 전 화	02-322-8999
팩 스	02-322-2933
블 로 그	https://blog.naver.com/eta-books
발 행 처	이타북스
출판등록	2019년 6월 4일 제2021-000065호

ⓒ 김진명, 2021
ISBN 979-11-970632-6-8 04810
        979-11-970632-0-6 (세트)

김 진 명 역 사 소 설

고구려

6

소수림왕

한의 바다

이타

「고구려」소수림왕 편 등장인물

고구부(高丘夫)

고구려 제17대 소수림왕. 법제를 정비하고 태학을 세우며 불교를 받아들이는 등 국가의 기반을 마련하는 한편 크고 작은 모든 전쟁을 승리로 이끈다. 세상을 바라보는 눈이 다른 이와 달라 매 순간 외로움을 벗어나지 못함에도 그 모두를 포용하고 이해하는 탁월하면서도 인간적인 인물.

고이련(高伊連)

사유의 둘째 아들. 백제를 미워하여 부여수와 거듭 전쟁을 치르지만 늘 패배한다. 제 뛰어난 형을 한없이 존경하고 따르는 고구려의 전형적인 무인으로 고구려에 대한 맹목적인 애정과 자부심을 열정으로 삼아 평생을 구부러지지 않고 앞으로 나아간다.

단청(丹靑)

촌민의 딸. 유학자들의 극성에 아버지를 잃고 불가에 귀의한다. 속세의 모든 것을 비워내는 수양을 거듭하면서도 매일 잠자리에 들기 전 유학을 퍼트린 공자, 태학을 세운 태왕, 그리 되뇌며 갈 곳 잃은 원한을 되새긴다.

백동(白童)

학문을 너무나도 사랑하는 청년. 민란에 아버지를 잃고 동진(晉)으로 건너가 배움을 갈구한다. 결국 천하 유학의 아버지라는 사안과 소왕(小王) 왕헌지를 만나 유학을 사사한다.

사안(謝安)

왕희지를 이은 난정 문인의 웃어른. 한(漢)인의 높은 스승으로 막후에서 동진(晉)을 이끈다. 칼이 아닌 붓이 진실로 세상을 지배한다 여기고 보이지 않는 곳에서 한(漢)인의 천하를 만들어가는 인물.

왕헌지(王獻之)

왕희지의 아들로 본인 또한 이름 높은 유학자. 당장 나라의 약함을 개탄하며 사안과 함께 한(漢)인 천하의 천년 대계를 만들어간다.

부여구(扶餘句)

백제 제13대 근초고왕. 백성을 벗으로 여기며 나라의 뜻을 모아 백제의 최전성기를 이끌어낸 성군. 후회와 모자람이 없는 삶을 살다가 천명하고 일선에서 물러났으나 구부와의 옛 인연이 그를 불러낸다.

부여수(扶餘須)

어려서부터 아버지를 따라 종군한 백전의 명장. 오로지 고구려와의 싸움에서 이기는 것만이 자신의 숙명이며 백제의 숙제라 생각한다. 이련의 숙적.

모용수(慕容垂)

모용황의 아들. 무예와 지략을 겸비한 명장이지만 연(燕)나라를 저버리고 전진(秦)에 신종하여 배신자의 오명을 얻는다. 많은 사연이 얽힌 인물로 훗날을 위해 끝없이 인내하고 인내하는 굳건한 의지의 사내.

고운(高雲)

고씨 가문의 자손이지만 연나라에 인질로 잡혀가 모용씨와도 친분이 있다. 고구려로 돌아와 흙색 깃발의 아래에 서고도 모든 순간에 반 발짝 뒤로 물러서 있는 애매한 인물. 매사에 신중하고 침착하며 자기애가 강하다.

六家為看烟 農賣城國烟一看烟

□城六家為看烟 於利城□八家

即□一家為看烟 王□言教如此

略來韓穢 令備洒掃 律言數如此

教言 祖王先王 但教取遠□即

六家□看烟 就□城八家

國上廣開土境好太王□三百都

雖有富足之者 亦不得□

以六八在教新國

國戍城　略　上

因為香　來教廣

一看烟言韓　在

看烟農相穢　墳

烟黃為先令　好

二城看王酒　太

興國烟但律　王

利烟就教教　第

城一國即言　盡

國看烟城百

因烟一八都

차례

한(漢)의 바다

난정(蘭亭).

대숲을 스치는 바람 소리와 개울물 소리가 청아한 가운데 이 유서 깊은 정자에는 십여 명의 선비들이 모여 운(韻)을 주고받으며 술잔을 기울이고 있었다. 따스한 햇살이 내려앉는 여유로운 정자의 분위기와 달리 주변은 그리 한가롭지 않았다. 조금 떨어진 곳에는 한눈에도 녹록지 않은 무사 십여 명이 날붙이를 움켜쥐고 주변 경계를 하고 있었으며 그들의 눈빛은 황제라도 모신 듯 삼엄했다.

고즈넉한 마루 위, 모두의 눈은 어느 순간 한 선비의 낙필(落筆)에 모아져 있었다.

'사, 견위치명, 견득사의(士, 見危致命, 見得思義)…….'

'선비란 응당 위기를 보면 나서고 득보다 의를 생각한다.' 공자(孔子)의 말이었다. 낙필하고 있는 자의 이름은 자경(子敬) 왕헌지(王獻之), 서성(書聖)이라 불리는 고금 제일의 명필 왕희지의 아들이었다. 이제는 아비 못지않게 이름을 떨치고 있는 인물이기도 했다.

"아름답구먼. 때로 비뚤고 그 글씨의 크기가 각기 다르면서도 결국 조화를 이루니 오히려 그림에 가깝지 않은가. 헌데 자경, 어이 견위치명의 네 글자를 유독 깊이 새기었는가?"

붓끝을 가로막은 소리의 주인공은 가장 상석에 앉은 선비였다.

견위치명. 과연 그 네 글자는 종이 밖으로 튀어나올 듯 강렬하게 꿈틀거리고 있었다. 왕헌지는 이내 붓을 내려놓고 빙긋이 웃으며 답했다.

"그리 보셨습니까, 안석(安石) 어른."

안석. 사안(謝安)이라는 선비의 호였다. 불혹이 되지 않아 당대 제일의 문장가라는 명망을 얻은 인물로 생전의 왕희지는 소년에 불과했던 그를 오히려 웃전에 모시고 필담을 나누었으며 대학자 환이(桓彝)는 어린 그를 대가라 부르며 의견을 구하곤 했었다. 정치가가 되기에는 그의 재능이 아깝다며 재상 왕도(王導)가 직접 그의 임관을 가로막았다는 이야기까지 있는 인물. 그 사안과 왕헌지가 한자리에 있는 것만으로도 그 자리의 격이란 이루 말할 수 없는 것일진대 묵묵히 둘을 지켜보는 이들의 면면 또한 허순(許詢), 손작(孫綽) 등 하나하나가 동진(晉)을 대표하는 인물들, 그 유명한 난정서첩(蘭亭序帖)의 문인들이었다.

"이석선자(伊昔先子), 유회춘유(有懷春遊)……."

이어서 왕헌지가 힘차게 소리치며 전광석화처럼 종이 위에 펼쳐내는 구절은 과거 사안이 쓴 글이었다. 공자가 봄놀이에 대한 마음을 품었다는 구절, 유자의 본분답게 평생 도포 뒤에 스스로를 감춘 채 제자를 키우고 글을 썼지만 실은 누구보다 치열하게 당대의 난국을 생각했던 공자를 은근하게 빗댄 시구였다. 이는 공자가 그러했듯 자신 또한 방구석의 서생으로만 남지 않으리라는 젊은 시절 사안의 포부이기도 했다. 그러나 지금의 목석처럼 앉은 사안은 고개를 미미하게 저었다.

"돌멩이에 인 파문이란 파도에 씻기기 마련. 어이하야 바다를 이룰 생각을 않고서."

짐짓 얼굴을 굳힌 사안의 위엄에 왕헌지는 가만히 붓을 놓았다.

"그러나 안석, 한갓 돌멩이라 치부하기엔 이적(夷狄)의 횡포가 너무 심합니다. 세파를 등진 선비의 마음이 이럴진대 조정과 백성의 고통이란 이루 헤아릴 수 없을 것이외다."

다른 선비의 말이었다. 이즈음 중원을 지배하고 살던 한족(漢族)은 영토의 절반인 장강 이북의 땅을 모조리 잃은 지 오래였다. 고구려에 빼앗기고 선비족에 침탈당했으며 흉노족과 저족(氏)에 유린당했으니 남방으로 쫓겨난 뒤로는 스스로 칭하는 대국이라는 이름이 부끄러울 지경이었다.

고구려와 연(燕)나라의 몰락 이후 새로운 패자로 떠오른 전진(秦)은 언제라도 한족의 동진(晉)을 집어삼킬 기세였으니 지금의 동진은 전진을 비롯한 강국들의 비위를 맞추며 그 틈바구니에서의 생존을 도모할 뿐이었다. 지금 왕헌지 등이 사안을 재촉하는 것은 바로 이러한 현실을 개탄하여 그가 몸소 정치의 일선에 나서기를 재촉하고 있는 것, 그러나 사안은 또 다시 고개를 저었다.

"천하가 서고서 이 땅에 왕을 칭한 이민족은 수십이나 있었소. 때로는 사람 고기를 먹는 자가, 때로는 머리 여럿 달린 자가. 그러나 천 년 이래 이 땅의 주인은 오로지 우리 한인(漢人)이었소."

"음."

너나없이 왕헌지의 말에 한마디씩 보탤 준비가 되어있던 선비들의 입은 더 이상 열리지 않았다.

"이 자리의 여러 선생께서는 그것이 진의 시황제도, 한의 무제도 아닌 오직 공구(孔丘: 공자)의 덕임을 알고 계실 것이오."

천하 정복의 패업을 이룬 군주들의 윗줄에 공자를 올려놓은 것이 선비의 자존심인지, 위정자로서의 공자에 대한 평가인지는 모를 일이었으나 사안의 말에 이제 모여든 면면들은 당연하다는 듯 고개를 한 번 깊이 숙였다. 이를 바라보던 사안은 가만히 몸을 일으켜 공자의 사당이 있는 서북쪽을 향하여 예를 올렸다. 그 동작은 간결하면서도 고고하였고 환한 이마와 해맑은 눈빛, 그리고 이십대처럼 붉은 입술은 이미 그가 학문을 넘어 도의 경지에 이르렀음을 나타내고 있었다.

그의 입에서 다시 나직하나 강물이 흐르듯 유려한 목소리가 흘러나왔다.

"천지가 개벽한 이래 황하가 흙탕물을 쏟아내지 않은 적 없었건만 대해가 푸른빛을 잃은 적은 없소. 여러 선생께서는 유념하시길 바라오. 공자의 뒤를 잇는 일이 바로 한(漢)의 바다를 이루는 업이오."

한의 바다, 세상의 그 어느 단어보다도 오만한 말이 장중을 무겁게 눌렀다. 사안의 말은 구구절절이 옳았다. 수없는 민족이 중원을 점령하고 국가를 건설하고 칭제를 하였지만 결국 그들은 한(漢)의 역사 속에 겨우 한 갈래로 남은 것이 전부였다. 모든 것을 삼키고 포용해 온 천하 그 자체가 바로 한의 바다였다.

"이제 여러 선생께서는 사소한 시국의 일은 접어두시고 즐거이 시론(詩論)을 펼침이 옳겠소."

왕헌지가 토해낸 견위치명, 네 글자의 힘찬 필치에 취하여 잠시나마 세상에 나아가 나라를 구하고 백성을 편히 하리란 포부를 품었던 이들은 사안의 이 말에 일제히 입을 다물고 말았다. 정자 옆을 흐르는 시냇물 소리만이 이어지는 가운데 긴 침묵이 따라 흘렀다.

"안석."

이윽고 무거운 침묵을 깨고 들릴 듯 말 듯 나직한 목소리가 한 노인의 입에서 흘러나왔다. 이미 생의 마지막에 가까운 듯 눈에 생기를 모두 잃었음에도 등을 꼿꼿이 펴고 정좌한 그는 생시에 이미 위인의 반열에 들었다는 평가를 받는 대문장가 손작이었다. 관록, 지위나 명성 등으로는 사실 상석을 차지했어야 할 주인공이었으나 과거에는 왕희지에게, 지금은 사안에게 그 자리를 양보한 채 이인자의 자리를 지키는 인물이었다.

"고구부라는 이름을 아시는가?"

손작은 고구부라는 이름 석 자를 천천히 찍어내듯 읊조렸다. 그의 입에서 흘러나온 뜻밖의 이름에 선비들은 일제히 눈을 들어 그를 응시했다. 손작이 담아낸 무게와 어울리지 않게 그 이름은 생소하기만 하였고 천하 대학부터 새카만 유생에 이르기까지 한참을 더듬어 가던 선비들은 종내 그 이름이 엉뚱하게도 고구려의 태왕을 가리킨다는 사실을 깨달았다.

"고구려 고구부와 연나라 송해의 이야기를 들은 적이 있으신가?"

사안이 눈을 내리깔고 조용한 얼굴로 귀를 기울이는 걸 흘 깃 본 손작은 잠시 숨을 고른 뒤 무거운 목소리를 이어냈다.

"고구부는 송해의 송나라 송(宋)씨를 가리켜 장승을, 치우를 기리는 장승을 뜻한다 하였지."

뜬금없는 이야기였으나 고요하기만 하던 사안의 얼굴에는 미미한 동요가 일었다.

"장승의 생김새를 본따 송(宋)이라는 글자가 만들어졌다. 그 송이 곧 장승을 지키는 이들의 성씨가 되었다. 결국 송은 그 나라의 이름이 되었다. 그런 이야기라네. 안석, 송씨의 시조는 누구인가?"

"미자(微子)."

"그 미자가 누구인지 돌이켜 보시게."

자리의 누구도 알아듣지도 이해하지도 못한 이야기였지만 조금 전 사안의 얼굴에 있었던 미세한 동요가 이번에는 눈에 띄게 출렁이며 그의 온 얼굴에 완연히 자리 잡았다.

"은(殷)나라, 송나라 미자."

손작의 질문에 사안은 그 이름을 토해내듯 되뇌었고 좌중은 그가 동요하는 연유를 알지 못하여 그의 안색만을 살필 뿐이었다.

옛 은나라 마지막 왕 제신(帝辛)의 형제이며 주(周)나라에 끌려와 송나라 제후로 봉해진 미자. 이에 무슨 비밀이 있다는 말인가. 장승이니 송이니 하는 이야기는 대체 무엇이기에 손작은 마치 밀궤의 열쇠를 가진 사람처럼 알 수 없는 몇 마디를 던지고 사안은 힘든 숙제를 받은 문생이 되어 머뭇거린단 말인가.

서로의 얼굴만 바라보는 선비들의 눈길 사이로 손작의 조용한 한마디가 추궁하듯 맺어졌다.

"미자가 장승의 생김새를 본따 제 영지의 이름을 송(宋)이라 지었다. 장승은 치우를 뜻한다. 그렇다면 미자는 치우를 섬기는 사람이란 말이지. 이것이 무엇을 뜻하는가?"

"……."

"그 기막힌 소리를 고작 열 살 남짓에 떠들었다는 고구부, 그가 당대 고구려의 태왕이네. 안석, 한의 바다라 했는가. 그 포부에 이에 대한 고려가 있기를 바라네."

손작이 말을 마치자 사안은 고구부, 그 이름 석 자를 조용히 따라 읊어보다 눈을 감았다. 얼마간의 시간이 지나 눈을 뜬 그는 마음에 무슨 부침이 일었는지 떨리는 눈꺼풀을 정리하며 차분한 손짓으로 차 한 모금을 들이켠 뒤 나직이 답했다.

"숙고하겠소이다."

누구의 탓인가

'부모의 제사를 지내지 않은 자.'

무릎을 꿇은 죄인의 머리 위로 죄목 적힌 종이가 펄럭이며 내려앉았다. 이미 심한 매질을 당한 듯 핏자국이 범벅인 그는 뼈마디까지 상해 오금을 펴지 못하면서도 연신 고개를 들어 사방을 살피며 무언가를 찾고 있었다.

"아, 아가!"

갈라지고 메마른 입술이 애타게 불러 찾는 것이 제 핏줄인지 거듭 아이를 외쳐 부르다 못내 꿇은 무릎을 펴고 일어선 그는 등짝에 사정없이 날아든 몽둥이를 맞았다. 수 차례나 이어지는 매질에 견디지 못하고 엎어지면서도 그는 거듭 아이를 불렀다.

"그래서 이유가 뭣이라고."

덩구는 사내 따위는 눈에 들어오지 않는 듯 높이 앉아 누런 표지의 책에 여전한 눈길을 두고 있던 관복 입은 자가 입술만 움직여 중얼거리자 사내는 가느다란 소리를 필사적으로 뱉어 냈다.

"피붙이를 먹이려…….'"

젊은 유자의 손에 들려있던 호된 몽둥이가 사내의 나머지 말을 끊었다. 신음을 내며 나동그라지는 사내에게 마당에 있는 대여섯 유자들 중 동정을 보이는 이는 아무도 없었다. 다만 앉은 채 책을 보던 관인의 엄한 목소리가 떨어졌다.

"그래서 제사를 지내지 않았다고? 자식을 먹이려고 부모를 뫼시지 않았다고?"

"모실 수가 없었습니다. 아, 아이가 닷새 넘도록 굶어…….'"

다시금 젊은 유자의 몽둥이가 춤추려는 것을 관인이 손을 들어 제지했다. 그는 뜸을 들이며 사내를 찬찬히 살펴보다 입을 열었다.

"그래, 아이가 굶는 꼴을 도무지 볼 수 없는 것이 부모이다. 세상 무엇보다, 저보다 아이를 우선하여 아끼고 베풀며 사랑하는 것이 부모이지. 금수도 제 새끼는 제 목숨보다 중히 여긴다. 맞다. 그것이 부모이다."

"으흐흑, 감사하…….'"

바닥에 구르던 사내는 위엄 있는 관인의 말에 서둘러 몸을 일으키며 절하듯 엎드렸다. 높은 이는 어딘가 다르다는 안도감에 눈물까지 새어 나오는 것이었다. 그러나 관인은 안타깝다는 듯 눈을 지그시 감고 고개를 저으며 사내의 인사를 끊었다.

"너는 그런 부모를 저버린 것이다. 너의 부모 된 욕심만 챙기느라 정작 네 부모를 잊은 것이다. 네가 네 부모를 굶겼는데 네 아이가 너를 섬길까. 네 아이의 아이는? 또 그 아이의 아이는? 너는 대대손손 흘러갈 도리를 끊어버린 것이다. 효(孝)를 버린 것이다. 이는 인간에 대한 반역이요, 하늘에 대한 능멸이다."

관인이 손짓을 했다. 몽둥이를 든 유자들이 다가서자 사내는 다급히 외쳤다.

"어르신, 산 사람이 중한 것 아닙니까! 그리고 굶기다니요. 소인의 부모는 죽은 지 두 해가 넘었습니다. 죽은 사람을 어찌 굶긴단 말입니까!"

"죽은 사람?"

관인의 눈썹이 꿈틀거렸다.

"부모를 죽은 사람이라고?"

그는 입을 여는 대신 사내를 노려보았다. 주위를 둘러싼 몽둥이 든 유자들도 따라서 사내를 무서운 눈으로 노려보았다. 영문을 모르는 듯 사내가 고개를 움츠리는데 한참 그를 노려보던 관인은 갑자기 버럭 소리 내어 외쳤다.

"용서할 수 없는 자로다! 계도할 길이 없는 자이다!"

"예?"

흠칫 놀라 들린 사내의 뒤통수를 유자의 발이 짓밟았다. 진흙탕에 얼굴이 박힌 사내의 귀에 관인의 냉랭한 목소리가 들려왔다.

"부모가 세상을 뜨면 부모를 잊는단 말인가. 살아있어야 부모요, 죽으면 부모가 아니란 말인가. 임금이 등을 돌리면 침을 뱉을 자이다. 스승이 늙거든 가축으로 여길 자이다. 아무리 야만을 벗지 못한 자라 해도 사람으로 태어나 예(禮)를 이토록 더럽힐 수가 있는가. 도저히 그냥 보내줄 수가 없다. 마땅한 벌을 내려 사방에 이자의 패륜을 공고히 알리리라. 일벌백계하여 다시는 이와 같은 불효가 없도록 하리라. 너희들은 정신을 차릴 때까지 이자를 쳐라!"

높이 들렸던 유자들의 묵직한 몽둥이가 사방에서 떨어졌다. 사람을 향한 매가 아니라 야만을 향한 인정사정없는 매였다. 바닥에 구르던 사내는 문득 흐려진 눈을 들었다. 선비(士). 몽둥이를 든 자들을 일컫는 이름이었다.

언젠가부터 그들 선비가 나타나고 모든 것이 바뀌었다. 일하다 지쳐 밭에 드러눕기라도 했다간 몸가짐이 흉하다며 비난을 당했고 흥이 나 춤추며 노래했다가는 경박한 자라며 손가락질 받았다. 술 한잔 마시는 데도 때가 있고 장소가 있고 순서가 있었으며 이웃과 정담(情談) 한마디 나누는 데도 자세를 고치고 말을 다듬고 눈치를 보아야 했다. 그리고 이제는 가난하여 부모의 제사상을 올리지 못한 죄로 죽도록 맞아야만 했다. 무슨 자격인가. 무슨 이유인가.

"으아!"

억울함을 풀어내지 못한 사내는 머리를 감쌌던 깍지를 풀고 고개를 세우며 알아듣지 못할 외침을 내었고 순간 등짝에 떨어지던 눈먼 매가 그의 머리통을 퍽 소리와 함께 부수었다. 매를 치던 젊은 유자가 아차 하며 몽둥이를 거두었지만 이미 사내의 눈은 초점을 잃고 있었다.

"어어."

더듬거리다 마지막 한 숨을 뱉어내는 순간까지 사내는 아무것도 알 수 없었다. 제 원수가 누구인지, 원망할 사람이 누구인지, 아무것도 알지 못한 채 헐떡거리다 붉게 물든 눈을 떨어트려야 했다.

"야만한 놈! 그 동리 놈들 불러 시체 가져가라 일러라!"

그때까지도 책에만 눈길을 주던 관인은 혀를 끌끌 차며 일어나서는 불쾌하다는 듯 몸을 홱 돌려 사라져 버렸다.

"아버지!"

먹지 못해 앙상한 소녀 하나가 구더기가 엉킨 시체 앞에 주저앉으며 울부짖었다. 여름날 이미 썩어가기 시작한 시체가 견딜 수 없는 악취를 내었으나 아이는 시체를 끌어안고 하염없이 뺨을 비벼댔다. 아이 뒤에 우두커니 섰던 몇몇 고을 장정들이 따라서 굵은 눈물을 흘렸다.

"씨팔, 더 참느니 뒈지고 말지."

메마른 입술을 깨물며 한 사내가 중얼거렸다. 다른 장정들도 고개를 끄덕였다. 착하고 순진하기 그지없던 이웃의 얼굴이 그들의 눈시울을 붉혔다. 죽은 이에게 죄가 있다면 그들보다 조금 더 가난한 것뿐이었다. 눈치를 살피며 제사 치르는 시늉조차 할 여유가 없던 것뿐이었다. 그들 모두가 언제 비슷한 꼴이 될지 알 수 없었다. 고을의 어느 누구든 툭하면 끌려가서 호된 매를 맞거나 며칠이나 옥살이를 하기 일쑤였다.

선비, 그들이 나타나기 전까지는 그렇지 않았다. 끈끈한 정속에 남과 나를 가리지 않고 한 가족처럼 살아가던 고을이었다. 겉보기로 번듯한 예(禮)라는 것을 처음 가르치던 그들에게 속은 것이 잘못이었다. 예라는 것은 나날이 더 무겁고 꽉 끼는 족쇄가 되어 그들을 조여왔으며 예를 배운 이들은 배울수록 더 열렬한 신봉자가 되어 이웃들을 몰아댔다.

고을을 되찾기 위해 그들이 할 수 있는 일은 분명했다.

장정들은 하나둘씩 흩어졌다. 그리고 밤이 되어 돌아왔다. 누구 하나 무어라 말한 바 없지만 그들은 손에 도끼며 낫 등등을 쥐고 있었다. 모여드는 사람의 수가 늘어났다. 여자와 노인까지 모여들었다.

"겁나는 사람은 빠지쇼."

어두컴컴한 침묵만이 계속되던 가운데, 퉁명스러운 말 한

마디를 뱉은 맨 앞의 사내가 손에 가래침을 뱉고 낫자루를 꽉 말아 쥐었다. 곧 도끼눈을 하고 관소를 향했다. 누구 하나 빠짐없이 모두가 그의 뒤를 따랐다. 어느새 고을 백성의 반절이 넘는 숫자가 모여 걸었다. 거리를 순시하던 병졸 하나가 그 광경을 목도하고 소스라치게 놀라 몸을 숨겼다.

'민란이다.'

제 귀에조차 들리지 않는 소리였다. 조용하고 무거운 발걸음을 옮겨가는 백성들의 숫자는 갈수록 불어났다.

"애, 넌 집에 가거라."

아까 시체를 부여잡고 울던 여자아이가 날 선 작은 단도 하나를 쥐고 맨 뒤에서 따르고 있었다. 한 장정이 이를 보고 만류했으나 아이는 입을 닫은 채 단도를 꼭 움켜쥐고 눈을 치켜떴다. 장정은 고개를 설레설레 젓고 관심을 거두었다.

관소의 문은 쉽게 열렸다. 본래 작은 고을이라 몇 있지도 않은 병졸들은 놀라 바닥에 주저앉았다간 줄행랑을 쳐버렸고 관인들 또한 곧장 그 뒤를 따라 흩어졌다. 백성들은 굳이 그들을 쫓지 않았다. 관소 마당에는 태수가 혼자 남아 그들을 기다리고 있었고 그를 본 백성들은 걸음을 멈추었다. 잠시간 말없이 서로를 바라보고 있던 끝에 태수가 먼저 입을 열었다.

"나에게 불만이 있었다면 진즉 말을 했으면 좋았을 것을. 이리 일을 저질러 어쩌려는 것인가. 내가 용서하여도 나라가 용서하지 않을 터인데. 어쩌려고 이리 경솔하였는가."

막상 민란을 일으켜 나섰으나 백성들 가운데 태반이 그를 똑바로 바라보지 못했다. 태수의 말은 진심이었다. 눈앞에 있는 태수만큼은 그야말로 좋은 사람이었다. 아이들을 관사로 불러 직접 글을 가르치기도, 굶주리는 사람이 있거든 제 먹을 상에서 찬을 줄여 나누어 주기도 한 사람이었다.

"돌아가 쉬도록 하여라. 내 흩어진 관인들을 찾아 오늘의 일을 발설치 못하도록 단속하겠다. 너희가 입을 다물고 그들이 입을 다물면 고을 밖으로 말이 새지 않으리라."

백성들은 망설였다. 들끓는 가슴을 주체하지 못하고 모여 일어섰건만 정작 그 분노가 누구를 향해야 하는지를 모르고 있었다. 무조건 관소로 향하여 마주한 것이라고는 한없이 인자했던 태수뿐이었다. 누구를 심판해야 하는가. 우두머리인 태수는 과연 무슨 죄를 지었는가. 정작 그 태수는 저희들을 보호하려 하고 있지 않은가.

"누구요? 우리의 이웃을 때려 죽이도록 한 그자가 누구요?"

낫 든 선두의 사내가 외쳤다. 태수는 한숨을 쉬며 고개를 저었다.

"그런 사람은 없다."

"말장난 마시오. 죽인 사람이 없는데 죽은 사람이 있을 수 있소?"

"예(禮)다. 그를 죽게 한 것이 있다면 그것은 예다. 사람이 사람답게 살 수 있도록 예가 그를 벌한 것이다. 당장은 사람을 억압하고 괴롭힐지라도 장래엔 태평성대를 이룩할 미풍과 양속을 규정하는 것이 바로 예다. 그는 살해당한 것이 아니다. 예의 엄정함을 알리는 과정에서 실수로 숨을 거둔 것이다."

"그 예를 만든 자가 누구고 행한 자는 또 누구냔 말이오."

"공자. 위대한 스승 공자께서 아무것도 없는 짐승의 야만 속에서 사람의 걸을 길을 만드셨고 영명한 태왕께서 받아들이셨다. 백성을 구제하고자, 너희를 더욱 안정된 내일로 인도하고자."

태수의 목소리에는 구구절절 진심이 담겨있었다. 백성 가운데 누구도 이를 의심하는 이는 없었다. 이해할 수 없는 소리일지언정 허투루 하는 소리는 아니라는 것을 모두가 알고 있었다.

"대체 무슨 개소리요? 몽둥이를 들고 예를 가르친다고 기세등등해서 돌아다니던 선비 놈들, 그놈들을 잡아야겠소."

"그들 또한 너희의 이웃이다. 너희 아이에게 글을 가르친 스승이고 너희의 제사를 돕는 너희의 스승이다. 과연 이웃을 벌하는 그들의 마음은 좋았겠느냐? 야만을 미워하는 까닭에 마음을 억누르고 눈물을 삼키며 너희를, 너희의 후손을 위해 한 일이다. 그들은 결코 너희의 적이 아니다."

낯 든 사내는 아무 말도 하지 못했다. 사실이었다. 사실일 것이었다. 태수고, 선비고 모두가 원래는 좋은 사람들이었다. 잘못이 있다면 사실 효와 예를 어긴 자들에게 있는 것이었다. 효와 예는 좋은 것이라 들었다. 야만의 풍습 속에 엉망진창으로 살던 그들을 비로소 사람답게 살게 해준, 어둠에서 볕으로 나오게 해준 태양과도 같은 것이라 하였다. 우두커니 섰던 사내는 주저앉았다.

"그러면 태수님, 우리는 누구에게 복수를 해야 한단 말입니까?"

"무지, 야만, 악습의 비례(非禮)가 바로 너희의 원수이다. 한 사람도 빠짐없이 효와 예를 따르면 벌하는 이도, 벌받는 이도 사라질 터."

태수는 잠시 말을 끊고 모여든 군중을 한 번 죽 훑어보았다.

"돌아가거라. 민란을 일으킨 너희도, 관소를 버리고 도망간 관속도, 이 모든 일의 책임자인 나도 모두가 죄인이다. 우리 죄인끼리 작당을 하여 입을 다물자꾸나. 다만 내일부터는 예를 더욱 충실히 지켜 이 죄를 씻도록 하자."

그리고 태수는 다시 인자한 얼굴로 미소를 지어 보이며 돌아섰다. 아무 일도 없었다는 듯 제 방으로 돌아가는 태수의 모습을 하릴없이 지켜보며 군중은 높이 들었던 날붙이들을 내려뜨렸다. 얼마나 인자하고 현명한 태수인지, 그런 태수를 위협해서 무얼 하려고 했는지. 모여든 이들은 부끄러워 하나둘씩 어깨를 늘어뜨린 채 흩어지기 시작했다.

그때였다.

"악!"

낫 든 사내 하나가 외마디 비명을 질렀다. 가슴팍에 살이 꽂힌 그는 입을 벌린 채 비틀거리다 고꾸라졌다. 관소의 담장 밖에서부터 화살이 날아들고 있었다. 장내는 순식간에 아비규환이 되었다. 관인 하나가 앞장을 서서 병사들을 이끌고 달려오고 있었다. 근방의 군영에 도움을 청한 모양이었다. 공포와 배신감이 뒤섞인 군중의 눈길이 태수를 향했다.

"이, 이러려고!"

정작 태수는 뜻밖의 소요에 놀라 말을 잊고 이를 바라보고만 있었다. 무어라 만류하려는 듯 손을 드는 태수에게 갑자기 아이 하나가 쪼르르 달려갔다. 앙상한 소녀, 단도를 들고 맨 뒤에서 군중을 따르던 그 소녀는 태수의 옆구리에 악을 다해 힘껏 단도를 쑤셔 박았다.

"애, 애야."

태수의 눈이 아이로 향했다가 이내 담장 밖에서 뛰어 들어오기 시작하는 병졸들로 옮겨갔다. 날붙이를 다 놓은 채 엎드려 살려달라 비는 백성들의 머리통에 무자비한 몽둥이가 떨어지고 있었다. 태수는 제 아픔도 잊은 채 이 광경을 하염없이 바라보다 문득 저를 찌른 소녀의 양어깨를 잡았다.

"잊어라. 오늘 일은 모두 잊어라."

마지막 남은 힘을 다해 소녀를 대청마루 아래로 밀어 숨기며 태수는 말했다. 옆구리에서 피를 콸콸 쏟아내면서도 소녀가 밖에서 보이지 않도록 안전히 숨었는지 확인한 그는 곧 인자한 얼굴로 소녀의 머리를 몇 번 쓰다듬더니 가로누운 그대로 눈을 감으며 절명했다.

"아, 아."

마루 아래서 소녀는 태수의 얼굴과 피 묻은 제 손을 번갈아 바라보다 비명이 나오려는 입을 스스로 틀어막았다. 숨죽여 딸꾹질을 하며 소녀는 눈물을 흘렸다. 무엇이 어떻게 된 일인지 머리가 빙빙 도는 가운데 오늘 일을 모두 잊으라는 태수의 말만이 머릿속에 울렸다. 거의 실신하려는 소녀의 귀에 갑자기 앳된 목소리가 들렸다.

"나는 백동(白董)이다."

"……."

"네 이름이 무어냐."

컴컴한 마루 아래엔 먼저 숨은 한 소년이 소녀를 바라보고 있었다. 대답 없는 소녀를 향해 소년은 다시 한번 말했다.

"나는 태수의 독남이다."

소녀는 눈을 크게 떴다.

"원수의 이름은 알아야 하지 않겠느냐. 네 이름이 무어냐."

"민, 민을."

"민을."

소녀가 저도 모르게 대답하자 소년은 소녀에게서 눈을 거두었다. 그리고 바깥의 광경에 눈길을 두었다. 백성들은 누구 하나 도망치지 못한 채 붙잡히고 있었다. 머리가 터진 이, 팔다리가 부러진 이들이 비명을 지르며 포승줄에 묶이고 있었다. 무려 태수를 살해한 민란, 사정을 보아줄 리 없었다. 무덤덤하게 이를 지켜보던 소년 백동은 소요가 끝날 즈음 마루에서 나갔다. 관인들의 도움을 받아 제 아비의 시체를 수습하는 내내 백동은 눈물은커녕 설운 표정 한 번 짓지 않았다. 마루 밑의 소녀에 대해서도 마치 아무것도 모르는 척 티를 내지 않았다.

시간이 흘러 새벽녘이 될 즈음, 모두가 떠난 관소에서 민을은 겨우 몸을 움직여 마루 밑을 기어 나왔다.

"헉."

어둠 속에 칼을 들고 선 백동의 증오에 찬 눈이 그녀를 쏘아보고 있었다. 아무 말도 하지 못하고 떨기만 하는 그녀를 향한 백동의 눈이 차츰 가늘어지며 마치 벌레를 보듯 경멸스러운 눈초리로 변해갔다. 칼 쥔 손이 부르르 떨리다 이내 떨림을 멈추었다. 백동은 나지막한 목소리를 뱉어내며 고개를 돌렸다.

"가라."

"……."

"가라, 벌레야. 한낱 벌레의 목숨인들 아버님이 살리신 목숨이니 붙여주마."

민을은 도망치듯 백동의 옆을 비켜 뛰쳐나왔다. 달리며 주룩 눈물을 흘렸다. 남은 것이라고는 아무것도 없었다. 아버지도, 이웃도, 원한을 품을 이도, 원망할 이도, 아무도 없었다. 오직 일말의 죄책감과 갈 길 잃은 억울함만이 있었다. 그녀는 소리 내어 울며 숨이 넘쳐 쓰러질 때까지 밤새도록 달렸다.

도망쳐 떠난 민을은 하염없이 걸었다. 갈 곳 없이 그저 걷기만 하였다. 하룻밤이 넘고 이틀 밤이 넘어 굶주림을 도무지 참을 수 없을 때가 되었을 즈음, 그녀는 제자리에 주저앉고 말았다.

"작은 아이가 무거운 업을 안았구나."

나직한 한숨과 중얼거림이 민을을 깨웠다. 늙은 승려가 그녀를 안타까운 얼굴로 바라보고 있었다. 승려는 말없이 받아 온 공양을 풀어 그녀를 먹였다. 승려가 떠날 적에 민을은 그의 뒤를 따랐고 그들은 아무 말 없이 며칠을 걸었다. 몇 번의 기나긴 밤을 보내고 날이 밝은 어느 날, 승려는 물끄러미 민을을 바라보다 물었다.

"불가에 들겠느냐."

고개를 떨어트리고만 있던 민을은 몇 번 입술을 달싹이던 끝에 작게 끄덕였다. 이후로 다시 몇 날 며칠을 걸으면서도 그녀는 한마디도 하지 않았고 그런 민을에게 승려도 무엇 하나 묻지 않았다. 그들이 발을 멈춘 것은 승려가 머무는 작은 절간의 문턱 앞이었다. 승려는 문턱을 한 걸음 남겨놓고 민을에게 물었다.

"속세에 원한이 있느냐?"

민을은 묵묵히 한참을 서있다 천천히 고개를 끄덕였다.

"허면 원수가 있느냐?"

이번에는 머뭇거리다 고개를 저었다. 그러자 승려는 깊은 한숨을 쉬며 홀로 중얼거렸다.

"원수가 있어야 원한을 잊을 수 있거늘. 너는 온전히 불가에 들기는 어렵겠구나."

승려는 더 묻지 않고 민을과 함께 절간의 문턱을 넘어섰다.

생소하기만 한 승복을 입어야 했고 머리마저 깎아야 했으나 민을은 표정의 변화가 없었다. 경전을 외고 불공을 드림에 한 치 게으름이 없었고 승려의 가르침을 듣고 배우는 데에 한눈을 파는 적이 없었다. 그러나 칭찬을 들어도 웃는 적이 없었고 꾸지람을 들어도 우는 적이 없었다. 몇 해가 지나도록 민을은 변함이 없었다.

'공자가 만들었고, 태왕이 펼치고.'

이따금씩 그 한마디를 남몰래 중얼거릴 뿐이었다.

구부의 손바닥

태왕 고구부 즉위 5년. 수곡성.

병장기 부딪치는 쇳소리와 악에 받친 함성, 사방에 튀는 핏방울과 내장을 토하는 비명. 다시 아수라장이 된 수곡성. 과거와 다른 것은 빼앗으려는 자와 지키려는 자가 뒤바뀐 정도였다. 방패를 든 쪽은 백제요, 창을 든 쪽은 고구려였다.

'내가 죽고도 다섯 해가 흐르기 전까지는 전쟁을 금해다오. 무슨 일이 있더라도.'

백제의 화살에 죽은 사유는 유언을 빙자하여 그런 말을 남겼고 그에 따라 쥐 죽은 듯 오로지 내정만을 살피던 구부는 누구도 생각지 못한 어느 태평한 날 백제를 향해 전쟁을 선포했다. 이어진 것은 병장기 다루는 법은커녕 제대로 말 탈 줄조차 모르는 태왕 구부의 친정(親征). 전국의 병사를 모조리 징집하여 훈련다운 훈련 한 번 제대로 하지 않은 채 그는 빼앗긴 수곡성으로 진군했다. 이를 듣는 모든 이가 고개를 저었다. 최전성기를 구가하는 백제와 다 무너진 고구려의 싸움이란 계란으로 바위를 치는 것과 다름없었다. 코웃음을 치며 백제의 강병을 몰고 나온 것은 아비 부여구와 함께 지금의 백제를 이룩해 낸 백전명장 부여수였다.

'한달음에 고구려왕의 목을 가져오겠습니다.'

그러나 호언과 달리 전쟁은 쉬이 끝나지 않았다. 그것은 결코 그간 고구려가 축적한 물자나 병사의 숫자, 사기 같은 데에서 비롯된 결과가 아니었다. 강대한 백제와 허약한 고구려의 전쟁은 도무지 알 수 없게도 결착이 나지 않은 채 자꾸만 미궁으로 빠져들었고, 기이하게도 그것은 오로지 단 한 사람, 갑옷조차 입기 싫어하는 고구려 태왕 고구부가 만들어 낸 결과였다.

"고구려!"

성문을 나선 백제의 젊은 영웅 부여수는 날 시퍼런 창끝을 멀리 고구려 진영에 겨누었다.

"과거 수백 년간 저들은 너무도 두려운 적이었다. 흉악한 야만의 도적, 저들이 우리의 변방을 침탈하고 아녀자를 겁간하며 아이를 잡아갈 적마다 우리는 그저 공물을 바치며 도적의 자비를 바랄 뿐이었다. 이웃이 살해당해도, 성이 불태워져도, 하다못해 저들의 차도살인에 왕을 잃었을 때마저도 우리는 모른 척 참아야만 했다."

감상에 북받친 듯 부여수는 치를 떨었다.

"그리고 우리는 비로소 고구려를 물리치고 나아가 저들의 수괴를 벨 수 있었다. 이제는 우리 대백제의 시대. 결코 다시는 저 도적들의 발아래 고개를 숙이지 않으리라."

부여수의 독려는 망치가 되어 백제의 칼을 담금질했다. 숙연한 침묵이 감돌았다. 병사들의 거칠어진 숨소리만이 새벽바람 스치는 소리에 섞이어 뜨겁게 달아오른 귀를 식혀줄 따름이었다.

"가자, 백제의 자식들아!"

부여수의 말이 긴 울음소리를 내며 앞발을 힘차게 들었다. 이어 백제 선봉군의 용기백배한 함성이 그들의 말과 함께 전장을 달렸다. 개국 이래 가장 강력한 군사, 가장 뛰어난 장수, 그리고 그 무엇보다 단단한 신념. 백제왕 부여구는 제 모든 백성을 벗으로 여겼으며 대하는 데에 허물이 없었다. 백제는 백성 모두의 나라. 설움 어린 역사는 그들 모두의 어제였고 찬란한 미래란 그들 모두의 내일이었다.

"와아아!"

이제 막 기지개를 켜며 밥 지을 준비를 하던 고구려 병사들은 그 위대한 군사의 진격이 일으키는 흙먼지만 보고서 막사도 채 거두지 못한 채 장졸이 하나가 되어 도망하기 시작했다. 날래기 그지없는 백제군의 추격이 이어졌지만 고구려 군사의 도주가 더 빨랐다. 약이 바싹 오른 선두의 기마병들이 그 끝자락을 겨우 붙들긴 했으나 불과 병사 몇 벨까 말까 한 것이 전부였다.

"거짓 후퇴다. 반드시 복병이 있을 것이다."

부여수가 괜히 명장의 이름을 얻은 것이 아니었다. 추격 중에도 세심히 지형과 분위기를 살피던 그가 칼끝으로 한쪽을 겨누자 과연 그곳에서는 숨어있던 고구려 군사들의 기척이 드러났다.

"복병을 먼저 친다."

명장 아래 약졸 있으랴, 백제군은 함성을 지르며 일사불란하게 복병들을 향해 달렸고 그 기세에 놀란 고구려 복병들이 오히려 꽁지가 빠져라 도주하기 시작했다. 이번에도 날카롭게 주위를 살피던 부여수의 눈이 다시 번뜩였다. 또 다른 복병을 찾아낸 것이었다. 이중의 복병, 그러나 부여수는 이번 복병을 깨끗이 무시했다. 나타난 복병은 징을 쳐대며 먼지를 피워댔지만 수십에 불과한 가짜였다.

"쫓던 놈들을 계속 쫓아라."

쫓기던 고구려 군사들은 제각기 다른 길로 흩어져 도주했고 백제 군사는 고구려 군사가 버리고 도망한 진지를 모조리 짓밟았다. 백전명장 부여수는 한 번도 틀리지 않았다. 모든 복병을 알아보았고 그들의 진위 여부도 확실히 알아챘다. 이날의 싸움도 몇 번이나 그래왔듯 확실한 백제군의 승기였다. 선두에서 적병을 쫓으며 부여수는 외쳤다.

"오늘에야말로 적을 쓸어내리라!"

그러나 패기 어린 외침과 달리 부여수는 입술을 깨물었다. 벌써 몇 번째 겪어온 이 이상한 전투가 종내는 생각지도 못한 어떤 불길한 결과를 낼지도 모를 것만 같은 예감이 드는 탓이었다.

부여수의 예감에는 까닭이 있었다. 성을 빼앗겠다며 수곡성 코앞까지 기껏 진군해 온 고구려 병사는 단 한 번도 제대로 싸워온 적이 없었다. 어둠 속에 산세를 타고 숨어들었다가 날 밝으면 다시 물러가 이리저리 흩어져 야영하는 것이 여태껏 해온 고구려 군사의 일과였다. 서투르기 그지없는 복병을 이곳저곳 심어두고 도망한다는 것이 그나마 펼치는 계략의 전부, 그따위 얕은꾀가 명장 부여수에게 통할 리 없었다. 싸울 때마다 이겼고 진지에 쌓아두었던 군량과 물자를 얻었다. 그러나 정작 사람이 손에 잡히지 않았다. 벌써 석 달째 싸웠건만 얻은 적군의 수급이란 불과 백 개도 되지 않았다. 적은 잃은 것이 없었다. 사기란 애초에 없었으니 꺾일 것도 없었다. 허무한 싸움이었다. 어쩌면 매번 승리했으면서도 적의 약졸을 아직도 물리치지 못한 허무한 나날은 도리어 백제군의 사기를 조금씩 앗아가고 있는지도 몰랐다.

고구려 본영의 바로 곁에 위치한 낮은 산 중턱, 아무렇게나 바위에 걸터앉아 태평하니 전황을 지켜보던 고구려 태왕 구부는 곁에 서있는 갑주 차림의 사내를 손짓하여 가까이 불렀다.

"이련아."

얼굴을 터질 듯 붉힌 채 전장을 지켜보던 사내는 구부의 동생 이련이었다. 전장을 날뛰는 적장 부여수는 과거 이련을 사로잡아 더없는 치욕을 선사했던 원수였다. 당장이라도 달려가 칼을 겨루겠다며 이련이 몇 번을 간청했으나 구부는 결코 허락지 않았다.

"보아라. 적장이 명장이라 이번에도 허와 실을 알아챌 것이다. 자질과 경험이 그를 올바른 길로 끌어주겠지. 그는 기슭의 군사가 숫자도 얼마 되지 않는 가짜 복병임을 이미 알아보았다. 그러니 복병에 아랑곳하지 않고 눈앞의 군사를 계속 쫓을 것이다."

구부의 말은 곧이어 현실로 드러났다. 부여수는 산기슭 수풀 속에 숨어있다 갑자기 고함치며 뛰쳐나온 군사를 흘낏 쳐다만 보고는 이내 본래 쫓던 군사를 향해 칼을 들었다. 그 판단은 현명하여 요란하게 뛰쳐나온 복병은 백제군을 함부로 치지 못하고 고함만 지르다 제풀에 후퇴할 뿐이었다.

"그러나 벌써 네댓 번의 가짜 복병을 맞이한 터다. 새로이 함정을 발견할 때마다 그는 오히려 불안하겠지. 언제 진짜가 나타날 것인가. 언젠가는 진짜가 나타날 텐데. 이렇게 가짜가 많다면 반드시 한 번은 진짜 복병이 있으리라.”

과연 또 한 번 숨어있던 고구려 군사가 나타나며 함성을 지르자 부여수는 이번에는 여태까지와 다르게 잠시 군사를 멈추었다. 그러나 망설임은 짧았으니 부여수는 곧 신속한 판단을 내려 또 한 번 복병을 무시했다.

“대단하다. 이번에도 틀리지 않았어. 이제 보자꾸나. 백제군 옆구리의 저 강 건너에는 강군이 숨어있지. 갑자기 강병이 나타나면 부여수는 어떻게 할까. 드디어 진짜 복병이 나타났으니 일단 군사를 물릴까? 강을 건너 그들과 전투를 벌일까? 그가 정말로 현명한 장수라면 쫓던 눈앞의 약졸을 착실히 쫓겠지. 어차피 쫓던 약졸을 다 잡고 나서 강병과 싸워도 늦지 않으니까.”

이련은 전장의 부여수를 뚫어져라 보았다. 구부의 말대로 부여수는 옆구리에 갑자기 수많은 병사가 나타나 징을 치며 온갖 고함을 질러대도 아랑곳없이 하던 추격을 거듭하였다. 이는 또다시 훌륭한 판단이라 강 너머의 군사는 그제야 부랴부랴 도강을 준비하느라 부산을 떨 뿐이었다. 지켜보던 구부는 이에 진실로 감탄한 듯 손뼉을 쳤다.

“과연 최고의 지략과 담력을 함께 갖추었다. 저 정도의 탁월한 장수라면 지금쯤 숫자를 생각하겠지. 저토록 많은 병력을 가짜 복병과 함정으로 허비했으니 남은 고구려 군사는 얼마 되지 않을 것이다, 아마 그런 판단을 내릴 테니 이제 그는 본진을 치려 할 것이다."

잠시 말을 끊은 구부는 이련을 보며 빙긋 웃었다.

"그리고 그 판단은 틀림이 없다. 고구려 본진에 남은 것은 너와 나, 단 두 명뿐이니까."

그 말에 이련은 실색하여 눈을 크게 뜨고 부여수의 군사를 살폈다. 과연 부여수는 칼을 들어 이쪽을 가리키고 있었으며 산 아래 수없는 깃발이 꽂힌 고구려 진영에는 한 명의 병사도 없었다. 곧 부여수의 군사가 이쪽을 향해 달려오기 시작했다. 이련은 놀라 제 창을 움켜쥐며 다급한 목소리로 구부를 불렀다.

"형님, 이어지는 계책이 무엇입니까?"

"없다."

"예?"

"계책 같은 건 처음부터 없었다. 나는 저 복병 중 누구에게도 도주하라 명한 적이 없었으니까. 저들은 진실로 약졸이라 도주한 것이다. 다만 저들이 도주할 것을 내가 미리 알고 있었다는 것이 책략이라면 책략이랄까."

"그렇다면 왜 이런 용병술을 쓰신 겁니까? 강병은 왜 강 건

너에 두었습니까? 정작 강병은 싸워보지도 못하고 약졸이 도륙당하는 것도, 본진의 형님을 유린하는 것도 지켜만 봐야 하지 않습니까?"

"글쎄."

"그럼 이제 어떻게……."

구부는 손가락을 펴 입가에 대었다.

"조용. 봐야 할 광경은 아직 나오지 않았어."

부여수의 날랜 군사가 불과 사오 리 안쪽에 이를 때까지도 구부는 눈 하나 깜빡하지 않고 이를 지켜만 보았다. 점점 가까워져 이제 눈으로 적의 얼굴마저 알아볼 거리가 되고 얼굴이 하얗게 질린 이련이 막 창을 빼들고 결사의 각오를 다질 즈음, 구부는 먼 산을 가리켰다.

"지금."

순간 백제군의 등 뒤로 높은 산에 가려졌던 아침의 해가 서서히 모습을 드러냈다. 차츰 온전히 모습을 드러낸 해는 실눈을 뜨고서도 바라보기 힘들도록 눈이 부셨다. 이련은 눈 위를 한 손으로 가리고도 얼굴을 찡그렸다.

"이리저리 도주했던 우리 약졸들은 어디로 갈까. 그들에게 가장 안전한 곳이란 강 건너 있던 강병이야. 강병은 강을 건너고 약졸은 강병에 합류하겠지. 그리고 그곳은 백제군의 등 뒤다."

과연 부여수는 비로소 발을 멈추고 있었다. 거대한 함성이 들려오는 그들의 등 뒤에는 너무도 눈부신 태양이 떠올라 있었으며 태양 아래에는 여태껏 스치며 버리고 지나온 고구려의 약졸들, 그리고 강 건너에 발이 묶여있던 강군이 모여 하나로 합치고 있었다. 눈을 제대로 뜨지도 못한 채 이를 살피던 부여수는 순간 망연자실하여 어떤 명령도 내리지 못하고 멈추어 있었다.

"부여수의 생각이 뒤엉킬 것이다. 함정에 빠졌으니 텅 빈 우리 본진조차 의심하겠지. 저 태양 아래 군사들의 숫자도 헤아리지 못해. 그냥 많다, 무지 많다 하고 생각할 게야. 눈을 잃은 채 앞뒤로 군사를 맞이했다 생각할 테니 상당히 낭패하고 있을 것이다. 조심성이 많은 장수이니 그 낭패감은 더하겠지."

"아!"

이련은 저도 모르게 탄성을 내었다.

"감탄은 접어두고 눈을 크게 떠라. 네가 보아야 할 것은 지금부터니."

어느새 부여수는 창을 부여잡고 있었다. 구부와 이련에게까지 들리지는 않았으나 그는 창을 흔들며 무어라 큰 소리로 외치고 있었다. 짧은 몇 마디가 끝나자 그는 등을 돌려 해가 뜬 쪽을 향해 힘차게 말을 몰았다. 더불어 그의 장수들이 말을 죽일 듯 걷어차며 달렸다. 수십 개의 전장을 지나며 항상 선봉을 달렸던 불패의 명장들이 악을 질러대며 죽을 각오로 달리고 정예한 병사들이 그 뒤를 따랐다. 똑바로 숫자를 헤아릴 수도 없는 적을 향해 눈을 거의 뜰 수조차 없음에도 백제군은 너무도 용맹스럽게 달렸다. 그리고 입을 벌린 채 이를 지켜보는 이련의 등 뒤, 구부는 어느새 손에 불쏘시개를 들고 앉아 봉화에 붙인 불씨를 열심히 쑤시고 있었다.

"여기까지야. 이것으로 열 번째 전장도 무효다."

봉화에는 연기가 오르고 있었다. 그리고 이 신호를 본 고구려군 또한 백제군을 향해 맹렬한 기세로 달리기 시작했다. 그러나 그들이 달리는 방향은 백제군 정면이 아닌 스치듯 비켜난 방향. 무서운 속도로 달린 고구려군은 백제군의 옆을 비키듯 도망치며 본진의 진영으로 달렸다. 겉보기로 그 용맹이 백제군에 모자라지 않던 고구려군의 돌격은 그대로 줄지은 도주로 변하여 속속들이 진영으로 돌아왔다.

"왜 저들을 도륙하지 않습니까? 적은 당황하고 있는데요."

"이길 수 없어. 결코 이길 리가 없지. 맞부딪쳐 서로 숫자가 줄면 저쪽 강병은 악에 받쳐 목숨을 내놓고 달려들고 우리는 약졸이라 조금만 숫자가 줄어도 금세 기가 꺾이니까."

"아니요, 형님. 그렇지 않습니다."

크게 고개를 휘저은 이련은 구부의 앞에 한쪽 무릎을 꿇으며 외쳤다.

"보라 하신 것 잘 보았습니다. 귀신같은 형님의 용병술이 부여수를 어떻게 요리하는지 확연히 보았습니다. 하지만 이제는 제 차례입니다. 제가 군사를 끌고 고구려군이 결코 그리 약졸이 아니란 걸 형님께 보여드릴 차례입니다."

"지금은 아니야. 네가 왕이면 그러든가."

구부는 피식 웃으며 이련의 어깨를 가볍게 두드리곤 등을 돌려 진영으로 내려가기 시작했다. 이련은 납득할 수 없는지 앙다문 턱을 씰룩거리며 백제군을 한참이나 더 바라보다 구부의 뒤를 따랐다. 개전 이후 석 달이 흐르는 가운데 양편 모두 어떠한 성과도 내지 못한 열 번째의 전투였다.

"적이 계책의 싸움을 해주지 않아. 무책(無策)으로 일관하고 있어."

구부는 내려가는 길에 힐끗 이련을 바라보더니 중얼거렸다.

"저에게 유리한 것과 나에게 유리한 것을 잘 구분할 줄 안다. 과거 조부께서 낙랑의 최비를 이겨낼 적에 했던 바와 같아. 부여수가 영웅의 기질이 있는 게지."

"백제의 애송이를 조부님과 비교하시다니요."

"애송이라. 글쎄. 겉만 흉내 낸 모양새인지, 정말 제대로 된 놈인지는 시간이 밝혀주겠지."

어슬렁 걸으며 손을 저어 이련을 물리친 구부는 곧 장수들이 모인 군막으로 들었다. 장수들은 들떠 있었다. 천하에 위세를 떨치는 백제군을 이토록 시원히 놀려댔으니 기분이 좋지 않을 수도 없는 노릇. 그들은 그것이 누구의 덕인지 잘 알고 있었다. 판은 처음부터 짜여있었고 고구려군과 백제군은 모두 바둑돌에 불과했다. 정말이지 그들의 태왕 구부는 신기한 인물이었다.

사관 하나가 그의 병법을 기록하려 시도했으나 도무지 그 원리를 기술하지 못하여 사직하고 만 사례도 있었다. 무예를 전통의 미덕으로 여겨온 고구려 무장들이었으나 그들은 이 말도 제대로 못 타는 태왕 아래 진심을 다해 머리를 조아리게 된 지 오래였다.

"위대하신 태왕 폐하를 뵈옵니다."

크게 고개를 숙이는 무장들을 지나치며 구부는 중얼거리듯 툭 한마디를 던졌다.

"모자란 나의 장수들을 보노라. 어째 석 달째 공을 세운 놈이 하나도 없어."

"폐하, 송구하오나 그것이. 오늘은 공을 세운 자가 있나이다."

격의 없는 농에 머쓱하여 머리를 긁는 시늉을 하며 한 장수가 답했다.

"공을?"

개전 이후 처음 가져다 준 장수의 낭보가 그렇게나 기쁜지

시큰둥하게만 듣던 구부는 갑자기 손뼉을 치며 함박웃음을 지었다. 그리고 장수들에게 가까이 다가가 재촉하듯 물었다.

"그래? 공을 세운 자가 있어?"

"예, 이 둠치라는 자가 적장의 목을 가져왔나이다. 비록 적이 무명이 높은 자는 아니었으나⋯⋯."

"장하다. 참 장해. 어디, 직접 자세히 좀 말해보아라. 접전이라도 벌인 게냐? 군사는 몇이나 잃었고? 적장의 목은 직접 베었느냐?"

"아, 예. 아, 그것이."

정신없이 몇 개의 질문을 한꺼번에 던져대니 둠치라는 자는 엉거주춤 서서 보따리에 싸온 적장의 머리를 꺼내 놓으며 대답하였다.

"군사는 하나도 잃지 않았습니다. 그게 예, 직접⋯⋯."

"군사를 안 잃었구나."

"아, 예. 그렇사옵니다."

고작해야 적의 작은 장수 하나였으나 고구려군으로서는 개전 이후 처음 가져보는 적장의 목이었다. 더군다나 잃은 군사도 없다니 기쁠 만도 할 텐데 구부는 반듯이 잘려나간 적장의 머리를 살펴보다가는 갑자기 입맛을 쩍 소리가 나도록 다셨다.

"잘했구나. 참 잘했어. 허나 내 회군을 하기로 이미 결정하였다."

"예?"

장수들은 저도 모르게 큰 소리를 내었다. 그간 그토록 위명이 당당한 백제군을 맞아 여태껏 손실 없이 싸워올 수 있었다. 구부의 지시만 잘 따르면 어쩌면 이 전쟁에서 이길 수 있다는 희망까지 품고 있던 터였다. 그 구부가 회군을 말하다니.

"그래. 내 열 가지 계책을 준비하였으나 모두 성과가 없었다. 이제 더는 낼 것이 없으니 물러서야지."

구부는 짐짓 한스럽다는 듯 한숨을 토해내고는 뒷짐을 지고 등을 돌렸다.

"그간 여러 장수들이 나를 참 잘 따라주었다. 다만 아직 부여구의 운이 다하지 않았으니 후일을 기약하면 될 일이야."

"송구하옵니다, 폐하. 소장들이 모자란 탓이옵니다."

"군이 그렇지도 않아. 어쨌든 사흘 후에 회군할 생각이다. 그러나 이 일은 철저히 함구하도록 하라. 적이 추격이라도 했다간 전멸을 면치 못할 테니."

"예."

"그리고 둠치라 하였느냐?"

"예, 폐하."

"이름이 참 좋아. 둠치, 부르기 참 좋구나, 둠치. 둠치야."

둠치라는 사내가 일어서며 크게 답했다. 생긴 것이 제법 용맹하고 듬직하여 신임을 살 만한 인물이었다.

"상으로 네게 큰일을 하나 맡기마. 적의 눈이 닿지 않도록 조심하여 사흘 안에 허수아비 일만 개를 만들어라. 회군할 적에 그 허수아비를 세우고 갑주를 입히어 우리 군사로 위장할 생각이다. 그간 당한 것이 많으니 함부로 추격하지 못하겠지."

"성심을 다하겠사옵니다."

구부는 인사를 올리는 장수들을 향해 손을 휘휘 저으며 군막을 나가버렸다. 회군을 결정한 마당에도 담담히 웃는 그의 낯에 장수들은 왠지 모를 미안함을 느낀 탓인지 말없이 고개를 숙이고만 있다 각기 제 막사로 돌아갔다.

둠치는 성실한 자였다. 사흘이 가기 전에 일만 개의 정교한 허수아비를 하나 모자라지 않게 만들어 구부에게 보고하니 적당한 벌판을 골라 허수아비들이 세워지고 거기에는 고구려군의 갑주가 입히고 병장기가 들렸다. 그간 장수들 또한 구부의 함구령을 철저하게 지키어 일반 군졸은 전혀 회군의 기색을 눈치채지 못하고 있었다.

"둠치야, 내 너에게 한 가지 일을 더 맡기마."

"신임에 몸 둘 바를 모르겠나이다."

"네가 돌아가는 군사의 선봉을 맡아라. 안전하게 길잡이를 해야 할 것이니 가장 빠른 일군을 맡아 먼저 출발하여 뒤도 돌아보지 말고 가장 빨리 달리도록 해라. 네 걸음에 온 고구려 군사의 목숨이 달렸다."

"백번 명심하겠사옵니다."

둠치는 고개를 숙여 보이고는 나는 듯이 말을 달려 제가 맡은 군사로 향했다. 이내 일사정연하게 막사를 걷고 대오를 갖추어 회군을 시작하니 용병술에도 나름 재주가 있는 자였다. 둠치의 일군이 모두 자취를 감추는 동안 손을 흔들며 그들의 등 뒤에 일별을 보낸 구부는 곧 나머지 장수들을 불러 모았다. 장수들이 모여 구부의 말을 기다리는데 정작 그들을 부른 구부는 너른 바위에 걸터앉아 한참을 빈둥거렸다.

"폐하, 명을 내리소서."

그러나 들은 척도 않은 구부는 싱글거리며 돌아다니다 솔잎을 하나 따더니 가장 연로한 장수인 우앙의 뺨을 콕콕 찌르기 시작했다. 엄숙한 표정으로 시립해 있던 우앙은 서너 번쯤 찔렸을 때에 결국 견디지 못하고 가슴의 한숨이란 한숨은 모조리 모아 진중한 음성을 토해냈다.

"폐하!"

"야, 이놈아! 부여수는 석 달 열 번을 참더라."

"예?"

그제야 구부는 군사를 돌아보며 입을 열었다.

"전군, 너희의 위대한 태왕을 따르라."

손을 들어 명을 내린 구부는 가장 앞서서 벌판의 허수아비들로 향했다. 그러고는 높이 세워진 허수아비 사이에 양팔을 벌리고 대충 서니 얼추 사람과 허수아비가 구분이 가지 않았다. 곧 모든 장졸이 영문을 모른 채 이 꼴을 따랐다. 만 개의 허수아비 사이에 만 명의 군사가 섞여 허수아비와 사람이 함께 팔 벌리고 선 모습이 꽤나 우스꽝스러운 모습이었다. 그러다 구부의 팔에 참새 한 마리가 앉아 지저귀자 가까이의 장수 몇이 킥킥댔고 구부는 정색하며 입가에 손가락을 갖다 대었다.

"웃을 장면은 여기가 아니야."

마치 그 말이 신호이기라도 한 듯 갑자기 멀리 수곡성의 성문이 열렸다. 이어서 부여수를 비롯한 수많은 백제 군사가 봇물 터지듯 쏟아져 나왔다. 북과 꽹과리를 쳐대며, 그보다 더 커다란 함성을 지르며 이들은 있는 힘껏 달리기 시작했다. 이 압도적인 광경에 고구려 군사들은 아연실색했으나 그들이 향하는 방향은 벌판의 허수아비 쪽이 아니었다. 반대편, 고구려로 향하는 길, 둠치가 퇴각한 방향이었다. 그들은 둠치의 회군 길을 따라 개전 이후 그 어느 때보다도 기세를 높이며 무섭게 달렸으니 얼마 지나지도 않아 고구려군의 시야에서 모습을 모조리 감춰버렸다. 알 수 없는 광경이었다. 저들은 어찌하여 이 허수아비를 본 척도 않았으며 어찌하여 고구려군이 회군하기로 했던 길을 저리 정확히 안단 말인가. 놀란 가슴을 쓸어

내리며 장졸들은 구부에게 수천 쌍의 눈길을 모았다.

"지금 웃어라. 하하."

모두가 어안이 벙벙한 가운데 구부는 시원하게 웃었다. 그러고는 뒷짐을 진 채로 허수아비 사이에서 나와 성문이 활짝 열린 수곡성 방향으로 발을 높이 들어 걸음을 옮겼다.

"진격, 위풍당당한 진격, 진격이로다."

이어서 일만 고구려 군사는 팔자걸음을 걷는 구부의 뒤를 따라 수곡성으로 들었다. 빈 수곡성에 남아있는 군사란 고작해야 수백의 늙고 지친 인부들뿐. 이렇다 할 전투조차 벌어지지 않은 채 성은 그대로 고구려의 손에 떨어졌다. 성문은 굳게 잠기고 성벽 위엔 활 잰 병사들 수백이 올라섰다. 높이 세워진 고구려의 깃발이 수곡성의 주인이 바뀌었음을 알렸다.

"성문을 열고 부여수를 유인하는 것은 어떻겠습니까?"

"부여수가 네놈 같았으면 벌써 잡았겠다. 쫓던 미끼가 가짜인 줄을 알았는데 어찌 태평하게 돌아와?"

과연 그의 말대로 속았음을 깨닫고 돌아온 부여수는 이를 부득부득 갈면서도 성에서 멀찍한 곳에 진영을 두고 군사를 움직이지 않았다.

"소금장수의 손자는 당장 내려와 내 칼을 받아라!"

부여수가 성 아래 지근거리까지 저 혼자 말 탄 채로 달려와 독설을 외쳐대며 도발하였지만 구부 휘하 고구려 장수란 능

청맞기가 한결같아 누구 하나 얼굴을 붉히는 이조차 없었다. 구부는 아예 붉은 모자를 하나 만들어 쓰고 성벽 위로 올라 부는 바람에 소금 몇 줌을 뿌려대며 귀신 쫓는 춤을 추고 노래를 하였다.

부여수는 이를 부서져라 갈면서도 돌아가는 수밖에 없었다. 백제군이 산처럼 쌓아둔 물자로 고구려군은 매일같이 잔치를 벌였으며 정작 백제군은 밤공기를 피할 막사 하나 올리지 못했으니 부여수까지 모두가 뜬눈으로 밤을 지새워야만 했다. 그렇게 며칠, 부여수는 회군의 결정을 내릴 수밖에 없었다.

성을 도둑맞은 채 터덜터덜 돌아가기 시작하는 백제군을 바라보며 구부는 벗이라도 배웅하듯 손을 흔들었다. 석 달이라는 시간과 양측이 동원한 군사에 비하면 너무나 허망한 결말이었다. 사상자가 양군을 합쳐 백 명 남짓이니 어쩌면 전쟁이라 하기도 뭣한 일이었다.

"형님, 저는 아무것도 모르겠습니다. 대체 어찌."

"네 말이 맞은 게지. 부여수라는 자가 아직 조부님께 한참 미치지 못한 거야."

"예?"

"부여수는 무책의 인내를 끝내 지켜내지 못했다. 그 둠치란 작자를 보내 계략을 꾸민 순간 그는 패한 것이야."

"둠치요? 그가 첩자였습니까?"

"공을 세웠다잖아. 전군이 도망만 했는데 적장의 목을 베? 가당치도 않은 소리. 고구려에 그럴 장수가 있었으면 이 고생 안 했지."

"못 벨 것은 무엇입니까? 아무리 도망만 했다지만 요행이라는 것이."

"없어. 세상에 요행이란 없다. 설혹 있어도 요행이란 믿는 게 아니야."

선뜻 이해하지 못하고 고개를 갸웃거리던 이련은 곧 둠치가 한 명의 병사도 잃지 않았다는 것을 기억해 냈다. 도주하던 군사가 전투 한 번 벌이지 않고 적장의 목만을 깨끗하게 따온다, 무심히 지나쳤지만 다시 생각하니 이련이 보기에도 틀림없이 이상한 일이었다.

"첩자였군요. 머리를 들고 온 첩자. 결국 그 둠치라는 자가 백제에 회군의 정보를 흘리고, 허수아비의 꾀를 전하여서, 아, 그래서 백제군이 그리도 급하게 뛰쳐나왔던 것이군요. 이제 알았습니다."

이련은 그제야 모든 것을 알고서 크게 고개를 끄덕였다.

"형님은 정말 구름 위에서 노니는 신선과도 같습니다. 이 동생은 형님의 모든 것을 하나하나 눈을 크게 뜨고 기억하여 학습하겠습니다."

"아니, 내가 아니다. 네가 배울 자는 부여수야."

"예? 한낱 무용뿐인 자 아닙니까? 형님, 저는 부여수와 겨루어 이길 자신이 있습니다."

대답을 않고 가만히 돌아가는 백제군을 지켜보던 구부는 잠시 눈을 감았다 떴다. 그리고 항상 얼굴에 감도는 미소를 그대로 놓아둔 채 드문드문 입을 열었다.

"이련아, 나는 아버님의 복수를 할 생각이다. 백제의 국경을 허물고, 백제의 모든 백성을 내 백성으로, 우리의 백성으로 만들 것이다."

"형님."

"그러나 너는 내가 가려는 길을 지지하려 하지도, 따라오려 하지도 말거라."

"예?"

"만일 내가 해내지 못한다면 네가 그 유지를 이어야 하니까. 그때는 너의 방법으로."

문득 이련의 어깨에 구부의 손이 얹어졌다. 이련은 무언가 말을 하려 했지만 쉽사리 입을 열지 못했다. 구부의 여린 얼굴과는 어울리지 않는 무거운 선언의 무게가 느껴진 탓인지, 선왕 사유의 기억이 떠오른 탓인지 그는 가만히 주먹만 쥐었다.

"형님께선 반드시 해낼 것입니다."

다른 생각을 걷어내고 그 한마디만 뱉어낸 그는 구부를 바라보았다. 선대의 복수. 백제의 멸망. 지난 세월 사유와 꼭 같은 모습으로, 아니 그보다 더한 모습으로 내치에만 힘쓰던 구부의 가슴에 그런 불씨가 타오르고 있었다는 사실만으로 그는 감격했다.

천하가 다 망해버린 줄로만 알던 고구려, 고구려는 필시 다시 한번 북방의 패자로서 천하를 호령하게 될 것이었다. 모든 고구려인이 그리워하는 옛 미천태왕의 시대가 다시 찾아올 것이었다. 이련은 슬그머니 구부의 얼굴을 바라보았다. 무골의 티라고는 눈을 씻고 살펴도 한 점 찾을 수가 없는 이 장난스러운 태왕은 기묘하게도 그 어느 누구보다 확실하게 위대한 패업을 이루어 낼 것만 같았다. 이련은 저도 모르게 고개를 숙이며 구부의 앞에 한쪽 무릎을 꿇었다.

부처의 여인

　수곡성을 점령한 고구려.

　그것은 천하 사방에 옛 대제국 고구려의 재기를 알리는 호령이었다.

　구부가 왕위에 오른 불과 다섯 해 사이 고구려는 갑자기 힘을 되찾고 있었다. 연나라에 복속하며 허물어졌던 고구려의 국경은 다시 뚜렷하게 그어졌으며 백제의 군사에 짓밟혔던 성과 관문들은 급속히 재건되었다. 구부는 수백 년간 내려오던 군진 배치의 요령을 아예 바꾸었다. 요지에 대군을 주둔시켰다가 전시에 이를 파견하던 옛 방식과 달리 구부는 작은 성들마다 규모에 맞는 군사를 두어 다른 성들과의 연계를 꾀하였다. 그것만으로 전쟁의 양상이 달라졌다. 대군과 대군의 전면전이 사라지며 수십 개의 소규모 접전이 대국을 좌우하게 되었다. 고구려를 침략하는 적은 수십 수백의 성을 차례차례로 무너트리며 전진해야만 했고 고구려의 침략을 받는 적은 수십 군데의 요지를 동시에 지켜야 하는 혼란을 겪어야 했다. 청야(淸野) 전술, 즉 수성(守城) 전술을 바탕으로 적의 보급로를 끊고 천천히 승기를 잡아가는 전술이 이때부터 고구려의 특기가 되었다.

구부가 다섯 해 동안 이루어 낸 것은 그뿐이 아니었다.

그는 태학을 세움과 동시에 불교 또한 들여와 백성의 삶과 마음을 다졌고 스스로 법을 제정하여 나라의 근간을 다졌으며 세법(稅法)을 정비하여 나라와 백성의 살림을 보살폈다. 그리고 이 모든 정책을 사사건건 방해하던 제가, 각 부(部)의 잔재들을 완전히 없애고 지방 귀족을 중앙으로 완전히 편입시켰다. 그가 단 한 번의 정변도 없이 그토록 확고한 왕권을 휘두를 수 있었던 것은 공교롭게도 고구려가 기나긴 부침의 시간을 겪은 덕이었다.

사유의 치세 내내 울분을 참아온 고구려의 귀족들은 이 확고하고 파격적인 태왕의 정책 앞에서 오히려 환호했다. 그들은 강력한 왕권을 원했으며 그 왕권에 지배받기를 또한 원했다. 제 권력을 잃어가면서도 고구려의 새로운 부흥을 꿈꾸며 기뻐했고 태왕의 큰 그림이 드러날 적마다 앞다투어 손뼉을 쳤다.

고구려는 다시 떠오르고 있었고 그것은 불세출의 지도자를 맞이한 덕이었다.

태왕 구부는 눈을 부릅뜨고 있었다. 자꾸만 다가오는 적과의 싸움에서 무릎 꿇지 않으려 그는 필사적으로 온몸에 힘을 주었다. 그러나 적의 끊이지 않는 사술 주문은 그를 무의식의 나락으로 몰아댔고 구부의 저항은 점차 힘을 잃어갔다.

"청정법신 비로자나불, 원만보신 노사나불, 천백억화신 석가모니불, 구품도사 아미타불, 당래하생 미륵존불, 시방삼세 일체제불……."

나무 공을 두드리는 소리가 이어졌다.

"마하살, 마하반야바라밀……."

결국 구부는 견디어 내지 못했다. 그는 고개를 떨어트리며 마침내 의식을 잃었고 조마조마한 마음으로 이 광경을 지켜보던 근신들은 한숨을 내쉬어야 했다. 그곳은 이불란사(伊弗蘭寺). 이역만리 먼 땅에서 들어온 승려, 구부의 옛 친구인 도안(道安)이 보내온 아도(阿道)가 머무는 곳으로, 구부가 친히 명하여 지은 고구려의 첫 사찰이었다.

"마음 둘 곳 없는 백성의 마음을 거두라 하였지 내 마음의 평화를 침하라 하진 않았다."

이불란사의 완공을 기념하여 천하 각국의 승려와 불자들이 모여든 자리에 아도는 구부의 참석을 간곡히 청했으니 구부는 열 번 거절하고서도 결국 자리할 수밖에 없었다. 그리고 가장 높은 자리에서 설법과 독경을 들어야만 했던 구부는 결국 밀려오는 졸음을 참지 못했던 것이다.

"폐하, 법설에 답하실 시간이옵니다."

슬쩍 눈을 뜬 구부는 언제 졸았냐는 듯 말끔한 얼굴로 목소리를 가다듬었다. 곧 낭랑한 목소리가 청량하니 법당에 퍼졌다.

"개가 짖는 소리를 개소리라 하고 승려가 하는 소리를 독경이라 한다. 개의 짖음이란 먹을 것을 구하여 제 삶을 지탱하고자 함이며, 승려의 독경이란 불심을 닦아 얻은 도를 세상에 전하고자 함이니 개소리는 제 자신을 구하고 독경은 남을 구하는 것이 다르다. 천하 만민은 불법의 숭고함을 알지어다."

어째 심사가 배배 꼬인 소리였다. 대개의 승려들이 눈을 끔뻑거리며 서로의 얼굴만을 바라보고 구부는 언제 졸았냐는 듯 즐거운 얼굴로 앉아 이 광경을 즐기고 있어 신하들은 다만 혀를 찰 뿐이었다. 그러던 중에 한 승려가 일어서자 온 시선이 그로 향했다. 고개를 숙이며 합장한 것은 머리를 파랗게 깎은 비구니였다.

"꺼병의 어미를 까투리라 부르며 고구려의 어버이를 태왕이라 부르옵니다. 까투리는 제 새끼를 배불리 먹이며 태왕은 백성을 배불리 먹이는 터, 까투리는 제 새끼를 구하고 태왕은 백성을 구하는 점이 다르니 소승은 까투리보다 태왕께서 나은 점이 있음을 아옵니다."

구부는 크게 웃었다. 곧 비구니의 얼굴을 찬찬히 살피자 열

일고여덟 남짓 스물이 되지 않은 어린 이였다. 외모가 지나치게 수려하지는 않았으나 흔한 미인처럼 색(色)이 흐르는 대신 미간의 설게 어린 푸른빛 총기가 더욱 사람을 잡아끄는 데가 있었다.

"비구니가 참으로 총명하구나. 네가 읊은 독설이 독경보다 못하지 않으니 네가 부처보다 못하지 않다. 부처가 말로 세상을 구했듯 너는 입으로 세상을 구하겠구나."

비구니는 은은한 미소를 띠었다.

"불가에 귀의한 몸인들 먼저 태왕의 자식인 줄로 아나이다. 소승이 부처라면 이는 틀림없이 폐하를 본받은 덕이옵니다."

"하하하하."

구부는 이에 다시 한번 웃음을 터트린 후 좌중을 향해 몸을 돌렸다. 그리고 그중 가운데에 자리한 아도를 바라보며 입을 열었다.

"아도, 들었는가. 나와 내 백성이 모두 부처라네."

아도는 몇 년 전의 기억을 떠올렸다. 불법을 가지고 들어왔을 적, 구부에게 열흘간 심하게 논파당하여 좌절하고 불가를 떠날 생각까지 잠시나마 가졌던 자신이 울상이 되어 불법을 들인 이유를 물었을 때 구부는 대단히 진지한 얼굴로 답했었다.

'모든 불자가 곧 부처라 했다지? 백성이 모두 부처라면 그

만한 강국이 어디 있을까.'

아도는 조용한 미소를 띠며 구부에게 합장해 보였다. 곧 구부는 얼굴과 몸가짐을 모두 바르게 한 뒤 목소리를 고치고 입을 열었다.

"삶이란 무서운 것이다. 가야 할 길을 평생 모른 채, 가지 말아야 할 길만을 한평생 배우며 사는 것이 삶이다. 무거운 멍에를 어깨에 메고, 갈 곳을 모른 채 한숨만 쉬는 것이 우리네 모두의 삶이니라."

"아미타불."

"내 손수 만법을 제정하여 천하에 선포하고 뒤돌아 생각하니 가지 말아야 할 길을 더욱 공고히 할 뿐 갈 길을 알려주는 한마디가 없었다. 슬피 여기어 세상을 살피니 서역의 부처란 이가 참 당당히도 제 뒤를 따르라 하더라. 내가 함부로 하지 못한 말을 하였으니 그가 나보다 나은 것이 맞으리라."

"아미타불……."

"하여 내 백성들에게 부처의 법설을 전하노니 일어서기 힘든 자, 스스로 걷기 힘든 자, 어디로 가야 할지 모르는 자는 그의 뒤를 따라도 좋다. 그것이 이 모자란 왕이 미안함을 담아 권하는 바이다."

"아미타불……."

그 말을 끝으로 구부는 몸을 일으키며 자리를 파했다. 승려들과 불자들이 하나같이 합장하며 눈을 감고 읍하는 가운데 오직 예의 비구니는 눈을 선명히 뜨고 구부를 바라보았다. 알 수 없는 모호한 눈빛이 그의 뒷모습을 향해있었다.

구부는 쾌활한 인물이었다. 어떤 중대사에 부딪쳐서도 항상 웃는 낯이었고 누구와 마주해서도 슬픈 빛이나 걱정하는 빛을 띠는 적이 없었다. 그러면서도 그의 식견이란 비할 데가 없이 높았으니 모두가 그에게 고견을 구할 뿐 조언을 던져오는 사람이나 반론을 제기하는 사람이 없었다. 그러니 그의 속내를 감히 짚어오는 이가 있을 리 또한 만무했다.

"달무리가 제법 촉촉하구나."

이불란사의 뒤뜰을 걷다 걸음을 멈추고 담벼락 한편에 잠시 서서 하늘을 올려다보던 그는 곧 작은 돌멩이 하나를 주워들고서는 근처에 세워진 부처의 사리탑을 향해 툭 던졌다. 딱 소리가 나며 돌멩이가 사리탑을 맞히자 구부는 피식 웃으며 탑의 주인을 향해 중얼거렸다.

"달이나 그대나 참도 쉽게 제 뱃속을 내보인다. 그러니 시인은 달을 벗 삼고 불자는 그대를 벗 삼고."

외로운 투정을 던져놓은 그는 법당의 흙바닥 사이사이 박힌 작은 돌멩이를 발로 톡톡 차서 골라내기 시작했다. 아무것도 하지 않는 시간을 본디 못 견뎌 하는 그는 끊임없이 손장난과 발장난을 치며 헛소리를 늘어놓았다.

"그래서 되겠는가 말이야. 수만 비구니를 혼인도 못 하게 한 채, 그대 혼자 거느리고 말이야."

그러다 저도 모르게 뱉어낸 소리에 스스로 놀란 듯 구부는 잠시 하던 양을 멈추었다. 비구니라니. 그는 피식 웃으며 고개를 저었다. 혼기를 넘긴 지는 이미 오래되었지만 구부는 혼인을 권하는 신하들에게 손만 내저었을 뿐이었다. 본인도 깊이 생각해 본 적이 없었기에 그 까닭을 세세히 알지는 못했으나 어렴풋이 짐작은 하고 있었다. 호기심. 그의 왕성한 호기심을 끌어줄 여인이 없는 탓이리라. 용모가 그럴듯한 여인은 순간의 관심만을 일으켰고 성정이 현숙한 여인은 함께하면 괜찮은 사람이리라, 하는 건조한 평가만을 내릴 수 있을 뿐이었다.

"하나쯤 양보하라 하시지요."

돌연 들려온 목소리에 흙바닥을 살피던 구부는 놀라 고개를 들었다. 그러곤 뜨거운 낯을 견디지 못하여 휙 고개를 돌렸다. 놀랍게도 구부의 앞에는 예의 비구니가 은은한 미소를 띤 채 걸어오고 있었다.

"태왕께서 석호의 앞에서 부처님의 고(睾: 불알)를 찾으신 일화를 흉내 내보았사옵니다."

부처의 불알이란 구부가 치세의 도리를 찾고자 방랑하던 태자 시절 조나라 왕 석호를 불러내기 위해 했던 소리였다. 곧 법당에서 구부를 까투리에 빗댄 비구니의 무례함이란 일부러 구부를 만나기 위함이라는 뜻.

구부는 흥미로운 눈길을 비구니의 얼굴에 던지며 물었다.

"일부러 나를 찾았다는 말인가?"

"예."

"어째서?"

"글쎄요. 호기심이 시킨 일이 아닐까. 폐하의 여러 일화를 듣고 소승도 모르게 그리하였습니다."

구부의 눈길에 더욱 큰 흥미와 관심이 실렸다. 한 점 망설임 없이 속내를 털어놓으며 구부를 바라보고 있는 비구니의 얼굴은 투명하리만치 맑았다. 저도 모르게 손을 들어 그 얼굴을 만져보려다 멈칫한 구부는 곧 머쓱해진 손을 매만졌다. 비구니는 이 꼴을 보며 웃었다.

"단청이라 하옵니다."

"비구니가 사내와 말을 섞어도 되는가?"

"승복이야 벗으면 그만이고 머리야 기르면 그만이지요."

구부가 할 말을 잃고 있으니 단청 또한 가만히 서서만 있었다. 그러고서도 침묵만이 길어지니 단청은 곧 합장하며 고개를 숙여 보이고 구부를 지나치려 하였다.

"가려는가?"

"가야지요."

무슨 말을 해야 하나, 수천 가지 말이 구부의 머리에 동시에 떠올랐으나 구부는 그중 한마디도 뱉어내지 못했다. 결국 조금씩 멀어지는 단청의 발걸음에만 안타까운 시선을 주던 구부는 아무 말도 준비하지 못한 채 성급한 목소리를 터트렸다.

"네 걸음이 말보다도 빠르구나."

"그런지요? 소승은 말을 타본 적이 없사옵니다."

멈추어지지 않는 단청의 발걸음을 바라만 보던 구부의 눈에 근처에 매어진 말 한 마리가 들어왔다. 앞뒤 가리지 않고 달려가 서투른 손길로 고삐를 잡아채며 올라타니 말은 내키지 않는 듯 비틀거리며 움직였다. 단청은 구부가 구부정한 자세로 겨우 말을 걸리며 다가오자 길고 가느다란 손으로 입을 가리며 조금 웃었다.

"타겠느냐. 내 보기보다 능숙한 기수이다."

단청은 과히 사양하지 않고 구부의 등 뒤에 올랐다. 야심한 시각이라 보는 이 없는 가운데 이리저리 발길을 옮기던 말은 이윽고 사찰의 문을 나섰고, 그제야 사방의 경계를 보던 시위들이 놀라 따라나서니 구부는 엄하기 그지없는 얼굴로 그들을 제지했다. 멀어지는 이불란사를 뒤로하고 어디로 향하는지 모른 채 느린 걸음을 옮기는 말 위에서 구부가 말했다.

"어디가 좋을지 모르겠구나."

"소승은 궁성을 본 적이 없나이다."

구부는 진실로 즐거이 웃었다. 무엇보다 호기심을 사랑한 그였다. 호기심에 이끌려 자신을 찾았다는 여인, 그것도 비구니를 태우고 궁성으로 말을 몰다니. 그 어느 때보다 시원한 기분이 되어 구부는 말을 몰았다. 멀찍이서 소란스러운 소리가 일었다. 여러 신하들이 맹렬히 말을 몰아 뒤를 쫓는 소리, 태왕의 낙마를 걱정하여 한껏 말을 달리던 그들은 지척까지 이르러서 입을 떡 벌린 채 멈출 수밖에 없었다. 말 뒤에 탄 비구니. 그들의 태왕은 비구니를 납치하고 있었다.

"귀엽다."

"예?"

"네 동그란 민머리가 무척 귀엽다고 생각하였다."

얼굴이 보이지 않으니 한껏 대담한 말이 나왔다. 미숙한 기수 탓에 떨어질까 구부의 옷자락을 꼭 붙잡은 채 눈을 감고 있던 단청은 무엇이 우스운지 웃기만 하다 한참 뒤에 답했다.

"폐하는 할 일이 많은 분이옵니다. 희롱일랑 그 일을 다 끝마치거든 하소서."

구부는 저도 모르게 따라 웃었다. 희롱이라, 분명 그는 해야 할 숙제가 많았다. 원수 백제를 치고, 만천하에 고구려의 위상을 되살리고, 그리고. 그러나 이 순간 왠지 무겁기만 하던 그 짐들이 몇 배는 가볍게 느껴졌다. 멀리 아무것도 보이지 않던 곳에 환한 등불이 하나 켜진 것만 같은 느낌이었다.

"내 달릴 것이니라. 꼭 붙잡으라."

말고삐를 잡은 손에 힘을 주며 구부가 말했다. 말은 만만한 기수가 귀찮다는 듯 제멋대로 투레질을 한 뒤 평양의 궁성을 향해 달리기 시작했다.

선비

동진의 수도 건업.

선진 문물의 첨단을 달리는 이 성대한 도시로 이르는 길에 한 청년이 발을 들여놓았다. 먹지도 씻지도 못한 지 오래인 듯 비틀거리며 걷던 청년은 수백 번을 망설이다 결국 지나는 행인을 붙잡았다.

"사세부득 걸식을 하여야겠소. 각골하여 후일 보은할 터, 내 이름은 백동이오."

그는 태수의 아들 백동이었다. 행인은 아래위로 백동을 훑어보더니 다짜고짜 따귀를 날렸다.

"그게 무슨 개소리야!"

굶어 힘이 없는 백동은 진창에 나동그라지고 행인은 바닥에 가래침을 뱉곤 가던 길로 사라졌다. 겨우 몸을 일으킨 백동은 몇 차례나 더 지나는 사람을 붙잡고 구걸하였으나 결과는 다를 바가 없었다. 백동은 결국 포기한 듯 다시 정처 없는 걸음을 옮겼다. 날이 저물 때까지 힘없는 걸음을 옮겨 닿은 곳은 이름 없는 작은 산. 가난한 백성이 나무껍질이나 풀뿌리 등을

캐 먹는다는 이야기를 떠올렸는지 그는 제법 울창한 숲이 우
거진 산길을 터벅터벅 올랐다. 빛깔이 좋은 나무를 하나 고른
백동은 손끝으로 껍질을 긁었으나 붓이나 잡아본 여린 손으
로 벗기기에 나무껍질은 너무나 단단하였다. 손톱만 들리고
살갗만 벗겨지니 이내 포기한 백동은 주저앉아 풀뿌리를 뜯
었으나 씹히는 것은 온통 흙모래뿐이었다. 결국 이도 포기한
그는 차가운 그루터기에 등을 대고 앉았다.

"걸식이라니. 선비 된 몸으로 굶어 죽을지언정."

그는 추위에 떨리는 눈을 꾹 눌러 감으며 중얼거렸다. 지난
세월 민란을 일으킨 백성과 태수인 그의 아버지가 모두 죽은
뒤 그는 무서운 외로움 속에 떨어졌다. 천애고아라는 고독에
백성의 원수라는 미움이 더해졌다. 청렴했던 태수는 재산 한
푼 남긴 것이 없었으며 친인척은 간단한 청탁 하나 들어주는
법 없던 태수 일가에게 이미 등을 돌린 지 오래였다. 태수가
참된 유자였기에 백동은 오히려 모든 것을 잃었다.

이후 고통 속에서 오로지 사서오경만 벗 삼아 살던 그는 어
느 날 무작정 서쪽을 향해 떠났다. 유학의 본산을 찾아가겠다,
동진의 거유와 대학을 만나 사사하겠다, 그것이 그가 탁상에
외로이 남겨둔 글귀였다. 그리고 건업에 도착하기 전 가진 것
을 다 쓴 백동은 걸식하는 신세가 되어 이제는 아사(餓死)와
동사(凍死)의 갈림길에 이른 것이었다. 원망할 곳을 찾으려는

듯 입술만 꿈틀거리던 그는 눈을 부릅뜨며 가슴이 미어지는 외침을 내었다.

"아아, 나의 원수란 백성의 무지다! 벌거벗은 백성이 증오스럽구나!"

다음 순간 백동은 자리에서 벌떡 일어섰다. 멀지 않은 산속에서 피어오르는 불빛과 연기를 발견한 까닭이었다.

"아."

백동은 그 온기를 따라 비틀거리며 걸었다. 이윽고 이른 불빛에는 사람 예닐곱의 그림자가 비치고 있었다. 백동은 말도 기척도 없이 사람들 사이를 비집고 불섶 앞에 다가갔다. 조금이라도 가까이서 불을 쬐려는 그의 눈이 타들어 가는 장작을 향했다. 다음 순간 그는 눈을 크게 떴다.

'사기.'

사마천(司馬遷)의 사기(史記). 불은 장작이 아닌 수십 권의 책을 태우고 있었고 백동은 이미 모조리 불타 까맣게 변해가는 잿더미 속에서 찰나의 순간 그 제목을 보았다. 어마어마한 일이었다. 사마천의 사기란 보물과도 같은 책이었다. 수천 년 역사가 오롯이 담긴 사기를 한 권 필사하기 위해 외국의 사신들은 동진을 방문할 적마다 온갖 서고를 찾아 헤매곤 했다. 그 사기를 장작으로 쓰다니. 백동은 기겁하여 불길로 발걸음을 내딛었다. 학문하는 선비라면 제 몸을 모조리 태워서라도 살려내야만 하는 책, 사기는 그만한 가치가 있는 책이었다. 백동은 뜨거운 줄도 모르고 불길 속에 손을 뻗었고 그제야 백동의 존재를 알아챈 주위의 사내들은 대경실색하여 허리춤의 칼을 뽑아 들었다.

"웬 놈이냐!"

백동의 목에 서슬 퍼런 칼날이 다가왔다. 불을 쬐던 사내들은 더없이 놀란 표정으로 백동을 노려보며 칼을 겨누고 있었다. 백동은 움찔하였으나 곧 냉랭한 얼굴로 몸을 펴고 말했다.

"지금 태우는 것은 책이 아니오? 선비 된 몸으로 결코 묵과할 수가 없소."

"개소리!"

사내들은 칼자루로 백동의 목덜미를 세차게 내리찍었다. 백동은 무릎을 꺾으며 주저앉았고 그의 목에는 세차게 휘두른 칼날이 떨어질 차례였다. 백동은 마지막을 생각한 듯 눈을 감아버렸다.

"잠깐."

불 건너편에 있던 중년 하나가 손을 들어 사내들을 말렸다. 백동은 질끈 감았던 눈을 뜨고 다가오는 중년을 바라보았다.

"선비라 하셨는가?"

"그렇소."

"의관을 다듬을 줄 모르고 스스로 선비라 하시는가."

"곤궁한 처지에 놓이면 외양이 남루할 수도 있소. 내 군자의 행동에 어긋난 적이 없으니 모욕은 거두시오."

"곁불을 쬐는 군자라."

황망한 중에도 추위를 느끼는지 몸을 떠는 백동을 슬쩍 바라본 중년이 중얼거리자 백동은 부끄러운 낯을 띠면서도 힘주어 말했다.

"공부를 되짚으며 산길을 걷던 중에 불빛이 있기에 들러본 것이오."

"그러신가?"

"나는 소싯적에 논어와 춘추를 읽은 뒤로 남을 음해한 일이 없소. 부모와 스승을 거역한 일이 없고 아랫사람의 앞에서 몸가짐이 흐트러진 적이 또한 없소."

"허, 논어와 춘추?"

"옛날 공자께서 남긴 책이오. 논어로 삶을 살아가는 길을 가르치고 춘추로 삶을 보는 방법을 가르치셨소. 논어와 춘추를 읽고 공부한 자는 삶에 어긋나는 일이 없으니 군자라 하는 것이오."

"책으로 삶을 배운다? 어떻게, 무얼 배운단 말이지?"

"무우불여기자(無友不如己者)라는 말이 있소. 저보다 못한 자를 벗으로 삼지 말란 말이오. 이를 따라 살면 주위에 나보다 덕 있는 이만 가득할 터이니 삶이 어찌 즐겁고 윤택하지 않겠소. 그러한 지혜들을 수없이 담은 책이 논어요."

"허허, 나보다 나은 자만 사귀어라?"

"바로 그렇소. 나는 그 공자를 그리워하여 고구려부터 예까지 찾아온 것이오."

"고구려에서부터?"

"그렇소. 백성의 무지가 나의 원수이니 드높은 공부를 얻음이 나의 복수요."

백동의 당당한 태도와 막힘없는 언변이 신기했는지 중년은 눈을 동그랗게 뜨고 백동을 바라보았다. 그러고는 고개를 갸웃거리며 무언가를 곰곰이 생각하다 방긋 웃으며 손뼉을 쳤다.

"좋구나!"

백동이 중년의 별난 반응에 영문을 모르고 주춤한 사이 중년은 갑자기 백동을 확 끌어안았다. 십년지기라도 만난 듯 등을 두드리며 좋아하던 중년은 이번에는 백동의 양손을 부여잡고 외쳤다.

"귀인이야, 귀인! 내 자네 같은 사람을 오래 찾고 있었네. 이제야 이렇게 만났군."

"나를 찾았단 말이오?"

"그래. 바로 자네 같은 귀인."

중년은 백동의 한 손을 꼭 붙잡고 말했다. 은근한 그의 얼굴이 백동의 얼굴 앞까지 다가왔다.

"혹 저 책들이 무엇인진 아시겠는가?"

아는 대로 내뱉으려던 백동의 입술이 잠시 멈칫했다. 무언가 이상한 기분이 들었는지 백동은 사기라는 두 글자를 말하는 대신 잿더미에 공연한 눈길을 주다 고개를 저었다.

"이미 다 타서 알아볼 수가 없소."

중년은 더욱 진한 미소를 떠올렸다.

"그럴 테지. 춘화(春畵)라네. 명가의 자제들이 몰래 춘화를 보기에 내 걷어다 태운 것이야. 하인들의 무례를 사과하네. 알려지면 낯 뜨거운 일이라 심히 경계한 것이네."

"춘화요?"

"그래. 어린놈들이 사서오경이나 옛 고전 등의 표지에 춘화를 끼워서 교묘히 돌리고 있더군."

백동은 속사정을 듣고 의문이 풀렸는지 '아' 하는 소리를 내며 고개를 끄덕였다. 목과 어깨에 잔뜩 주었던 힘도 풀었다.

"선비가 책을 태울 리가 있겠는가. 자네가 오해한 것이야."

중년은 백동의 어깨를 두어 번 치고는 부드러운 목소리로 제 이름을 말했다.

"나는 왕헌지라 하네."

"왕헌지? 그 왕희지의 후전 왕헌지란 말이외까?"

"그렇다네."

순간 너무나 크게 놀란 백동은 다리에 힘이 풀려 주저앉았다. 왕희지의 기예를 이어받은 왕헌지. 소왕(小王)이라 하여 대왕(大王) 왕희지와 함께 이왕(二王)으로 불리는 왕헌지. 온 천하에 학문하는 이라면 그 이름을 모르는 이가 있을 리 없었다. 이역만리를 걸어 그토록 그리며 찾아온 대학이, 그것도 천하제일의 대학이 눈앞에 있는 것이었다. 백동은 황급히 주저앉은 무릎을 일으켜서 퍽 소리가 나도록 땅에 이마를 박으며 엎드렸다.

"서, 선생. 소인은 백동이라고 합니다. 부디, 부디 제자로 거두어 주소서."

"자네는 귀인이라 하지 않았는가. 내가 거느릴 그릇이 아니라네. 자네가 따를 사람은……."

왕헌지의 얼굴이 가까이 다가와 한 이름을 속삭였고 백동은 그 두 글자를 듣는 순간 너무나 놀라 높이 고개를 들었다가 흙바닥이 패이도록 머리를 찧었다.

사안. 천하 모든 학자들의 정점. 까마득한 하늘에다 별자리로 그려도 그 이름의 귀함에는 모자라다며 감히 입에 담지 않는 이름. 백동은 굵은 눈물을 흘리며 왕헌지의 발치에서 일어날 줄을 몰랐다.

사당.

가는 연기를 피워내며 향을 태우기 시작한 사안은 이를 향로에 꽂는 일도 잊은 채 물끄러미 사당의 초상을 바라보았다. 놀랍게도 초상의 주인은 공자가 아니었다. 사마천, 사기의 저자가 공자의 자리를 대신하고 있었다. 뭇 유자라면 거품을 물고 거꾸러질 일이었으나 정작 천하 유학의 정점에 위치하고 있다는 사안은 더없이 진중한 얼굴로 그를 바라보며 예를 올렸다. 천천히, 정성스레 마치 하늘 같은 스승을 대하듯 절을 마친 그는 꼿꼿이 일어선 뒤 돌연 안색을 정반대로 바꾸었다. 냉랭하기 그지없는 얼굴이 되어 사마천의 초상을 바라보던 그는 느릿하게 한마디를 흘려냈다.

"선생, 천 년 거목을 심어두고도 어찌 도끼질을 하였소?"

질책하듯 사마천을 향했던 그의 심원한 눈빛이 문득 초상 너머를 향했다. 거기에 무엇이 있는지 한참이나 뜻 모를 눈길을 보내던 그는 다시 입을 열었다.

"사사로운 가책을 그리 남길 이유가 무어요. 미자라는 이름은 남을 필요가 없었소. 공자가 언급할 필요는 더더욱 없었소. 천하 그 누구도 알 필요가 없었던 이름이오. 사라졌을 이름이오. 오로지 선생의 저본이 아니었다면 말이오."

마치 사마천을 앞에 두고 힐난하듯 사안은 무거운 음성을 이었다.

"송(宋)이란 글자가 장승을 베껴 만들어졌다 하는 자가 있소. 송의 시조 미자, 은나라 왕족 미자. 그대가 남긴 미자가 이제는 장승을 지키는 이로 둔갑하여 내 앞에 나타난 것이오.”

초상의 아래에는 책 한 권이 놓여있었다. 사기. 새 표지에 아직 먹이 다 마르지 않은 사기라는 두 글자가 쓰여있었다. 사안의 눈길이 그리로 미끄러졌다. 묵묵히 책을 바라보던 사안은 이내 한마디를 더 남기고 돌아섰다.

“쉬시오. 흠은 후학이 메우리다.”

이윽고 사당 밖으로 나서자 기다리던 왕헌지가 앞으로 다가와 고개를 숙였다. 사안이 무심한 눈빛을 던지자 왕헌지는 그 무언의 물음에 답하였다.

“천 권을 태웠고 천 권을 필사(筆寫)하였습니다.”

“그것이 전부는 아닐 터.”

“예. 수십 년에 걸쳐 발본색원할 일입니다. 오늘 제가 찾아온 이유는 다른 것입니다.”

사안은 물끄러미 왕헌지를 바라보았다.

“배움을 좇아 고구려에서 온 자가 있습니다. 논어와 춘추로 삶을 시작했다 합니다.”

영원히 굳어있을 것만 같던 사안의 무심한 입가가 슬쩍 움직였다. 묘한 웃음을 머금는 것을 보고 왕헌지 역시 빙긋 따라 웃으며 고개를 숙였다.

“군자입니다. 스스로를 군자라 소개하더군요. 적당한 자리를 골라 수학사(守學事) 따위의 관직을 하나 주겠습니다. 무르익거든 데려오지요."

"아니다. 내 직접 지도하겠다. 내 입과 귀가 되어야 할 자가 아닌가."

"알겠습니다."

이튿날, 왕헌지는 사안의 저택에 백동을 데려갔고 사안은 웃음을 머금으며 백동을 맞이하여 제자로 삼았다. 제자를 따로 거두지 않기로 유명한 사안의 제자가 된 백동은 아침마다 사안을 향해 절을 올리며 더없는 존경으로 그를 섬겼고 사안은 그런 그에게 충분한 사랑을 베풀어 매일 공부를 지도하니 얼마 지나지 않아 백동은 그 본인 또한 이름을 얻은 학자가 되어 마침내는 난정 문인들의 모임에 말석이나마 얻을 정도가 되었다.

보이지 않는 것들

평양.

바로 두 번째 전쟁이 있었다. 수곡성의 수복을 위해 몰려온 백제군의 원정군을 맞아 고구려군은 또 한 번 승리를 거두었다. 전장으로 향했던 고구려의 장수들은 저희들의 군주 앞에 무릎을 꿇으며 고개를 숙였다. 그들이 가져온 것은 통쾌한 승전보였다. 비록 적을 궤멸시켰다든가 하는 커다란 전공을 세운 바는 아니었으나 그것은 건국 이래 최전성기를 구가하는 백제에게서 아무 피해 없이 거두어 낸 일방적인 승리의 승전보였다.

"태왕 폐하께 승리를 바치옵니다. 아니, 처음부터 승리는 폐하의 것이었사옵니다."

과장된 아첨이 아니었다. 진군을 시작했던 이래 모든 과정과 결과는 그들의 태왕이 예견한 바와 다른 것이 단 하나도 없었다. 적군과 조우한 때와 장소, 적군의 규모, 적병의 편제, 적이 내세운 책략, 하다못해 적장의 이름까지. 고구려군은 태왕이 이기라 한 곳에서 이겼고 죽이라 한 만큼의 적병을 베었으며 잡으라 한 만큼의 포로를 잡았다. 고구려 장수들은 승리를 거두는 그 순간 일종의 두려움과도 같은 것을 느꼈다. 그들의 태왕은 어쩌면 일종의 신(神)이었다. 모든 것을 알고 모든 것을 조종하는, 인간 이외의 어떠한 존재였다. 비스듬히 앉은 채로 빙긋 웃으며 통쾌한 개가(凱歌)를 들은 구부는 곧 낭랑한 목소리로 그들에게 답했다.

"내 굳이 너희들의 공을 치하하지 않겠다. 너희 또한 새삼스러운 말을 입에 담지 말라."

그 간단한 한마디는 일견 보이는 것과 달리 구부의 나태에 의한 것이 아닌, 오히려 자만의 소산이었다. 이길 줄 알았던 전쟁에서 이긴 것, 구부는 이번 승전을 그 정도의 당연한 일로 치부한 것이었고 깊이 고개 숙인 개선의 장수들은 이미 그런 그들의 태왕에 익숙했다.

"논공행상은 차후 하나 된 나라에서 있으리라."

하나 된 나라. 곧 백제의 멸망을 뜻함이리라.

이에 자리에 있는 모든 이들은 그들의 태왕을 바라보며 만세를 외쳤다. 약소국 고구려, 사유의 반백 년 온건 일색의 치세를 겪으며 북방의 세력 다툼에서 이미 탈락하다시피 했던 고구려였다. 그 고구려가 감히 백제의 멸망을 말하다니. 도무지 믿을 수가 없는, 실감이 나지 않는 일이었다. 그리고 이날로부터 불과 며칠이 지나지 않아 도착한 동진의 사신은 그 모든 것이 가능한, 어쩌면 손에 잡힐 듯 다가온 일임을 말해주고 있었다.

"……황제 폐하께서 평소 입버릇처럼 말씀하시길, 천하에 많은 나라가 흥망성쇠를 거듭하였으나 이지(理智)를 가진 나라는 오로지 셋이 있다 하셨사옵니다. 그것이 바로 고구려와 백제, 진의 세 나라이니 그 사이엔 여타의 야만족과 다른 형제의 정이 있다 하셨나이다."

동진의 사신이 전해온 내용이었다. 턱을 비스듬히 괴고 건성으로 듣던 구부는 사신의 말이 끝나자 물었다.

"진제(晉帝)께서 원하는 것이 고구려, 백제, 진(晉) 삼국의 동맹인가?"

"바라마지 않는 원이옵니다만, 이번에는 다만 양국 간의 우호를 다지는 차에……."

"그럼 되었다."

구부는 사신의 말을 자르며 자리에서 일어섰다.

"내가 그대를 잘 환대했다고 전하게. 내가 진을 얼마나 좋아하는지도 잘 말하고."

무례와 무성의에 발끈할 만도 하였으나 동진에서 왔다는 사신은 나름 속이 깊은 자였는지 얼굴을 풀어 미소를 띠며 구부에게 깊이 고개를 숙였다.

"그리하겠나이다. 허나 폐하, 황제께서 보내신 선물은 받아 주심이 어떠할는지요?"

"물론 받아야지. 내가 크게 기뻐했다고도 전해주게."

곧이어 사신이 손짓을 하자 몇몇 사내들이 수레와 가마를 끌고 들어섰다. 이윽고 드러난 넘치도록 실린 공물은 하나같이 다 가치 있고 진귀한 보물들이었다. 한인(漢人) 선비들의 모습이 담긴 고개지(顧愷之)의 그림, 독특한 필체로 한시를 써 내린 왕희지의 서판, 황실의 무늬로 빼곡한 순금 관, 옥을 깎아 만든 용연 등 도무지 값을 따지기 힘든 보물들에 신하들은 탄성을 내었다. 하나하나가 단지 값이 비싼 보물이 아니었다. 식견이 있는 자들에게 더욱 가치 있는 한(漢) 문명의 정수들이었다. 환심을 사기 위한 공물이라고는 하나 근간에 이토록 훌륭한 보물들이 오간 예는 없었다.

"고구려의 여러 명신께 하사하시면 좋을 듯하여 정성껏 준비했나이다."

고구려 신하들의 입이 벌어지며 얼굴이 환해졌다. 다만 가만히 이를 지켜보던 구부는 무엇이 언짢은지 그다지 탐탁잖은 얼굴로 신하들에게 턱짓을 했다.

"대신들은 마음에 드는 것이 있으면 골라 갖도록 하라."

태왕의 명이 떨어지자 신하들은 가까스로 체면을 잃지 않는 선에서 서둘러 보물이 담긴 수레로 다가섰다. 하나씩 잡아든 신하들은 온 세상을 다 가진 듯한 표정이 되어 제각기 양손으로 보물을 끌어안았고 사신은 빙긋이 웃으며 구부를 향해 한 번 더 고개를 깊이 숙였다.

"이리 좋아하시니 제 마음이 다 좋습니다. 그리고 폐하, 선물이 하나 더 있사옵니다."

"무엇이지?"

"사람이옵니다. 동진에 유학(遊學)을 왔던 고구려인이온데, 학문이 깊어 건업의 수학사를 지내다 고국으로 돌아간다기에 특별히 황제께서 폐하께 천거하셨사옵니다."

사신의 뒤에 허리를 숙이고 있던 사람 하나가 앞으로 걸어 나와 구부의 앞에 엎드렸다.

"신(臣) 백동이라 하옵니다."

민란으로 죽은 태수의 아들, 건업에서 사안의 제자가 된 백동이었다. 구부는 백동에게 잠시 눈길을 주고는 고개를 끄덕였다. 허락한다는 뜻이었다. 이에 백동은 뒤로 물러가고 사신이 다시 입을 열었다.

"황제께서는 태왕 폐하와 교분을 나눔을 무우불여기자라며 기뻐하셨습니다."

사신은 구부의 답을 기다렸으나 구부는 알아듣지 못하기라도 했는지 묵묵히 고개만 끄덕였다. 이에 사신은 더욱 짙은 웃음을 머금으며 말을 이었다.

"돌아가거든 폐하께 간언하여 더욱 자주 오도록 하겠나이다."

"좋은 일이지."

구부는 곧 사신과 신하들을 남겨놓은 채 등을 돌렸다. 그의 뒤로 보물들을 놓고 품평회를 하는 신하들의 대화가 오갔다. 무엇을 고를지 몰라 망설이는 이들에게 더욱 가치 있는 보물을 골라주는 신하부터 제가 골라잡은 보물의 역사와 유래를 자랑스레 떠벌리는 이들까지. 구부는 고개를 털어내듯 양옆으로 저어대며 내성을 떠났다.

궁궐 한쪽에는 구부의 특별한 지시에 의해 작은 사찰이 마련되어 있었다. 불상 앞에 가만히 서서 눈 감은 채 입술만 자그맣게 움직이는 비구니, 태왕을 따라 궁으로 오고서도 아직 승복을 벗지 않은 단청은 갑작스레 찾아온 구부가 소매를 잡아끌자 말없이 그의 뒤를 따랐다.

"나가자."

그들은 궁궐을 나섰다. 구부는 변복도 하지 않은 터였다. 태왕의 장포를 아무렇게나 바닥에 질질 끌리게 놓아둔 채로 호위하는 이들은 멀찍이 따르도록 물렸다. 도성에 태왕의 관과 복색을 몰라보는 이가 있을 리 없었다. 백성들은 하던 양을 모두 멈추고 좌우로 물러서 엎드린 채 태왕의 얼굴을 흘깃거렸다. 단청과 나란히 걷던 구부는 한참이 지나서 입을 열었다.

"불쾌하다. 참기 힘들어."

단청은 아무 대답을 하지 않았다. 벌써 몇 번째 있었던 익숙한 일이었다. 구부는 어려운 일, 마음에 들지 않는 일이 있을 때마다 그녀를 찾았고 그녀는 다만 구부가 말하는 것을 들어 줄 뿐이었다. 구부에게 단청은 독특한 존재였다. 궁궐 안에 면식이 있는 이는 물론 대화를 하는 이조차 없으니 세상에 그보다 더 속마음을 털어놓기 좋은 이도 없었다. 만남이 횟수를 거듭할수록 구부는 더욱 거리낌 없이 그녀를 찾았다.

"동진에서 사신이 왔다. 선대에는 그토록 우리 고구려를 홀대하던 자들이 산더미 같은 공물을 보내어 호의를 청하더구나."

"……."

"당연한 일이다. 그들이 숙적인 전진에게서 무사하려거든 그들의 오랜 선린(善隣)인 백제의 힘이 필요하니까. 백제와 고구려가 화해하고 동진과 손을 잡아 전진을 견제한다, 그것이 그들이 바라는 바야."

"……."

"그러나 고구려는 결코 그들과 손을 잡지 않아. 오히려 전진과 함께하면 보다 쉬이 백제를 물리치고 세력을 떨치게 될 터, 이미 몰락한 동진에 가담하여 얻을 이득이 없다. 동진의 책사들이 이를 모를 리가 없지."

"……."

"그저 약간의 사정을 보아달라, 그렇게 보낸 사신이다. 공물이 과하기는 하나 그만큼 그들이 급박한 탓이겠지. 다만 그것이 전부인데, 불쾌하다. 마음을 다스리기 힘들 만큼."

답을 원하고서 하는 이야기는 아니었다. 그저 스스로 생각을 정리하려고 이어가는 말들이었고 단청도 이를 알아 말없이 듣기만 하였다. 한참을 걷던 그들은 이내 근방 고관들의 택지 사이로 난 길을 지났다. 나라의 연이은 승리를 모두가 축하하며 집집마다 안팎을 깨끗이 청소하고 성찬을 차려 크고 작은 잔치를 벌이고 있었다. 그 소란스러운 분위기가 조금이나마 기분을 풀어주는 듯 주변을 이리저리 살피며 걷던 구부는 무엇을 보았는지 잠시 걸음을 멈추고 고개를 갸웃거리다 손을 들어 지난해와 다른 모습을 가리켰다.

"복?"

고관들의 집집 대문마다는 깨끗한 한지에 유려한 필체로 쓰인 복(福)이라는 글자가 붙어있었다. 하나같이 명필의 손에 쓰인 글자인 듯 힘이 있어 이들은 높이 솟은 대문과 잘 어우러져 나름 운치 있는 모습을 보이고 있었다. 호기심 어린 얼굴로 대문마다 쓰인 글자를 번갈아 바라보던 구부는 근처에 허리를 깊이 숙이고 있던 부인 하나를 불렀다.

"처음 보는 광경인데, 모두가 저 글자를 붙여놓았구나. 혹 지난 초하루 명절에 붙인 것이냐?"

"그렇사옵니다, 폐하. 지난 명절에는 근방의 사람 모두가 저 복이란 글자를 대문에 붙여 더욱 큰 복이 폐하와 백성 모두에게 찾아들기를 기원하였었나이다."

고개를 갸웃거리며 그냥 지나치려던 구부는 문득 부인을 다시 불렀다.

"혹 저것의 유래를 아는가?"

"예. 듣기로는 동진에서 유학하고 오신 대가께서 정월 초하루에 저렇게 대문에다 글자를 써 붙였었다 하옵니다. 대국의 풍취가 나기에 여러 고관대작께서 너도나도 그를 따라 글자를 붙이시니 언제부턴가는 붙이지 않으면 모자란 집인 것 같아, 저희 나리도 이름 있는 명필 한 분을 찾아 한 장 얻어왔다며 붙이라 하였사옵니다."

"그래. 글씨가 꽤 좋구나."

무언가를 골똘히 생각하며 이야기를 듣던 구부는 곧 고개를 끄덕이고 지나쳤다. 고관들의 택지를 지나 백성들의 민가와 장터가 나타나고 분주히 오가던 백성들은 태왕의 모습을 발견하고 멀찍이 물러서며 눈치를 보았다. 조금이라도 가까이서 엎드리려던 궐 근처의 인물들과는 다른 모습이었다. 오가는 사람이 사라지자 드러난 민가의 문에도 두세 집 건너 하나

씩은 복이라는 글자가 붙어있었다.

"복이라."

저도 모르게 눈길을 그로 향했던 구부는 혼잣말을 중얼거리며 주막을 찾아 한 자리에 걸터앉았다. 붐비던 백성들이 모두 황급히 자리에서 일어나 흩어지고 쭈뼛거리며 조심스레 다가온 일 보는 사내에게 곡주 한 병을 시킨 구부는 문득 그를 다시 불러 물었다.

"혹 근방에 복조리를 파는 이가 있겠느냐?"

사내는 머뭇거리며 망설이다 머리를 긁적이며 답했다.

"음. 그것이 저, 있었기는 하온데, 찾아서 데려오면 되겠나이까?"

"그래주면 고맙겠구나."

사내가 물러나고 이어서 구부는 홀로 잔을 들이켜려다 문득 낯빛을 바꾸어 장난스러운 얼굴로 단청을 향해 잔 하나를 내밀었다.

"승려는 무엇이 두려워 술을 꺼리는가? 맑은 정신을 해칠까 두려운가?"

"……."

"스스로 생각하는 것은 하나도 없는 것이 승려 아닌가? 제 생각은 비우고 부처의 독경만 읊으면 그만인데. 생각을 비우기에 더없이 좋은 것이 술 아닌가?"

"술은 옛 생각을 부르지요. 등진 속세를 더욱 그리게 될까 두려워 그렇습니다."

"속세라. 속세를 등지고 도망한 것이 아닌가? 약자는 세상의 무게를 견디지 못해서, 강자는 공허함을 견디지 못해서 도망하는 것이 아니냔 말이다."

"맞는 말씀입니다. 사실이지요."

잠시간의 침묵이 이어지며 가만 구부를 바라보던 단청은 이내 그리 대답하고는 제 앞에 놓인 잔을 받아 들이켰다. 그리고 옅은 미소를 띠며 찬찬히 말을 이었다.

"남을 비난하여 마음을 푸는 것은 자연스러운 인간의 성정입니다. 부끄러워 마소서."

"하하."

면구스러운 표정이 된 구부는 껄껄 웃으며 거듭 두어 잔을 들이켰다.

"진제가 교분을 청하며 무우불여기자라 했다더구나. 자기보다 못한 이와 벗하지 않는다는 공자의 말이다. 내가 본인보다 좀 낫다고 생각한 모양이지."

단청은 슬며시 웃었다.

"그 말을 따르자면 폐하께서는 진제와 교분을 맺으면 아니되겠군요. 진제는 폐하보다 못한 셈이니."

"그래. 그런 못된 말이 어디 있겠느냐. 사람과 사람이 사귀는 데 서로를 가늠하고 재단하는 것이 우선이라니. 못한 놈이 나은 놈을 사귀려면 스스로를 꾸미고 선전하여 결국 나은 놈이 속아야만 둘 사이가 벗이 된다는 말이 아니겠느냐.”

“그렇지요.”

“한족이라는 놈들이 대부분 그러하다. 출세하는 길, 그리하기 위해 처세하는 법. 그따위 아부가 삶의 전부인 자들이야. 공자의 유학(儒學)이 바로 그것이지. 예법이란 게 무엇이더냐. 남을 섬겨라, 남에게 조아려라, 남의 눈치를 살펴라, 남, 남, 남. 제 스스로 생각이란 걸 하긴 할까. 벗에게 묻고, 스승에게 묻고, 옛 책에 묻고. 무리를 짓고, 무리에 기대고.”

이야기를 듣는 어느 순간 단청의 고요하기만 하던 눈동자가 흔들리는 것을 구부는 발견하지 못하였다.

“예지용(禮之用), 화위귀(和爲貴)라는 소리는 정말이지 걸작이다. 예라는 것이 애초에 남과 어울리는 법을 뜻하는데, 남과 잘 어울려야 예를 다룰 수 있다니. 예를 잘 갖춰야 예를 갖출 수 있다. 하하, 정말 웃기는 놈들이야. 예를 얼마나 좋아하면. 일해야 일할 수 있다. 잠을 자야 잠을 잘 수 있다. 하하.”

“그렇습니까?”

“그래. 사실 유학이란 학문하는 자들이 학문하지 않는 자들을 속이기 위해 만들어진 웃기는 함정 같은 것이다. 언제부턴가는 학문하는 자들 스스로 속아버렸지만.”

"폐하."

"음?"

단청은 고개를 떨어트리고 있었다. 무슨 심상을 뱉어내려는지 입술을 몇 번 달싹거리던 그녀는 곧 마음을 가다듬었는지 잔잔한 목소리를 천천히 흘려냈다. 그것은 단청이 처음으로 먼저 구부에게 던진 질문이었다.

"유학이 그토록 큰 모순을 지닌 학문이옵니까?"

"당연히 그렇다."

"헌데 폐하께서 유학을 받아들이고 태학을 지으신 이유는 무엇입니까?"

구부는 말을 멈추고 제 앞의 비구니를 가만히 쳐다보았다. 그 자연스러운, 아무렇지도 않은 질문이 세상에서 가장 어려운 질문인 양 구부는 입술을 깨물며 비구니의 눈에 깊숙이 시선을 둔 채 생각에 잠겼다. 그는 한참이 지나서 다시 입을 열었다.

"말이 못되고 병들었다고 타지 않을 수는 없다. 다른 말이 또 있다면 모를까."

단청은 고개를 가로저었다.

"다른 말이 없을 리가 없지 않사옵니까."

평소와 다른 태도였다. 무슨 이야기든 들어주기만 하던 단청이 이번만큼은 구부를 편히 놓아주지 않았다. 구부는 단청의 시선을 피하지 못하였고 잠시 뜸을 들이던 그는 이내 중얼거리듯 말했다.

"정제된 처세이니 일단 야만을 물리치는 데는 요긴하다."

"하여 폐하께서는 웃음거리에 불과한 유학이 백성에게는 삶을 좌우하는 법도가 된 것이로군요."

이어진 비난에 구부는 다만 묵묵히 고개를 끄덕였다.

"삶을 좌우한다, 그래. 태학이 세워진 이후 유자들이 지나치게 설친다는 이야기는 듣고 있다. 새로이 불법이 퍼지니 과민히 경계하는 부분도 있을 것이야. 알고 있다. 유학이나 불법이나 백성의 삶을 밝히고 나라를 이끄는 해가 되지는 못한다. 어두운 밤 횃불 같은 것이 될 수는 있어도."

"하면."

"가는 길에 불과해. 내 결국 다다르는 곳은 따로 있을 것이다."

"혹 어떠한 생각이신지 여쭈어도……."

순간 와르르 하는 소리가 났다. 태왕의 행차에 텅 비었던 주막에는 언제 들어왔는지 허리가 휜 사내 하나가 지게와 함께 넘어져 나뒹굴고 있었다. 지게에 한가득 실려있던 복조리들이 쏟아지며 사방에 굴러가자 저도 모르게 앓는 소리로 욕설을 뱉으며 몸을 일으킨 사내는 몇 개를 주워들다 그제야 태왕을 발견하고 두려움에 몸 둘 바를 모른 채 황급히 물러났다.

이를 본 단청이 일어서 복조리를 하나하나 줍기 시작했고 종내는 구부마저 따라서 쏟아진 복조리를 줍기 시작했다. 사내는 기겁하여 목소리를 떨었다.

"폐, 폐하께서 찾으셨다는 말씀을 듣고."

"복조리 장수인가요?"

"예. 아, 스님, 그것이."

"많이도 들고 다니시네요. 정월이 한참 멀었는데 복조리를 사는 사람이 있나요?"

"그, 저……."

단청의 물음에 장수가 눈치를 살피며 대답하지 못한 채 우물거리자 구부가 괜찮다는 뜻으로 고개를 끄덕였다. 장수는 한참 뜸을 들인 뒤 고개를 깊숙이 조아리며 입을 열었다.

"너, 너무 많이 남았는지라 혹여 사는 사람이 좀 있지는 않을까 하는 마음에, 항상 들고 다니고 있사옵니다."

묵묵히 장수를 바라보던 구부가 물었다.

"팔지 못한 이유가 무엇이었느냐."

"그게 그, 옛적부터 우리 고구려에서는 새해 명절에 복을 기원하면서 복조리를 사서 서로서로 선물하는 풍습, 그런 것이 있었사온데 올해는 종이에 글자를, 아 그러니까 복이라는 글자를 써서 대문에 붙이는 걸로 대신해서……, 그래서 아무도 복조리를 사지 않아서 이렇게 많이 남았사옵니다."

"아, 그 글자."

"예, 삼 대째 복조리 만드는 일을 생업으로 삼았는데 갑자기 이렇게 되니⋯⋯."

"삼 대?"

"예, 아주 오랜 풍습이라 이리 될 줄은 몰랐사옵니다. 올 명절부터는 소인도 그만두려 합니다."

단청이 안타까운 표정으로 가만히 고개를 끄덕거리는데 옆에 있던 구부는 너무나 이상한 표정이 되어 굴러다니는 복조리를 원수라도 보듯 노려보고 있었다. 그는 더없이 낮은 음성을 마치 신음처럼 뱉어냈다.

"놈들이 정말 세상 오만 것을 다 가지려 하는구나."

"예?"

이어서 구부는 품을 뒤져 가진 은덩이를 모조리 복조리 장수에게 건네주고는 복조리를 하나 집어 들고 자리에서 일어섰다.

"내해에는, 적어도 그 이듬해에는 다시 복조리를 만들게 될 것이다."

그러고는 단청이 마저 따라 일어서니 영문을 모른 채 다만 엎드려 절하는 장수를 뒤로하고 그들은 주막을 떠났다. 궁성으로 돌아가는 내내 구부는 입을 다문 채 깊은 생각에 잠겨있었다. 단청 또한 무슨 생각에 빠졌는지 다른 물음 없이 그런 구부의 뒤를 따를 뿐이었다. 성문에 들어서고 헤어질 때가 되어서 구부는 짧은 말 한마디를 던졌다.

"다음번에 말해주마."

"예?"

"아까의 그 생각 말이다."

단청은 물끄러미 구부를 보았으나 구부는 등을 돌린 채 홀홀히 사라졌다.

복조리나 주어라

"이석선자(伊昔先子), 유회춘유(有懷春遊)……."

학자들이 몰려든 가운데에는 백동이 있었다. 동진에서 학식으로 벼슬을 지내던 젊은 학자의 이야기는 고구려 학자들의 관심을 온통 매료시켰다.

"그 옛날 공자께서는 봄놀이에 대한 생각이 있으셨으니, 라는 뜻입니다. 예서 봄놀이란 청유(淸遊) 그 자체를 가리키는 것이 아닙니다. 탁상에 책을 두고 머리를 들어 생각하는 학문의 도리를 공부라 한다면, 문 밖의 실제 세상을 겪고 이끄는 경험을 놀이라 하는 것이지요. 즉 공자께서는 배운 바의 실천에도 뜻을 두었다는 말입니다."

"허어."

학자들은 백동의 설파에 크게 고개를 끄덕였다.

"그러나 실천은 나중의 일입니다. 공자께서는 지학(志學), 입(立), 불혹(不惑), 지천명(知天命), 이순(耳順) 등의 단계를 나이에 비유하여 나누셨습니다. 먼저 학문에 뜻을 두고, 공부한 뜻을 세우며, 천하의 다른 뜻에 흔들리지 않고, 하늘의 진리를 깨우쳐, 마침내는 천하의 모든 뜻을 부드러이 포용할 수 있게 된다는 말입니다. 다른 뜻을 포용할 수 있어야 비로소 만인이 제각기 다른 삶을 살아감을 이해하고 이 모두를 보듬어 안는 원리를 주장할 수 있는 것이지요. 다수의 선비들이 이순을 마음의 경지로만 알고 있지만, 실은 수백만 가지 다른 삶을 모두 인정하고 이해하는 데에서 오는 실제의 깨달음입니다. 전혀 다른 뜻이지요."

"이순에 그런 뜻이 있었다니! 나는 여태껏 그저 남의 이야기에 귀를 기울이란 뜻으로만 알았소."

학자 하나가 크게 감탄하며 동시에 탄식했다.

"동진의 학문은 그렇게나 깊은 것이로군. 백 박사, 당신은 참으로 복 받은 사람이오."

다른 학자 또한 박수를 치며 말했다.

"어서 폐하께 이를 말씀드려야만 하겠소. 영명하신 폐하께서도 이처럼 오묘한 이치는 아직 공부하지 못하셨을 것이오."

"그럴 필요는 없다. 내 이미 들었으니."

학자들은 화들짝 놀라 물러섰다. 그들의 등 뒤에는 언제 나타났는지 구부가 서서 살짝 고개를 기울인 채 그들을 묘한 눈으로 바라보고 있었다.

"백동이라 하였는가? 유학의 공부가 깊구나."

"과찬이옵니다, 폐하."

학자들은 백동과 구부에게서 살짝 멀어진 채 눈을 빛내며 구부를 바라보고 있었다. 이들이 모인 곳은 태학. 구부의 명에 의해 설립된 이 고구려 유학의 본산에서 가장 학식이 높은 이는 바로 구부 본인이었고 구부는 이 젊은 학자들을 가르치고 깨우치는 데에 독특한 방법을 사용해 왔다. 설파에 의한 설파. 고전에서 배운 학자들의 깨우침을 구부는 항상 유학 반대편의 논리를 던져서 깨트려 왔고 학자들은 구부에게서 유학의 가르침을 보전하기 위해 새로운 논리를 만들어 대항해 왔다. 그리고 학자들은 이 순간 구부가 어떤 행동을 할지 잘 알고 있었다. 빙글 웃으며 백동이 도저히 대답할 수 없는 질문을 던져 유학을 깨트리리라. 그러나 그 기대는 이루어지지 않았다. 구부는 다만 표정 없는 얼굴로 학자들을 번갈아 바라보고 있을 뿐이었다.

　"다들 더욱 정진하길 바란다."

　그러고는 등을 돌렸다. 학자들의 묘한 기대감이 깨지는 순간이었다. 이 동진에서 온 학식 깊은 학자에게는 태왕마저 맞서지 못한다는 평가가 떨어진 것이었다.

　"폐하."

　그리고 등을 돌린 태왕에게는 백동의 목소리가 던져졌다.

　"소신, 폐하의 가르침을 얻을 질문이 있사옵니다."

　"무엇인가?"

구부는 고개만 슬쩍 돌린 채 물었다.

"소신이 동진의 관리로 있을 적 겪은 일이옵니다."

백동은 만면에 웃음을 머금으며 준비한 물음을 던졌다.

"동리에 생쥐를 몹시 사랑하여 좁쌀을 주며 키우는 자가 있었사옵니다. 헌데 이자가 키우는 생쥐가 종내 수백 마리로 번식하여 이웃까지 드나드니 이웃집에서는 골머리를 썩다 그를 관아에 고발하였나이다. 관리로서 합당한 판결을 내려야 하였건만 소신은 어려웠나이다. 생쥐를 키울 자유와……."

"그것은 네 질문이 아니구나."

말이 가로막힌 백동의 입이 순간 다물어지지 않았다. 감출 수 없게 당황한 빛이 가득하여 백동이 얼른 다음 말을 하지 못하는데 태왕은 품에서 복조리 한 개를 꺼내어 시종에게 건넸다. 복조리 장수가 팔지 못했던 그 복조리였다. 시종이 이를 다시 백동에게 가져다 주니 그는 영문을 모르는 낯빛으로 받아 들고 어찌할 바를 모른 채 허리만 숙였다. 태왕은 그런 그를 힐끗 내려다보며 나직하게 말했다.

"생쥐라……. 생쥐를 키우는 자를 벌하고, 잘 씻지 않는 자를 벌하고, 게으른 자를 벌하고, 과식하는 자를 벌하고. 백성 스스로의 판단을 일절 금하고 아주 작은 물꼬만을 터주어 원하는 대로 끌어가는 것. 그래, 그런 것이 그들의 방법이고 그들의 세상이지."

백동은 손을 바르르 떨며 떨어트린 고개를 들지 못했다.

"그들이 내가 유학을 어찌 생각하는지 알고 싶었던 모양이구나. 굳이 이리 묻지 않아도 곧 알게 될 터인데."

"그, 그런 것이 아니오라 다만 소신의."

"질문한 자에게 가져다 주거라."

구부는 백동의 손에 들린 복조리를 흘낏 바라보고는 등을 돌렸다. 백동은 할 말을 잊은 채 돌처럼 굳어만 있었고 주위 학자들은 무슨 일인지 알 수 없어 고개만 갸우뚱거릴 뿐이었다.

궁성으로 돌아온 구부는 텅 빈 대전의 옥좌에 비스듬히 앉아 생각에 잠겼다. 한참 시간이 흘러 반나절을 다 보낸 그는 모종의 결심이 선 듯 구석에 기대놓았던 칼 한 자루를 잡아들었다. 왕보다는 장수의 손에 어울릴, 투박한 만듦새에 간결한 장식이 달린 묵직한 칼이었다. 구부는 이를 들고 허공을 베려는 듯 마는 듯 몇 번이나 망설였다. 한참을 그리 보내던 구부는 곧 사람을 시켜 동생 이련을 부르게 했다. 오래지 않아 달려온 이련을 묵묵히 바라보던 구부는 빙긋 웃으며 손에 든 칼을 그에게 내밀었다.

"네 부월(斧鉞)이다."

이련은 황급히 무릎을 꿇고 칼을 받아 들었으나 이내 고개를 갸웃거렸다. 모름지기 부월이란 만신을 모아놓고 엄숙한 연설 끝에 건네어지는 권위의 상징이었다. 본래는 도끼의 모양을 목조하여 쓰던 것이 점차 변하다 패의 형태가 되었으며 나라마다 특별히 따로 정해진 모양새로 대를 물려 존재하고 있었다. 단둘이 자리한 곳에서 그리 투박한 칼을 건네며 부월이라니. 이련은 무슨 태도를 취해야 할지 몰라 물끄러미 구부를 바라보았다.

"여려, 조부님께서 쓰시던 칼이다."

흠칫 놀란 이련은 제 손에 들린 칼을 보았다. 여노와 고구려의 이름을 따 붙여져 여려(呂麗)라는 이름을 지닌 창과 칼. 여노가 제 팔과 같이 휘둘렀던, 여노의 죽음에 분노한 을불이 직접 도환의 가슴을 꿰뚫었던 극(戟)은 고무와 함께 사라졌으며 그와 짝이 되는 검(劍)은 을불이 낙랑 정벌을 기하여 폭포에 던져 하늘에 바쳤으나 어느 심한 가뭄이 있던 날 세상에 다시 모습을 드러내어 왕실로 돌아온 뒤 태왕의 신물로서 물려져온 터였다.

"이 귀한 물건을 어찌."

"고구려의 유일한 무인이 너다. 칼을 들 자격이 있는 것도 너뿐이지."

"예?"

"한산(漢山: 백제의 수도)을 향해 일차 정벌을 떠나라. 편제,

102

기일, 진군 모든 것을 너에게 맡긴다."

이련은 다시금 놀랐다. 구부는 책략의 정점에 선 복잡하고 복잡한 인물이었다. 길가의 돌멩이를 걷어차는 데에도 뜻이 있고 밥숟가락을 뜨는 횟수에도 이유가 있는 사람이었다. 앞서 두 번 있었던 전쟁의 승리란 오로지 구부의 얽히고설킨 계책이 얻어낸 성과였다. 이련은 그와 너무나 다른 인물이었다. 머리보다 마음이, 생각보다 혈기가 앞서는 전형적인 고구려 사내였다. 그런 이련에게 전쟁을 일임한다니.

"선봉장부터 후군의 비장에 이르기까지 모든 임명 또한 네게 일임하겠다. 다만 세 가지를 명하니 첫째는 서어산(鋤於山)에 닿거든 주둔하여 한 달을 기다릴 것, 둘째는 흙색 깃발을 쓸 것. 셋째는 무고한 백제 백성의 삶을 짓밟지 말 것."

이어지던 구부의 담담한 목소리가 흙색 깃발이라는 말을 뱉어내자 이련은 더욱 어리둥절하여 고개를 갸웃거렸다.

"흙색 깃발이라 하셨습니까."

고구려에는 고래로 흙색 깃발의 부대가 있었다. 단 한 번의 전쟁에도 참전하지 않은, 단 한 번의 훈련에도 참가하지 않은 부대. 그것은 그들이 비장의 수단이라거나, 훈련이 필요치 않을 만큼 정예한 군사들이어서가 아니었다. 차자(次子)의 부대. 연맹국가였던 고구려가 각 부족장 및 무가(武家)의 둘째 아들과 가솔들을 인질로 중앙에 묶어둔 형식상의 부대였다.

세도가의 자식들이니 함부로 출전시킬 리도, 훈련에 동원시킬 리도 없어 그저 존재하고만 있을 뿐이었다.

"그래."

"그들만으로 말입니까? 그들은······."

"정예 중의 정예다. 자존심이 있으니까."

"그들이 정예군이라니, 저는 잘 모르겠습니다."

"남의 전장을 망치는 것이 책사요, 나의 전장을 달리는 것이 장수이다. 너는 책사였느냐?"

"아니요, 장수입니다."

"그렇다면 너는 오로지 달려라. 충실하게 달리는 것만이 너의 사명이다."

구부는 뜬구름 잡듯 중얼거리곤 입을 닫아버렸다. 여전히 알 수 없다는 듯 고개를 갸웃거리던 이련은 곧 구부의 앞을 물러났다. 이련은 긴 회랑을 걸으며 문득 제 손에 들린 칼을 바라보았다. 여려검. 을불의 전설이 갈무리된 신물이 그의 손에 들려있었다.

'고구려의 유일한 무인이 너다.'

구부의 말을 되새기는 듯 입술을 꿈틀거린 이련은 손끝으로 긴 칼날을 훑었다. 어쨌거나 그에게 기회가 온 것이었다. 옛 치욕을 갚아낼 기회, 무인으로 세상에 이름을 떨칠 기회, 넘어졌던 고구려를 맨 앞에서 견인해 갈 기회. 십 년이 넘는 세월 오로지 이날만을 꿈꾸며 하루도 빠짐없이 창과 칼만을 쥐고 살아온 터였다. 잡생각을 털어낸 그는 열띤 눈으로 백제가 있는 남쪽을 바라보며 칼을 쥔 손에 힘을 주었다.

흑색 깃발 아래서

병력 편제와 물자 조달 등으로 눈코 뜰 새 없는 보름가량이 지났다. 편장 하나하나의 이름, 칼과 화살의 개수까지 외울 정도로 열성을 다한 이련은 각지에서 차출되어 집결하는 칠천 군사를 바라보다 감격하여 눈을 감아버렸다.

저의를 알 수 없던 구부의 지침, 흑색 깃발을 쓰라는 명령은 생각지도 못한 커다란 반향을 불러왔다. 고구려 전역의 귀족들은 약속이라도 한 듯 하나같이 어마어마한 물자와 병력을 지원해 왔다. 선대 고사유의 치세 내내 징집되지 않았던 병사와 물자는 고스란히 귀족들의 손에 남아있었고 그들은 아들, 가문의 명예를 위해 이를 아낌없이 내놓았다.

'자존심이 있으니까.'

구부의 말은 틀림이 없었다. 태왕 구부, 즉위 후 두 번의 전쟁 모두 깨끗한 대승을 거둔 그에 대한 믿음이 또한 한몫을 더했다. 각 가문은 아들들을 불러다 더 높은 공훈을 세울 것을 당부하고 또 당부했다. 차자들은 각기 일백 명의 군사씩을 맡아 지휘하였고 그 일백 군사란 각 세가(世家)마다 성심을 다해 찾아내고 키워낸 사나운 무사들이었다. 그 숫자만으로 이미 삼천. 거기에 나머지 사천을 채운 군사란 백제와의 전쟁을 두 차례 경험한 이들이었다. 모여드는 군사들을 보며 이련은 그만한 전력이 아직 고구려에 있다는 사실에 감격하였다.

"이 자리에 모인 군사들이여!"

이련은 힘찬 음성을 토해냈다. 그 또한 차남. 흙색 깃발 아래의 장수들은 이련을 향해 한쪽 무릎을 꿇었다. 힘을 가지고도 쓰지 못한 채 장남에게 모든 명예를 미루고 그저 세월을 흘려보내던 한량으로서의 동질감은 그들에게 강한 유대를 주었다.

"선왕 폐하를 기억하라. 선왕께서 홀로 백제 군영을 향해 달리던 그날을 기억하라. 그 앞을 달리지 못했던 우리를 후회하고 그 뒤를 따르지 못했던 우리를 증오하라. 과거의 고구려를 슬퍼하라."

숙연한 기운이 군진에 흘렀다.

"그대들이 바로 고구려의 숨겨둔 전력, 단 한 번 쏘아낼 수 있는 필사의 화살이다. 북방의 왕좌를 되찾는 고구려의 울고도리(효시: 嚆矢)가 되어라. 천하가 고구려를 괄목케 하여라."

장수와 군사들은 서로를 바라보았다. 맞는 말이었다. 이만한 물자와 병력이 고구려에 남아있다는 사실에 본인들이 놀라고 있던 터였다. 틀림없이 그들 본인이 고구려 최대의 전력이었다. 이련은 하늘을 찌를 듯 칼을 들었다. 따라서 칠천 군사가 일제히 제 병장기를 치켜들며 온 힘을 다한 함성을 질렀다. 이련은 감동에 몸을 떨며 뜨거운 외침을 내었다.

"전군, 백제로 진격한다! 오직 앞으로만 걸으리라! 등을 돌리는 날은 부여구의 목을 친 날이다!"

고구부 즉위 5년의 가을, 하늘은 높고 말이 살찌는 계절에 이련이 이끄는 고구려 칠천 군사는 백제의 국경을 넘었다. 을불의 신물 여려검을 높이 빼어 든 이련, 번쩍거리는 갑주와 날카로운 창칼로 무장한 흙색 깃발의 군사. 보는 이들의 심장을 떨리게 만드는, 수십 년간 찾아볼 수 없었던 옛 고구려의 영광스러운 진군이 되살아나는 모습이었다.

"명림씨의 깃발이야. 저것은 주씨 가문의 깃발이군."

칠천 군사의 중군. 수없이 세워진 깃대에는 두 개씩의 깃발이 달려있었다. 그들의 소속을 뜻하는 흙색 깃발과 그 아래에는 가문의 깃발, 하나같이 고구려의 내로라할 세도가의 깃발이었다. 각기 가문의 힘을 상징하듯 이들의 무구(武具)와 마구(馬具), 깃대 등은 견고하면서도 휘황찬란한 최상품들이었다. 행군의 한가운데서 붉은 입술을 한 젊은 장수는 동료들의 이런 모습에 혀를 내두르며 연신 떠들어 댔다.

"절노부 조씨 가문의 깃발이잖아. 정말 대단하군. 고구려의 온 명문가는 다 모인 건가."

그는 손가락으로 뒤를 따르는 병사들을 가리켰다.

"저런 자세로 걸으려면 한두 해 수련으로 되는 게 아니지. 훈련으로 되는 것도 아니고. 태어날 때부터 키워진 진짜 무사들이야. 하, 어마어마해. 흙색 깃발의 부대란 이런 것이었어."

그러나 정작 떠드는 붉은 입술 무장 본인의 갑주는 초라하기 그지없었으며 뒤따르는 추종자들 또한 가문의 사병이 아닌 나라의 병사들이었다. 펄럭이는 낡은 천에 수놓인 가문의 이름은 고(高). 글자는 고구려 왕가의 성씨였으나 그 옆을 장식한 무늬는 한참 먼 방계의 것이었다.

"자네는 고씨 성을 가졌으면서 왜."

말 머리를 같이 한 무장 하나가 그에게 말을 던져왔다. 말끝을 흐렸으나 하려는 질문이란 뻔했다. 이에 젊은 고씨 무장은 피식 웃으며 답했다.

"내 조부가 연나라에 볼모로 갔었거든."

"아."

환향(還鄕)한 인질의 가세(家勢)란 뻔했다. 나라의 한을 대신 짊어지고 천신만고 끝에 돌아왔건만 그 보상으로 부귀영화가 기다리지는 않았다. 사유가 국고를 짜내고 사재를 털어 그들의 복원에 힘썼지만 새발의 피였다. 대개는 고향의 작은 관직을 받아 한을 삭이며 여생을 마치곤 했다. 묻던 무장이 표정을 어찌 두어야 할지 모르고 미안해하자 고씨 무장은 손사래를 치며 웃었다.

"고운(高雲)이네."

"종득이라네. 괜한 것을 물었군."

"아닐세. 남들은 어떨지 몰라도 나는 썩 괜찮았어. 모용씨와 관계도 좋았고. 연나라가 망하지 않았더라면 돌아오지 않았을지도 몰라."

"허, 큰일 날 소리를."

"사실이니까. 하여튼 대단해. 세상에 이만큼 화려한 군사가 있다는 사실이 놀라워."

"명색이 고구려 명문가의 전력이야. 백제의 소졸들에 비할 바가 아니지. 어제 실감하지 않았나."

전날 백제의 국경을 지키던 군사들은 이들의 진군을 보고 한번 제대로 싸워보지도 못한 채 후퇴했다. 수십 년을 근방의 패자로 군림한 백제군이었지만 고구려의 이 군사는 그야말로 위풍당당하여 함부로 전면전을 벌일 엄두가 나지 않은 것이었다. 종득은 자랑스럽다는 듯 씩 웃었다.

"내 보기에 부여수가 직접 정예군을 끌고 나오기 전에는 전투가 없을 것이야. 하, 흙색 깃발, 그 실체 없는 깃발을 가지고 이런 군사를 만들다니. 태왕 폐하의 뜻이란 범인으로서는 도무지 짐작할 수가 없는 것이네."

"그래, 맞네. 도무지 짐작할 수가 없어."

고운은 마주 고개를 끄덕이며 흑색 깃발의 군사들을 다시 한번 둘러보았다. 곧 종득이 말 머리를 돌려 사라지자 경탄을 머금은 채 주위를 훑어보던 그의 입가가 차츰 비뚤어졌다.

"정말 짐작할 수가 없어. 무슨 일을 하시려는 겐지. 이런 오합지졸로 말이야."

불편한 군사

"단청 스님 있는가."

석채(石彩) 물감을 두고 기둥에 붓질을 하던 단청은 구부의 부름에 살짝 몸을 돌린 뒤 두 손을 모아 합장을 해 보였다. 구부의 눈에 단청이 그리던 무늬가 들어왔다. 이불란사의 기둥을 가득 채우고 있던 무늬였다.

"법당에 드시겠나이까."

"되었다."

단청은 고요한 미소로 가벼이 고개를 끄덕인 뒤 도로 제 하던 일을 시작했다. 붉고 푸른 석채 물감을 찍어 동그란 꽃무늬를 작게 그리기를 반복하니 색은 서로 섞이어 다섯 가지 다른 색이 묻어났다. 이들은 서로 균형과 조화를 이루고 언뜻 화려하기만 한 색감은 오히려 고요하고 잔잔한 무늬로 변해갔다. 홀린 듯 한참이나 이 광경을 바라보던 구부는 신을 벗고 대청에 올랐다.

"신묘하구나. 붉고 푸른 온갖 세파가 얽히었는데도 종내는 맑기만 하다. 불법의 힘일까."

"불가의 무늬가 아니옵니다."

"허면?"

"소승이 옛적부터 그리던 것입니다. 소승의 법명이 단청(丹靑)인 것 또한 이 무늬를 보고 아도 스님께서 지어주신 것이옵니다."

구부는 무늬에서 눈을 떼어 단청의 뒷모습을 바라보았다. 느린 손길로 꼼꼼한 붓질을 반복하는 그녀의 모습에 구부는 소리가 나지 않도록 침을 삼켰다. 잔잔하고 단정한 무늬가 서로 뒤엉키면서 어지러이, 아무렇게나 펼쳐졌다가 종내는 하나의 감상으로 합쳐졌다. 붉고 푸른 무거운 색은 오히려 고요하고 맑은 강과도 같은, 봄날 새벽의 신록(新綠)과도 같은 빛의 조화를 이루었다.

"일부러 담아내는 것인가, 그저 그려놓고 보니 일종의 신성(神聖)이 깃든 것인가."

"글과 그림은 스스로의 삶을 담아내는 것입니다. 소승의 보잘것없는 삶에 신성이라니요."

구부는 말없이 단청의 그림을 바라보며 끝나기를 기다렸다. 얼마나 시간이 흘렀을까, 마지막 여백에 무늬를 채워 넣은 단청이 붓과 물감을 정리할 즈음 구부는 입을 열었다.

"그대의 현명함은 어디서 나오는 것인가?"

단청은 이 낯 뜨거운 물음에 겸양하는 대신 또박또박 대답했다.

"남과 나를 구분하지 않은 덕이 아닐까 합니다."

"흠."

구부는 고개를 끄덕였다.

"남과 나를 넘나든다. 아도를 만나면 아도가, 복조리 장수를 만나면 복조리 장수가, 나를 만나면 내가 된다는 뜻이렷다. 상대방의 뜻과 생각을 먼저 짐작하고 이를 미루어 두었던 자신에 담는다."

"예."

"그대가 그려낸 무늬란 모두 세상에 얽힌 삶들이겠지. 그 엉망진창인 삶들이 그대의 손끝에서 아름답게 조화를 이룬 셈이다. 놀랍다. 그대는 놀라운 사람이다."

"그리 봐주시니 감사하옵니다."

가볍게 고개를 숙이며 합장하는 단청을 구부는 한참 바라보았다. 이를 고요한 눈빛으로 마주 보던 단청이 말했다.

"하시기 어려운 말씀이라도 있으신지요."

"사과하고 싶다."

난데없는 소리였으나 단청은 어디에 생각이 미쳤는지 순간 동요하여 손끝을 가볍게 떨었다. 그러나 곧 태연을 가장하여 고개를 갸웃거리며 물었다.

"소승에게 사과하실 일이 있으신지요."

"사람은 본래 제 삶을 먼저 본다. 오직 불가의 승려만이 다르지. 평생 제 삶을 비워내려 노력하며 남의 삶, 여럿의 삶, 세상의 삶을 먼저 본다. 그러나 그것은 득도하여 입적하기 직전의 고승이나 가능하지. 아직 어린 그대가 이를 경지가 아니다."

"그것이 어찌 사과하실 일인지요."

"아마 그대의 삶에는 끔찍한 일이 있었으리라. 하여 누구보다 빨리 비워낼 수 있었겠지. 속세의 흔적을 모조리 없애고. 헌데."

"……."

"그런 수양을 쌓고서도 일부러 나를 만나 나를 따라 속세에, 궁성에 왔다. 그것은 단청, 그대가 겪고 미처 다 비워내지 못한 고난의 매듭에 내가 엮인 탓이리라."

단청의 눈꺼풀이 떨렸다. 그녀의 옆에 나란히 걸터앉은 태왕은 그녀의 동요를 아는지 모르는지 그저 굴곡 없는 어조로 제 할 말을 이어갔다.

"내가 왕위에 올라 행한 일이란 법을 제정하고 유학을 들인 것, 그리고 불법을 공표한 것이다. 이외에는 그대와의 접점이 없다. 아마 그대는 내가 만든 법에 의해 쫓겼다거나 내가 키워낸 유자들에게 박해를 받았을 것 같구나. 그래서 속세를 버리고 불가에 들지 않았을까. 나는 그것을 사과하려 한다."

"……."

"나의 짐작이 맞느냐."

"틀리지 않사옵니다."

"하면 단청, 그대는 혹 나를 해하려 하였느냐."

"……."

"말하고 싶지 않은 모양이구나."

단청은 미미하게 고개를 끄덕였다. 구부는 더 말을 꺼내지 않았고 단청은 마음을 진정시키려는 듯 아주 오랜 시간에 걸쳐 차를 한 모금 마셨다. 지루하도록 긴 시간을 들여 찻잔을 내려놓은 그녀는 조용히 입을 열었다.

"실로 영명하시옵니다. 유학을 들인 이유를 여쭙는 것만으로 모두 짐작하셨사옵니까. 예, 사실이옵니다. 짐작하신 바 모두."

구부는 고개를 옆으로 돌려 물끄러미 그녀를 바라보았다. 그녀는 구부를 마주 보지 않고 눈길을 떨어트리고 있었다.

"소승의 속명은 민을이라 합니다. 본래 소승은."

"되었다."

"……?"

구부는 무어라 말하는 대신 조용히 웃었다. 그리고 잠시간 뜸을 들였다가 천천히 입을 열었다.

"억지로 말하지 말라. 괴로운 이야기를 하라던 것이 아니다.

그대를 추궁하려던 것이 아니야. 편히 해주려던 것이다. 하지 못할 말을 담아두고 있지는 않은가, 그런 생각을 했던 것뿐이다."

"……."

"나는 드러내지 못할 속내가 있으면 그대에게 풀지 않느냐. 그대도 그리하면 좋지 않을까 하는 생각이 들어서."

"……."

"예쁘다. 민을이라는 이름 또한."

갈 곳 잃은 채 떨어지는 단청의 눈길을 쫓아가며 구부는 마치 짓궂은 장난을 친 소년처럼 싱긋 웃었다. 단청의 늘 고요하기만 하던 얼굴에 복잡한 감정이 몇 겹으로 겹쳐서 떠올랐다가 사라지는 내내 그는 걸터앉은 채로 두 다리만 허공에 번갈아 흔들었다. 그렇게 딴청을 피우며 시간을 보내다 구부는 지나가는 말투로 다른 이야기를 던졌다.

"그대는 혹 부여구라는 이름을 들어보았는가?"

원래 하려던 이야기인지 단청의 복잡한 심정을 털어내려는 배려인지 다만 여상한 얼굴이었다. 감정을 다스릴 줄 아는 단청 또한 어느새 평소와 같은 목소리로 돌아와 있었다.

"속세 사람의 이름이란 승려와는 멀기만 한 일이라."

"그렇겠지. 내 사과의 뜻으로 재미있는 이야기를 하나 해주마."

구부는 손끝을 들어 서쪽 멀리 어딘가를 가리켰다.

"과거 미천태왕의 시대에 고구려 제일의 정병이 있던 곳을 꼽자면 틀림없이 대모달 아불화도가 도사린 낙랑이었다. 한데 백제의 철부지 장수 하나가 공을 세우겠다며 하필 그 땅에 뛰어들었던 것이야. 결과는 뻔했다. 한순간에 박살이 나 모조리 사로잡혔지."

"그랬군요."

"상대가 잡졸임을 알고 대모달은 다 풀어주었어. 그리고 풀려난 철부지와 병사들은 즉시 백 리 밖까지 달아나 강까지 건너더니 갑자기 대모달이 있는 곳을 향해 누구 하나 빠짐없이 다 함께 절을 올렸다."

"큰 인물이 되었을 것 같습니다."

구부는 잠시 새삼스러운 눈으로 그녀를 바라보다가 이내 씩 웃으며 즐겁게 고개를 끄덕였다.

"그래. 틀림없지. 그는 돌아가는 길에 강을 만나거든 병사들과 함께 멱을 감았고 술을 마시거든 씨름을 했다. 춤과 노래는 물론이요 짐승 흉내까지 내어가며 어울리더라. 그는 열 살 소년을 만나서도 벗을 삼았다. 그 어린 소년의 이야기를 매순간 귀기울여 듣고 신중히 생각해 답했어."

"열 살 소년."

잠자코 이야기를 듣던 단청은 구부를 빤히 바라보았고 구부는 고개를 끄덕였다.

"그래. 맞다. 내 벗의 이야기야. 내게도 각별한 벗이 하나 있어."

그리고 구부는 잠시 향수에 젖은 듯 남쪽 하늘을 바라보며 말이 없었고 단청은 그를 방해하지 않으려 기다렸다가 나지막이 물었다.

"백제왕을 말씀하시는지요."

구부는 고개를 끄덕였다.

서어산.

일만 군사를 이끌고 나선 백제의 대장군 막고해는 눈앞의 고개를 두고 눈살을 찌푸렸다. 무서운 기세로 국경을 넘어온 고구려 칠천 대군은 한산으로 향하리라는 추측과 달리 그 인적 없는 고개로 들어가 주둔해 버린 것이었다.

"산 속의 분지라니. 스스로 포위당한 꼴이 아닌가."

정벌군이 높은 고개로 사방을 두른 분지에 들어간다는 것은 너무나 이상한 일이었다. 물자가 들어올 보급로를 스스로 끊은 셈이며 유사시에 군사를 운용할 지리적 이점을 모조리 포기한 셈이었다.

"군이 하나의 장점이라면 그 자체로 성(城)을 이루었다는 것. 그러나 말이 되는가. 아무리 가져온 군량이 풍족한들 수비군에 비할 바가 아닌데. 너무나 멍청한 일이 아닌가."

"그러나 대장군, 적은 그 고구부의 지침을 따랐을 것입니다."

"그래, 그 때문에 망설이는 것이 아닌가."

막고해는 깊고 깊은 한숨을 토해냈다. 고구부라는 이름만 아니었더라면 진즉에 달려가 독 안에 든 쥐들을 쓸어냈을 것이었다. 그러나 유서 깊은 명가의 자제들로만 이루어졌다는 그 소중한 전력을 적국 안에 고립무원으로 두었다. 틀림없이 무언가를, 무서운 비밀과 함정을 숨긴 고구부의 계략일 것이었다.

"일단 공격을 해보시지요. 뒤에 무슨 계략이 있든 나쁠 것이 없지 않겠습니까?"

"성을 이룬 형국이라 하지 않았는가. 적이 달아날 길이 없다는 말은 곧 아군으로서도 쉬이 들어갈 길이 없다는 말이야. 좁은 험로로 들어가면 손해만 볼 것이다."

"하면 군량과 물자가 떨어질 때까지 기다리는 것만이."

"맞다. 기다릴수록 유리한 것은 우리야. 군진을 가다듬고 기다린다."

막고해는 결국 서어산으로 들지 않고 가까운 곳에 군영을 차린 뒤 보고를 올렸다. 적의 물자가 다 떨어지기를 기다리겠노라, 그리하면 적은 자연스레 무너질 것이다. 그러나 막고해는 보고를 올린 뒤 채 하루가 지나기도 전에 분통을 터트리며 탁상을 내리쳤다. 그것은 곡창, 드넓게 펼쳐진 백제 북부 최대의 곡창이 바로 이 서어산을 끼고 있는 까닭이었다.

소문으로만 퍼지던 전란의 뒤숭숭한 분위기가 사실이 되어 백제 전역을 물들이기 시작했다. 고구려 대군이 와 있다는 사실에 근처 백성은 크게 동요했다. 바로 얼마 후면 거둬들여야 할 벼가 익어가고 있는데도 피난길에 오르는 이들이 조금씩 늘어가기 시작했다. 간단한 일이 아니었다. 백제 북부를 모조리 먹여 살리는 젖줄과도 같은 곡창이었다.

"서로의 목을 겨눈 셈이구나."

막고해는 피가 나도록 입술을 깨물었다. 그저 시일을 기다리는 것밖에는 아무것도 할 수가 없었다. 더욱 걱정스러운 것은 그 순간을 초래한 것이 바로 고구부의 뜻이라는 점이었다.

"대체 다음 수는 무엇일까?"

고운은 말에게 풀을 뜯기며 누워있었다. 서어산의 분지는 초목이 우거진 풍요로운 땅이었고 고구려 군사는 닷새가 넘도록 편안히 주둔하며 여독을 마음껏 풀고 있었다.

"이쯤이면 백제군이 들어오는 고개를 꽉 막았을 테지. 들어오려는 쪽이든 나가려는 쪽이든 쉽게 뜻을 이루진 못할 거야."

"이대로라면 포위를 자청한 우리가 불리한 것이 아닌가?"

근처에 걸터앉은 종득이 못내 불안한 표정으로 말했다.

"글쎄. 못해도 두 달가량은 버틸 테니 모를 일이야. 꼭 불리한 것만도 아니지. 적의 대군을 국경 안에 들인 나라의 백성을 생각해 보게. 분노와 불안과 불신이 싹틀 걸세. 더군다나 여기는 어마어마한 크기의 곡창이야."

"그렇다면 유리한 것인가?"

고운은 눈살을 찌푸리며 핀잔을 주었다.

"이 친구야, 물자가 다 떨어지면 항복하는 수밖에 없는데 유리할 리가 있는가?"

"하면 큰일이 아닌가?"

"그래서 이상하다는 것이야. 전쟁이란 건 원래 이렇게 하는 법이 아니거든."

"이렇게?"

"생사의 결전이라는 건 말 그대로 최후의 최후에나 하는 짓이야. 실상은 서로 힘을 겨루다가 불리한 쪽이 도망하게끔 하는 것. 항복하게끔 하는 것. 아, 이대로라면 우린 다 죽겠구나, 하는 판단을 서게끔 하는 데까지 몰고 가는 것. 그게 보통 승리라는 것이지."

"그런데?"

"생각해 보게. 우리의 주장(主將)은 왕제 고이련. 선봉의 장수들은 유서 깊은 명가의 자제들. 과연 쉽게 항복할 군사일까? 그런 혈기 왕성한 군사를 가지고 이런 보지도 듣지도 못한 배수의 진을 쳤어. 뿐인가? 이 군사가 전멸이라도 했다간 고구려의 귀족들이 가만있을까?"

"어렵군."

고운은 물끄러미 종득을 바라보다 한숨을 쉬었다.

"말하자면 서로 대놓고 심장에 칼을 겨누었다는 것이야. 일단 싸우면 누가 죽든 둘 중 하나는 죽어. 헌데 정말로 이상한 점은 말일세, 이 멍청한 형국을 만들어 낸 것이 고금제일의 천재라는, 그 섬세하기 이를 데 없는 태왕 폐하라는 점이야."

"아, 맞아. 그렇지! 태왕 폐하께서. 그렇다면 걱정이 없네. 유리한 것이야."

종득은 무엇을 아는지 모르는지 태왕이라는 단어에 그저 크게 고개를 끄덕였다.

"어이구, 됐네. 그리고 어디 가서 말하지는 말게. 굳이 알려져서 좋을 게 없는 이야기들이야."

고운은 풀줄기 하나를 입에 물고는 다시 드러누워 버렸다.

하나뿐인 벗

칠하지 않은 돌을 쌓아 축조한 외벽부터 들쭉날쭉 잘라낸 나무를 얽어 만든 내성까지, 다만 규모가 있을 뿐 세심한 정성이라고는 하나도 찾아볼 수 없는 한산성. 백제의 수도인 이 왕성은 주인의 성격을 그대로 드러내고 있었다. 왕의 국고는 항상 비어있었으며 사재란 애초에 존재하지도 않았던 지난 수십 년간 백제는 사상 최고의 전성기를 누릴 수 있었고 왕은 최고의 존경을 받을 수 있었다.

'가난한 자는 부자의 모습을 꾸미고 병약한 자는 건강한 자의 모습을 꾸민다. 내가 이미 왕인데 왕의 모습으로 꾸밀 이유가 무엇인가.'

왕의 복색마저 차리기를 거부한 부여구의 말이었다. 그는 회색 무명옷 하나만을 걸치고 살았으며 그 위에는 가끔 갑주를 덧입었다. 상에 별미라도 오를 적에는 시종과 시녀를 불러 나누어 먹었으며 지방 관리가 가끔 선물이라도 올리면 그대로 다른 관리에게 선물로 보내곤 했다.

'나와 너희는 하나다. 너희가 기쁘면 내가 기쁘고 내가 기쁘

면 너희가 기쁠 것이다.'

함께 걷는다. 그것이 부여구의 단 하나뿐인 신념이었다. 그는 예법이나 격식에 관심이 없었다. 위엄을 모조리 버렸기에 그는 더욱 위엄이 있었으며 항상 진심을 다했기에 오히려 거짓으로 섬기는 이가 없었다. 백제는 그런 부여구를 사랑했다. 부여구가 성 밖을 나설 때에는 구름 같은 인파가 모여들어 발돋움을 하며 그의 얼굴을 보려 했고 집집마다 그의 초상을 간직하여 무병장수를 기원했다.

고구려의 군사가 서어산에 들었을 즈음, 그 부여구는 이미 출중한 아들 부여수에게 백제의 모든 것을 물려주고 뒤로 물러나 있었다.

"침상에 드소서."

늦은 밤, 잠을 이루지 않고 탁상 앞에 앉은 부여구는 부여수의 연이은 간청에도 아무런 움직임이 없었다. 다만 주름진 얼굴을 씰룩이며 중얼거렸다.

"무엇을 하려는 것인가."

그는 어디서 왔는지 모를 밀서 한 장을 받아 들고 있었다. 밀서에는 다만 낙랑벌이라는 한 단어가 쓰여있을 뿐. 그는 북쪽을 향해 고개를 돌리며 되뇌었다.

"그대의 뜻은 알겠다만."

드문드문 이어지던 말이 끊기자 무릎을 꿇고 앉았던 부여수가 여전히 고개를 숙인 채 물었다.

"그 낙랑벌이라는 글자는 혹 고구려에서 보내온 것입니까? 무슨 뜻인지요? 고구부, 그 비열한 자가 이번에는 또 무슨 계략을."

부여구는 고개를 저었다.

"애초에 계략 같은 것이 아니다. 그는 나에게 묻는 것이야. 공멸을 택할 것인지. 혹은."

"혹은?"

"화친할 것인지."

"화친이라 하셨습니까?"

부여구는 고개를 끄덕였고 피가 나도록 입술을 깨문 부여수는 무릎 위에 놓은 손으로 제 허벅지를 꽉 쥐며 터져 나오는 목소리를 억눌렀다.

"화친이라니요, 아버님. 적은 오합지졸이 아닙니까. 처음에는 그 이름과 위세에 속았으나 실은 훈련 한 번 제대로 하지 않은 잡병들의 집합이었습니다. 병과(兵科)조차 제대로 나뉘지 못하여 진법 하나 구사할 수 없는 군사입니다. 허술한 허장성세가 아닙니까. 헌데 공멸이라니요. 화친이라니요."

"맞다. 그런데 그 고구부가 그쯤도 생각하지 않았을까."

"간교한 계략이 몇 번 성공하니 자신을 얻은 것이지요."

"진정 그리 생각하느냐?"

부여구의 은근한 질책에 부여수는 숨을 고르고 양손을 무릎 앞에 모았다. 타고난 다혈질을 다스릴 줄 알고 침착함을 되찾을 줄 아는 것이 또한 부여수의 장점이었다.

　"송구하옵니다. 허나 소자는 감히 여쭙지 않을 수가 없습니다. 서어산의 오합지졸을 일거에 쓸어버린 뒤 차후를 생각하는 것이 과연 하책(下策)인지요. 고구부가 정말로 화친을 원한다면 그때서 이야기를 들어보아도 될 일이 아닐는지요."

　"하책이다. 왜 하책인지 네 모르지 않을 터."

　부여구는 물끄러미 부여수를 바라보았고 부여수는 그 묵직한 눈길을 받아 짧은 한숨을 뱉어낸 뒤 제 생각을 밀어냈다.

　"그 오합지졸이 서어산에서만큼은 오히려 정예군인 이유겠지요. 협로의 싸움이란 진법도 전술도 필요 없는, 개개인의 용맹을 가리는 싸움인 탓입니다. 싸움은 쉬이 결판이 나지 않은 채 길어질 것입니다."

　"맞다."

　"그렇다 한들 이기지 못할 싸움도 아닙니다."

　"얻을 것도 없는 싸움이지. 이겨봐야 기다리는 것은 더 큰 전쟁이고."

　할 말을 잃은 부여수는 입을 닫고 고개를 숙였다. 부여구의 말은 구구절절 사실이었다. 우방인 동진이 풍전등화의 신세인 이때 굳이 고구려와 생사를 건 결전을 벌일 이유가 없었다.

오히려 그쪽에서 걸어오면 피하고 싶은 것이 솔직한 백제의 입장이었다. 그 탓에 수곡성을 빼앗기고도 굳이 확전(擴戰)을 택하지 않은 것이었다.

"원한은 오히려 그쪽에 있다. 구부는 나에게 아비를 잃었으니까. 헌데도 이런 이상한 수를 걸어온 것은 그만한 사정이 있는 탓이다."

부여구는 제 스스로 하는 말에 미미하게 고개를 끄덕이며 말을 이었다.

"만나주어야지. 이렇게까지 한다면."

"예?"

"그답구나, 허허. 얼굴 한번 보자고 온 고구려를 걸고 협박을 해."

"대체 무슨 말씀이신지요?"

"수야, 말을 준비하여라. 낙랑벌로 가야만 하겠다. 그가 그곳에서 나를 기다리고 있다."

"아버님!"

생뚱맞은 소리였다. 그보다도 낙랑까지는 적지 않은 나이의 왕이 몸소 가기에는 너무나 위험한 길이었다. 부여수는 놀라 벌떡 일어서며 반대의 뜻을 외쳤으나 부여구는 이미 확고한 결심이 선 듯 눈을 감아버렸다. 몇 번이나 거듭된 만류에도 부여구가 고집을 꺾지 않으니 하는 수 없이 물러난 부여수는 일백의 정예한 무사를 특별히 가려 뽑아 부여구의 앞뒤를 지킬 든든한 호위를 만들었다. 그러나 부여구는 이 또한 물리치며 시종 두셋만을 따르게 하니 결국 부여수 본인이 직접 따라나섰다.

낙랑벌.

바닷길까지 지나는 험난한 여로 끝에 마침내 낙랑벌에 다다른 부여구는 감회에 찬 눈으로 벌판을 바라보았다. 한산으로 옮겨오기 전 낙랑은 부여구의 시작과 함께한 땅이었다. 아불화도에게 잡혀 몸값을 바치겠다며 빌던 일을 떠올리며 그는 미소를 떠올렸다. 이후 그곳에서 만났던 이상한 소년, 스스로를 학자라 밝히며 은붙이를 던지던 적국 태자와의 만남은 평생 가장 큰 즐거움을 주었던 일 중 하나였다.

부여구는 그때 그 길의 흔적을 더듬어 길을 걸었다. 과거 말을 타고 호쾌하게 내달렸던 길을 이날은 잔잔히 주변을 돌아보며 옛 기억을 떠올리며 따라갔다. 처음 고구려 태자와 마주쳤던 길목에서 그는 잠시 걸음을 멈추었다.

'나는 고구려의 학자이며 해를 따라 서쪽으로 가는 중이오.'

옛 그림이 주마등처럼 스쳐가는 가운데 고구려 태자가 입 밖으로 냈던 이 해괴한 말이 특히 뇌리에 맴돌았다. 아련한 다른 기억과 달리 선명하게만 떠오르는 그때의 대화가 이제 노인이 된 그의 목소리를 타고 허공에 흩어졌다.

"해는 둥근 하늘을 타고 서쪽 곤륜산까지 가서, 함지라는 연못에 빠졌다가……."

"땅 밑을 지나서 다시 동쪽 끝의 부상이라는 나무에서 떠오른다."

답을 이어오는 목소리. 부여구는 주름진 눈매를 들어 목소리가 들려온 곳을 바라보았다. 과연 구부가 있었다. 옛날 어릴 적과 다름없는 얼굴로 커다란 바위 한 곁에 걸터앉아 그를 기다리고 있었다.

"오랜만이야. 이로써 세 번째 만남인가."

"그렇지요. 잘 지내셨소?"

구부는 양팔을 활짝 벌린 채 부여구에게 다가와 격의 없이 그를 감싸 안았다. 부여구 또한 구부를 마주 안았다.

"어마어마한 초대장이었네. 오지 않을 수가 없더군."

"알아보실 줄 알았소."

황량한 벌판 한가운데에는 탁상 하나와 의자 두 개가 달랑 마련되어 있었다. 구부와 부여구는 그곳에 앉아 삼십 년 만의 잔을 나누었다. 왕의 격식을 버린 그들은 옛 모습 그대로 이상한 장군과 당돌한 학자가 되어있었다.

"허허, 그래, 해는 찾으셨던가?"

"후대의 학자들에게 넘기었소. 땅끝까지 가보기엔 내 삶이 너무 짧더이다."

"그렇군. 그대는 해야 할 일이 많을 터. 허허, 송해를 말 몇 마디로 죽였다는 이야기는 압권이더군. 막고해는 그대를 미리 죽였어야 했다며 어찌나 안타까워하던지."

"그때 그 졸장 막고해가 이제는 백제의 대장군이군요."

"허허, 졸장이라, 그래, 그랬지. 참, 농부와 소의 문제는 어땠는가? 온 천하를 주유하며 그 물음을 던졌다던데, 내게도 좀 들려주지 않으시겠나?"

"모용황은 채찍이라 했소. 석호는 불심(佛心)이라 했고. 내 아비, 전대 태왕께서는 농부가 밉다 하셨소."

"농부가 밉다?"

"제 죽을 줄 알았더라면 소를 미리 살폈어야 하는 것이 아닌가라고. 진심이셨지요. 본인께서는 죽기 직전까지도 소들만 살피셨으니."

부여구의 얼굴이 살짝 어두워졌으나 구부는 오히려 활짝 웃었다.

"품은 뜻을 실지로 이루신 게지요. 참으로 진실한 삶이셨소."

"나도 그리 생각하네."

"한 백성은 나를 나무라더군요. 어찌 그런 것을 모르냐, 어찌 농부의 입장만 생각하느냐, 소를 위해 밭을 갈아줄 농부가 없어진 것이 아니냐, 소는 농부라는 일꾼을 잃어 망연자실한 것이다. 하하, 무서운 말이었지요. 농부가 도리어 소의 일꾼이라니."

부여구는 오래 생각하지 않고 고개를 끄덕였다.

"틀림없는 말이로군. 위정자는 잘 깨우치지 못하는 것이지만."

구부는 스스럼없이 빙긋 웃으며 탁상에 팔꿈치를 대고 허리를 굽혀 부여구의 얼굴에 제 얼굴을 가까이 가져다 대었다. 이미 늙어 주름이 가득한 부여구의 눈매를 가만히 바라보던 그는 문득 손을 내밀어 부여구의 손을 잡았다.

"동맹합시다."

부여구가 얼른 응답하지 않자 구부는 몇 마디를 얹었다.

"수곡성은 돌려드리지요. 아니, 원한다면 한 열 개 성쯤 이양할 생각도 있소. 뭐, 왕실 종친의 혼인도 좋겠고. 태자가 생각만 있다면 내 기꺼이 고구려 여인과 중매를 설 수 있는데."

"어째서인가?"

"원수를 우방으로 가지면 두 배 득 보는 셈이니까."

부여구는 고개를 저었다. 말이 되지 않는 소리였다. 백제는 동진과, 고구려는 전진과 친교를 다지고 있었다. 전진은 동진과 비교가 되지 않을 만큼 강한 세력을 가진 터, 고구려로서는 굳이 전진의 손을 놓고 백제의 손을 잡을 이유가 없었다. 설사 고구려와 백제와 동진이 연합하여 전진을 누르더라도 차후의 고구려는 삼자 가운데 고립될 것이었다. 고구려에게 백제와의 동맹이란 얻을 것이 없었고 따라서 구부의 말은 믿을 수 없는 것이었다.

"있는 그대로 말하게."

"사실이오. 나는 백제가 필요하오."

"전진은?"

"사라질 것이 당연한 나라니까."

"그들은 화북을 일통했네. 사라진다니?"

구부는 빤히 부여구의 눈을 들여다보았다.

"혹 전진이 망하면 그들은 어느 나라의 사람이오?"

"망국의 유민이 어느 나라 사람이냐니?"

"그 땅은 누구의 지배가 되겠소?"

"전진을 망하게 한 나라의 지배가 되겠지."

"그 나라가 망하면?"

"망하게 한 나라의 지배가 되겠지."

"그 나라가 망하면?"

"망하게 한 나라의 지배가 되겠지."

"그 나라들은 어떤 말을 쓰겠소? 어떤 옷을 입겠소? 어떤 공부를 하겠소?"

별생각 없이 구부의 물음을 따라가던 부여구는 순간 아무 대답도 하지 못했다.

"전진 황제 부견은 저족이오. 그런데 지금 부견이 저족의 풍습을 장려하고 있소? 저족의 역사를 제 역사로 기록하고 있소? 저족이 유목하던 시절 입던 옷을 입고 있소? 전진의 관제(官制)는 저족 시절의 것이오? 혹시 왕을 아직 족장이라 부르고 군장(軍長)을 말몰이꾼이라 부르고 있소? 아니라면, 혹시, 혹시 한족의 풍습과, 역사와 학문을 베끼어 따르고 있지는 않소?"

부여구의 처진 눈매가 갑자기 크게 올라갔다.

"당신이 한산으로 옮겨가기 전 지난날 요서는 백제의 것이었소. 연(燕)이 요서를 상당 부분 점령하기도 했었지만 대체로 백제가 주인이었소. 지금 요서는 전진 부견의 것이오. 요서는 때때로 백제의 것이었다가, 선비족의 땅이었으며, 한족의 땅이었고, 저족의 땅이었소. 그들 모두의 유민이 뒤섞여 요서에 살고 있소. 묻겠소. 지금 요서에 사는 사람들은 스스로를 어느 나라의 유민이라 부르오?"

"……한(漢)의 유민이라 칭하지."

"이상한 일이 아니오? 대륙의 패권은 서로 다른 부족이 쥐었다 놓기를 반복했소. 헌데 지금 와서 대륙의 모든 부족은 왜 스스로를 한족이라 여기는 것이오? 실지로는 오만 족속이 서로 섞이어 나타난 혈통인데. 왜 핏줄은 다 잊고 한(漢)이라는 이름만 간직한단 말이오?"

부여구는 아무 말도 하지 못하였다. 다만 무겁기 그지없는 눈으로 구부를 바라볼 뿐이었다.

"깊이 생각했소. 수많은 민족이 어울려 그들의 풍습이 섞이고, 그들의 말이 섞이고, 그들이 어우러져 만들어 낸 것이 전통이고 글자요. 그런데 그 주인에 오직 한(漢)이라는 이름만 붙는 이유가 무엇인지, 고구려의 복조리 대신 한(漢)의 복(福)이라는 글자만 남는 이유가 무엇인지 나는 깊이 생각하고 생각했소."

"무엇이었나, 그 이유가."

부여구는 저도 모르게 떨리는 손을 들어 제 얼굴을 쓸었다.

"모든 것은 은나라와 주나라의 기록에서 시작했소."

제왕과 공자

"은이완문향북(殷夷完門向北), 기본이주화하(其本異周華夏)."

구부는 긴 문장을 내어놓았다.

"은나라는 동이족이 만들어 성문이 북을 향해있으며 이는 근본이 주나라 화하족과 다르기 때문이다. 옛 사서와 문헌에 심심찮게 등장하는 말이오."

"나도 들어본 것 같군."

"주나라는 본래 은나라에 세(稅)를 바치는 제후국이었소. 서백(西伯)이라 불리던 창(昌)이라는 걸출한 인물과 그 아들 발(發)은 은나라를 섬기는 종속관계를 떨치고자 노력했고 은나라는 결국 주나라에게 망하게 되지요. 그 주나라가 지금 한족의 시작이오. 황제 헌원(軒轅) 따위의 설화가 있기는 하나 그것은 명확한 강역이 없는 부족 단위의 다툼에 불과하지."

"그렇겠지."

"주나라 문왕과 무왕, 창과 발은 대단한 인물이라 전해지오. 그 유명한 경자구일(耕者九一) 같은 제도를 만들어 농민은 농확의 십 분지 일만을 나라에 세금으로 내게 하였소. 그 이전까지 농민이란 나라의 노예에 불과했다지요."

"군자의 본(本)이라 불리는 두 인물이니."

그 말에 구부는 묘한 웃음을 떠올렸다. 그러나 곧 표정을 지우고 다시 이야기를 계속했다.

"반면 은나라 주왕 제신은 폭군의 대명사요. 제 숙부인 비간(比干)을 잡아다 성인의 가슴에 일곱 구멍이 있다는 말을 확인해 보자며 심장을 꺼내어 죽였고, 달기(己)의 미색에 빠져 주지육림(酒池肉林), 포락지형(炮烙之刑) 등의 말까지 생겨날 정도로 방탕하고 포악한 삶을 보냈다 하지요."

"그렇지."

"혹시 그 외에 은나라의 역사를 들은 적이 있소? 은나라에 대해 아는 것이 있소?"

부여구는 고개를 저었다.

"내 고전(古傳)을 즐기지 않아……."

"아니, 사실은 그 어느 고전을 공부하는 학자도 다른 은나라의 역사는 들은 적이 없소. 지금 그대는 은나라에 관하여 천하에서 가장 잘 아는 사람 중의 하나가 된 것이오."

"워낙 옛이야기라 그런 것이 아니겠는가?"

구부는 피식 웃었다.

"후궁인 달기가 고안했다는 형벌의 이름까지, 이에 당한 신

하의 이름까지 전해지는 마당에 다른 기록이란 찾아볼 수조
차 없는 역사가 있을 수 있소?"

"……."

"반면 주나라는 그 이전, 이후의 역사까지 상세히 남아있
소."

"그것은 주나라가 승자이기에 주나라의 역사만 남은 것이
아니겠는가?"

"주나라의 역사를 더욱 선전하려면 주나라가 꺾은 은나라
가 얼마나 강대한 나라였는가, 그럼에도 불구하고 은나라를
꺾은 주나라 문왕은 얼마나 대단한 인물이었는가, 이런 것을
기술했어야지."

"음."

"은나라에 남은 것은 가혹한 형벌의 이름, 인신공양의 숫자
등 포악하고 야만적인 것들뿐이오. 제후까지 거느렸다는 대
국이 아름답고 자랑스러운 역사 한 줄 남긴 것이 없소. 오로지
제신을 폭군으로 강조하고 강조하며 그 이야기만 거듭할 뿐
이지."

"어째서 그런가?"

"간단하오. 주나라는 군자의 나라, 은나라는 악행의 나라.
주나라의 모든 역사는 뚜렷하게, 은나라의 모든 역사는 알 수
없게. 그리하면 주나라가 이어받은 은나라의 모든 문물을 부

정할 수 있소. 모조리 주나라가 시작한 것이 되지. 마치 주나라가 천하의 시작인 양, 하나뿐인 주인인 양 선전할 수 있게 되는 것이오."

부여구는 아무 말도 하지 못하고 구부의 다음 이야기만을 기다렸다.

"옛것은 새것의 본(本)이 되게 마련이고, 옛것이란 오로지 주나라의 것이 되었으니 결국 천년을 흐르는 천하의 기틀이란 주나라가 세운 것이 되었소. 한(漢)의 문물, 그 정체가 바로 이것이오. 온 천하의 문물을 모두 주나라의 것으로, 한의 것으로 만드는 천년의 대계. 사람의 손으로 그렇게 된 것이오. 은나라를 없애고 주나라를 키워내어 천하의 근본을 화하족에, 한에 둔다."

"……."

"공자였소."

구부는 마침표를 찍어내듯 이름 하나를 던졌고 그 이름의 무게에 부여구는 신음을 삼키듯 되물었다.

"공자?"

"화하만맥(華夏蠻貊) 망불솔비(罔不率婢). 서경의 구절이오. 주나라가 은나라를 멸망시키니 화하족과 동이족 모두 즐겨 따르지 않는 이가 없었다. 이 한 문장에 모든 것이 들어있소. 비로소 한의 문물로 온 천하가 교화된다는 이야기지. 헌데 어떻소? 가능한 일이오? 망국의 백성이 정복자를 기쁘게 섬긴다는 것이. 누구보다 그대가 잘 알 것이 아니오."

부여구는 고개를 저었다. 이미 많은 부족을 백제의 품 안으로 거둔 그는 그것이 결코 불가능한 일임을 잘 알고 있었다. 그 어떤 폭정에 시달리던 백성도 익숙한 관습과 고향을 버리고 새 지배자를 즐거이 따르지 않았다. 더욱이 승리한 나라에는 보상이 있어야 했고 그 보상이란 패배한 나라에게서 가져오는 것이었다. 전쟁에 필수로 따르는 것은 약탈이었다.

"불가능한 일일세."

"서경이든 춘추든, 공자의 손에 쓰여 전해진 기록들이 시작이오. 은을 지우고 주를 새기는 일은 그로부터 시작된 것이었소. 다른 기록들은 이들을 베끼어 내용을 가다듬었고."

"공자."

"실은 학문의 경지에 이르면 옳고 그름의 경계선은 사라지오. 오직 다름을 알게 되지. 그러나 그는 역사를 취사하고 선별했소. 오직 주나라의 관습과 전통만을 사랑하고 찬양하며 그 바탕에서 유학을 정리했지. 그는 주나라만을 높이 받들어 전했고 그것이 그대로 역사가 되었으며 또한 사상이 되었소."

"……."

"주나라의 관습과 전통이란 처세술의 극치였소. 약자와 강자를 더욱 공고히 하여 단계를 나누고, 약자가 강자를 지극하게 섬기며, 별별 하릴없는 격식으로 삶을 고단하게 하여 약자와 강자의 구분이 흔들리지 않게 하였소. 거기에 온갖 미사여구를 붙여 예(禮)라는 이름으로 묶어낸 것이 유학의 시작이오. 어떻소? 공자쯤 되는 인물의 머무른 눈높이가 고작 그 정도였을 리가 있겠소? 실은 공자가 주나라를 읽고 배운 것이 아니오. 주나라를 읽고 배우게 한 것이 공자인 셈이지."

때마침 거센 바람이 불어왔다. 부여구는 바람에 섞인 모래 먼지를 온통 얼굴에 맞으면서도 미동 없이 가만히 눈을 감았다. 미미하게 떨리는 눈꺼풀을 들어낼 때에 그는 고개를 끄덕였다.

"공자가 그 모든 일을 시작한 것이다, 한족을 천하의 주인으로 군림케 하고자, 세상의 모든 문물이 모두 주나라에서, 즉 한족에게서 나온 것으로 꾸며낸 것이다."

"그렇소."

"그대는 무서운 이야기를 하고 있군. 이런 이야기를 내게 한다는 것은……."

부여구는 눈앞의 천재를 깊숙이 바라보았다. 처음 들어보는 이야기, 아니, 구부가 아니었더라면 누구도 하지 못했을 이야기. 천 년 전의 역사를 추측만으로 엮어내어 공자라는 적(敵)을 만들어 낸 그 이야기의 결말은. 구부가 하려는 싸움은. 제 아비의 원수를 향해 갑자기 손을 내밀고서 그가 그리려는 그림은.

"자네는 또 하나의 공자가 되려는 것인가?"

"아마. 그런 것 같소."

"그런 것이 어떻게 가능한가? 고구려를 제외한 모든 나라의 역사를 지우기라도 하겠다는 말인가?"

"아니, 내가 지우고자 하는 것은 역사가 아니오. 한(漢)의 유학(儒學). 마치 말의 눈가리개 같은 그것을 벗겨내는 것이지."

"눈가리개?"

"말의 눈가리개란 제가 어떻게 부림당하는지, 제가 무엇을 하고 있는지, 세상에는 어떤 다른 것이 있는지 아무것도 알 수 없게 만드오. 이끄는 대로 달리는 일, 제 본분으로 지워진 일에만 가장 충실하게 될 뿐이오. 나는 그 눈가리개를 벗기고 백성이 제 눈으로 세상을 볼 수 있게 만들 것이오."

"그리하면?"

"유학 따위 저들이 얼마든지 간직하도록 두겠소. 그러나 눈가리개를 벗어낸 백성이 제 눈으로 똑똑히 세상을 보며 제 손으로 자유롭게 빚어낼 앞으로의 산물, 새로이 태어날 문물은 우리의 것이 되겠지. 자연스러운 수순이오. 내가 굳이 새로운 길을 열어줄 필요조차 없소."

또 하나의 공자가 된다.

유학을 없앤다.

그것은 유학을 넘어선 사상을 만들어 내겠다는 말에 다름 아니었다. 한 자세로 오래 있는 것이 힘들어 이리저리 자세를 비틀고 꼬는 구부를 부여구는 말없이 응시했다. 학문을 닦는 사람이 저토록 자유롭고 방종할 수 있는가, 어쩌면 저런 자세이기에 당연한 전통과 선입견에 오히려 의문을 제기할 수 있었던 것은 아닐까, 그런 종류의 수준 낮은 의문은 아니었다. 부여구 본인이 또한 위인의 반열에 들 만한 그릇, 그는 구부의 자연스러움이 오히려 정도(正道)의 자세임을 알 수 있었다. 곁가지에 곁가지를 타고 너무나 멀리 와버린 지금의 이해와 생각의 지평, 구부가 펼쳐내려는 세상은 그것과 어떻게 다를까. 그것이 지금 백제의 늙은 성군이 품은 의문이었다. 그는 천천히 입을 열었다.

"보고 싶군."

"보게 되실 것이오."

"백제에 바라는 것은 무엇인가?"

"수도 없이 많소. 고구려와의 영구적인 군사동맹이라든가, 아예 국경을 허물었으면 좋겠고. 동진과의 손을 놓을 것, 진동대장군(鎭東大將軍)인가 하는 그 우스운 작호부터 버려야겠지. 그리고 그 무엇보다 중요한 일. 그런 게 있소. 실은 가장 중요한 일인데, 서벌(西伐). 양국이 함께 하는 서벌이오."

서벌!

부여구는 저도 모르게 흠칫 눈을 들었다. 지금 이자가 무슨 소리를 하는가. 그리고 이내 고개를 저었다. 다른 일은 모르되 그것만은 불가능한 일이었다. 고구려의 서쪽이란 요하를 말하는 것이었고 지금 백제의 최전성기란 바로 대륙 요하 근역을 버리고 온 덕이었다. 왕위를 이어받은 부여구는 고구려, 진, 선비 등의 강적이 매일같이 격돌하는 혼란의 땅 대신 바다 건너 고구려 남쪽의 평야를 택했고 그것은 탁월한 결정이었다. 고구려에 눌려 다 망해가던 부여와 마한의 쪼개진 군소 부족들은 남쪽의 패자로 떠오른 백제에 몸을 기대왔으며 부여구는 그들을 받아들여 제 백성으로 삼았다. 그를 바탕으로 이루어 낸 것이 지금의 백제. 이를 버리고 다시 전란의 중심지로 정벌을 떠나라는 말은 지금의 번영을 포기하라는 말과도 같았다. 도저히 받아들일 수 없는 것이었다.

"어렵겠네. 맨손으로 다시 대륙의 전란 속에 뛰어들라니, 설령 내가 결심하여도 신하와 백성들을 설득할 방법이 없어."

"그 대가로 줄 것은."

부여구의 말을 잘라낸 구부는 얼굴의 웃음기를 더욱 진하게 떠올렸다. 입술만을 움직이며 그는 한마디를 더했다.

"고구려의 왕위요."

정적이 흘렀다. 때때로 메마른 바람이 그들의 얼굴을 때렸으나 눈 한 번 깜박이지 않고 그들은 서로를 마주 보았다. 구부는 땅 한 뙈기보다 더 쉽게 고구려라는 나라를 내걸었고 부여구는 그것이 허언이 아님을 짐작하고 있었다. 그러나 받아들일 수 있는 이야기가 아니었다. 믿을 수 있을까, 그에 앞서서 가능은 한 것일까. 그 말을 믿고 백제가 대륙으로 떠난 전란을 틈타 고구려가 남쪽 땅을 삼키지 않을 보장이 어디 있을까. 정말로 약속이 지켜진대도 고구려의 왕위를 받아간 백제가 고구려 백성을 모조리 노예로 삼지 않을 보장이 어디 있을까. 설령 두 왕이 약속을 지키더라도 다른 신하와 백성들이 이를 받아들일 리가 있을까.

"가능하오. 그대이기에 가능한 일이오. 이미 수많은 세력을 그대의 백성으로 삼지 않았소? 고구려의 백성을 그대의 백성으로 받아들이면, 백성이 섞이면 나라는 금방 하나가 되는 것이오. 전쟁 없이 성사되기에 가능한 일이기도 하지."

"그러나."

"물론 아주 오랜 시간이 걸릴 것이오. 당장 그리되지는 않겠지."

"……."

"남쪽의 국경을 허물고 두 나라의 모든 군사를 요하로 돌려 그 땅에 새 경계를 만드는 것이오. 요하에 닿으면 저들과 천하의 중심을 두고 다툴 수 있소. 장차 그대의 후예는 두 나라를 넘어선 천하의 제왕이 될 것이고 나는 새로운 공자가 될 것이오. 어떻소? 나는 자신이 있소. 두 나라의 백성 모두가, 종내에는 천하 만민이 사랑하고 따르는 새로운 법제를, 학문을, 사상을 만들어 낼 자신이."

"왕위를 내걸 만큼."

"왕위라. 그따위 권력. 모래알만큼 많았던 제왕들의 이름과 공자의 이름. 둘 중 무엇이 큰 이름이오? 왕은 기껏해야 수십 년 제 백성의 몸을 지배하지. 그러나 공자는 천 년간 천하 만민의 머리를 지배해 왔소. 나는 이쪽을 택하리다."

모래알만큼 많았던 제왕들의 이름. 구부의 입에 묘한 비웃음이 스쳤고 부여구는 그것을 놓치지 않았다. 그것은 진실한 비웃음이었다. 구부는 진실로 옛 제왕들의 업적을 하찮게만 여기고 있었고 부여구는 쓴웃음을 떠올렸다. 틀린 말은 아니었다. 역사상 수없는 제왕들이 천하를 두고 각축을 벌였지만 결국 한때의 성쇠에 지나지 않았다. 그가 평생을 다 바쳐 이룩한 지금 백제의 성대함 또한 몇 대나 갈지 알 수 없는 일이었다. 거대했다. 구부가 지금 그리는 그림은 그로서는 상상조차 해본 적 없는 거대한 그림이었다.

"혼란스럽군. 그대가 그리는 그림이 다 보이질 않아. 대체 그대의 적은 누구인가? 한족? 동진인가? 아니면 저족의 전진인가? 한족의 유학을 부수려 한다면서 어째서 저족 전진과 전쟁을 벌이려는가? 그 둘은 서로 앙숙이 아닌가."

"대왕, 진짜 선은 국경 같은 것이 아니오. 진(晉)이든 진(秦)이든 상관없소. 장래 한(漢)의 문물에 집어삼켜질 그 모두가 한(漢)이며 그 모두가 나의 적이요. 다만 지금 동진은 붓을, 전진은 칼을 들고 상대해야 하는 차이가 있을 뿐이오."

"그 구분은 무엇인가? 전진이 더 강대한 나라이기 때문인가?"

"아니, 전진에 칼을 겨눠야 하는 이유는 간단하오. 요하가 전진의 손에 있으니까."

"요하가 그리 중요한 것인가? 그 땅에 대체 무엇이 있기에 그리 요하를 고집하는가."

"말 그대로 요하가 있소."

"요하? 단지 큰 강이라면 이 땅에는 욱리하(郁里河: 한강)가 있지 않은가."

"본래 나라는 물에 근거해서 일어나는 법이오. 저들 한인이 황하에서 일어났듯이 우리는 요하에서 일어났지. 요하는 우리의 근간이었소. 요하를 두고 다툰 것이 우리 투쟁의 역사요. 헌데 당신이 요서를 버렸소. 고구려는 당시 요동의 지배권마저 상실했었으니 요서는 주인 없는 땅이 되었다가 전진의 것이 되어버렸지. 욱리하? 그래, 그 덕에 대륙의 패권에서는 멀찍이 물러선 채 이 작은 반도 안의 욱리하 유역을 두고 다투는 꼴이 된 것이오. 우리는 요하의 후예가 아닌 욱리하의 후예가 되어버린 것이오."

"……."

"탓하는 것이 아니오. 늦지 않았소. 오히려 잘된 일일지도 모르지. 그 덕에 백제는 어느 때보다 강대한 나라가 되었으니까. 이제 다시 두 나라가 힘을 합해 요하로 나아가면 과거보다 몇 배는 위대한 제국이 탄생할 것이오."

"……."

"어떻소? 나는 한족 유학 따위 먼지 한 톨 남김없이 지워버릴 자신이 있소. 당신은 어떻소? 짐승 풀이나 뜯기는 것을 제일로 아는 저족이나 토막 난 채 남쪽으로 쫓겨난 한족의 허술한 군사를 깨트릴 자신이 없소?"

"……."

"애초에 당신이 있었기에 꿀 수 있었던 꿈이오. 칼 없이 붓만으로도, 붓 없이 칼만으로도 이길 수 없는 싸움이니까. 기적이오. 그대와 내가 한 시대에, 두 나라의 왕으로, 그것도 벗으로 살아가고 있소. 아니오? 나는 기뻐서 눈물이 날 것 같은데. 그대는 아니오?"

구부의 얼굴이 부여구에 가까이 다가갔다. 천진한 눈망울이 마치 장난이라도 치듯 조르기라도 하는 듯 부여구를 응시했다. 그러고도 한참 대답이 없자 구부는 손가락을 펴서 팔짱 낀 부여구의 팔꿈치를 쿡 찔렀다.

"당장 서어산에다 백제의 전 병력을 보내요. 고구려도 군사란 군사는 모조리 쥐어짜서 보낼 테니. 상상해 보시오. 두 나라 군사가 맞닥뜨려 아예 같이 죽자고 으르렁대다가, 그러다 갑자기, 갑자기 화해하고 웃으며 어깨동무를 하고 북쪽으로 올라가는 거요. 나란히 고구려 영토를 지나 서쪽으로! 하, 누가 짐작할까. 세상에 그런 기습이 또 어디 있겠소. 상상만 해도 재미있고 즐겁지 않소? 그렇게 한 싸움에 전진을 때려 부수고 요하를 넘어 요서까지 점령하고, 그리고 앞으로는 천하를 꿈꾸는 거요."

"……."

"갑시다. 요하로."

부여구는 눈을 감아버렸다.

역사상 이만한 거래가 있었을까. 이토록 쉽게 두 나라가 화해하고, 동맹을 넘어서 하나의 왕조로 통일하고. 그리고 그 왕조는 단순한 권력의 힘에 의해서가 아닌 하나의 사상과 이념으로써 합쳐질 것이었다. 반도의 작은 땅덩이에 국경을 그어 일진일퇴하는 소모적인 전쟁이 아닌, 힘을 합쳐 대륙의 패권을 두고 다투는 거대한 전쟁. 천하 문명의 주인이 누구인지, 천 년을 두고 천하 만민의 머릿속에 새겨질 이름을 다투는 전쟁. 말도 되지 않았다. 고구려의 터무니없는 태왕은 터무니없는 거래를 걸어왔고 터무니없는 미래를 그리고 있었다. 터무니었었다. 그러나 그 위대한 업적의 달콤함이란!

부여구가 다시 눈을 뜬 것은 해가 저물어 갈 즈음이었다.

"장차 누가 있어 또 이만한 꿈을 꾸어볼까. 설령 꿈으로 그친들 어찌 마다할까. 내 그대의 말을 따르지 않을 도리가 없네."

"그러실 줄 알았소."

구부는 씩 웃었고 그것으로 그들의 자리는 파했다. 굳은 악수를 나눈 둘은 깨끗하게 작별을 고하며 낙랑벌을 떠났다. 구부는 만면에 웃음을 띠고 있었지만 부여구는 그렇지만은 못했다. 그 누가 이만한 이야기 앞에서 태평할 수 있을까. 고목과도 같이 굳었던 부여구의 가슴은 미친 듯이 뛰고 있었고 느슨해졌던 온몸의 근육은 끊어질 듯 긴장하여 터질 듯 떨리고 있었다. 멀찍이서 기다리던 부여수가 다가왔을 때 부여구는 온 힘을 다하여 제 아들을 굳세게 부둥켜안았다.

"수야. 요하로, 대륙으로 가자!"

"예?"

밑도 끝도 없는 영문 모를 소리였다. 그러나 부여수는 아무 말도 할 수 없었다. 다 늙어버린 아비의 손아귀가 너무나 굳세게 그의 등짝을 안은 채 전율에 떨고 있건만 그런 감동의 순간을 방해할 수는 없는 노릇이었다. 부여수는 등이 뜨겁게 젖어 옴을 느꼈다. 부여구는 한도 끝도 없이 굵은 눈물을 흘리고 있었다.

뿌려두었던 씨앗

'고구려 태왕은 스승께서 주신 질문이 제 질문이 아님을 알았습니다. 이어서 그가 답변하길, 생쥐를 키우는 자, 잘 씻지 않는 자, 게으른 자, 과식하는 자 등을 모조리 벌하는 것, 아주 작은 물꼬만을 터주어 원하는 대로 끌어가는 것, 그런 것이 그들의 방법이고 세상이다, 라고 하였습니다. 그러고는 자신의 답이라 하며 이 복조리를 주었습니다.'

건업의 사안은 서너 사람이 모인 자리에서 백동의 서한을 손에 들고 있었다. 침중한 표정으로 서한을 다 읽은 그는 왕헌지에게 이를 내밀고는 다른 손에 쥔 복조리에 공허한 눈길을 던져두었다. 왕헌지는 받아 든 서한을 읽어가며 조금씩 얼굴을 굳혔다. 그는 탁한 음성으로 독백하듯 서한의 내용을 따라 읽었다.

"생쥐를 키우는 자를 벌하고, 게으른 자를 벌하고……, 아주 작은 물꼬만을 터주는 세상."

왕헌지는 다음 사람에게 서한을 내밀며 중얼거렸다.

"고구려 태왕이라는 자는 어디부터 어디까지 생각하고 있는 것인가."

모인 인물들은 하나같이 서한을 읽으며 얼굴에 그늘을 드리웠다. 좌중은 오랜 침묵을 지속하였고 저마다의 생각 속에 깊이 빠져있었다. 이를 깨트린 것은 사만, 사안의 동생이었다. 그는 조심스레 입을 열었다.

"그러나 형님, 구부라는 자가 무엇을 생각한다 한들 변할 것이 있겠습니까?"

사안은 여전히 복조리에 눈길을 던져둔 채 건조한 목소리로 물었다.

"너는 고구려 원정군을 보고 무엇을 생각했느냐?"

"서어산의 원정군을 말씀하십니까? 그 오합지졸이란 고구려 태왕의 허장성세가 아닙니까?"

사만은 입술을 놀리며 말을 이어가다 문득 사안의 냉랭한 낯빛을 보고 입을 닫아버렸다. 그는 곧 부끄러운 빛을 떠올리며 고개를 가로저었고 이에 사안의 목소리가 이어졌다.

"전쟁과 군사라는 단어를 머리에서 지워라. 구부는 왕족과 귀족을 적국에 던져주었다. 그것은 무엇이겠느냐? 귀족과 왕족을 적국에 주는 것을 무어라 부르느냐?"

사만은 오래지 않아 대답했다.

"……인질이겠습니다."

"인질을 주는 자는 주로 무엇을 얻으려 하느냐?"

"정전, 화친입니다."

화친이라는 단어를 뱉어낸 순간 사만은 고개를 들었다. 어디에 생각이 미쳤는지 그는 입을 떡 벌렸다. 그리고 사안은 여전히 복조리에만 눈길을 던진 채 건조한 목소리를 이어갔다.

"고구려 태왕은 어째서 적국 백제와 화친하려 하겠느냐? 벌써 두 번 이기고서도."

"정녕 그 원정군이 화친을 위한 인질이었다는 말씀이십니까?"

사안은 사만의 질문에 답하지 않은 채 같은 물음을 다시 던졌다.

"어째서 화친을 꾀하겠느냐? 그는 어째서 아비의 원수와 손을 잡으려 하느냐? 도무지 이길 수 없어서? 갑자기 평화가 그리워서? 사만, 답하라. 그는 어째서 백제와 화친하려 하느냐?"

생각을 거듭하며 몇 번이고 입을 열었다 닫기를 반복한 사만은 마침내 하나로 닿을 수밖에 없는 결론을 입 밖으로 내놓았다.

"우리의, 한(漢)의 대계를, 또 다른 전쟁을 보았기 때문인 것 같습니다."

"그렇다."

모두 침을 삼키는 가운데 사안은 이어서 말했다.

"백제왕 부여구 또한 영웅이다. 구부의 말을 알아들을 수 있는 그릇이지. 하여, 원수였던 백제와 고구려가 화친하면, 나아가 굳은 동맹을 맺고 마치 하나의 나라처럼 결속하면, 그리하면 선이 생긴다. 한(漢)과 한(韓)의 선. 황하(黃河)와 요하(遼河)의 선. 주나라와 은나라의 선. 우리와 그들의 선. 하나를 둘 이상으로 나누는 선. 그 선으로 말미암아 사라진 은나라가 부활하고 더 이상 주나라는 하나뿐인 근본이 아니게 된다. 얼마나 많은 오랑캐가 그 선을 넘어갈지, 얼마나 많은 백성이 그 선을 넘어갈지."

사안의 말이 계속되는 가운데 머리를 떨어뜨린 이들은 피가 나도록 입술을 씹었다.

"하나뿐인 한(漢). 그 이름이 깨어지는 것이다."

"당숙 어른."

견디지 못한 한 사내가 외치듯 입을 열었다. 사현. 사안의 조카 되는 이로 왕헌지와 더불어 사안의 가장 큰 신임을 받는 이였다.

"그러나 그 선이란 애초에 나라의 국경 같은 것이 아닙니다. 학문, 사상, 정신의 선입니다. 그런 것을 구부라는 자가 어찌 홀로 타파하겠습니까? 그 홀로 어찌 유학을 넘어설 수 있다는 말입니까? 옛적 시황제가 그 강대한 권력으로 분서갱유(焚書坑儒)를 저지르고서도 이겨내지 못한 것이 유학입니다."

"구부는 이미 하였다."

"예?"

"듣고도 모르겠느냐? 그가 생쥐를 키우는 자, 게으른 자, 과식하는 자를 벌하는 것이 한(漢)의 세상이라 하지 않았더냐. 그렇다면 그의 세상은 무엇이겠더냐? 법(法)을 추리고, 예(禮)를 줄이고. 백성의 몸을 묶은 수만 관습과 규제, 백성의 눈을 가린 신분의 구분을 없앤 세상. 당당히 걷고 자유로이 공부하며 할 말을 하는 세상. 백성은 어느 세상을 택하겠느냐?"

사현은 고개를 크게 흔들며 반감을 표했다. 사안은 해서는 안 될 말을 하고 있었다.

"야만, 오랑캐의 야만에 불과합니다. 유학으로 비로소 백성은 야만에서 벗어났습니다."

사안은 코웃음을 치며 고개를 저었다.

"우스운 소리. 사람을 야만에서 벗어나게 한 것은 예법이 아니라 배부름이다."

그 한마디에 왕헌지, 사현 등의 인물들은 갑자기 입을 닫았다. 그들은 입술과 어금니를 물었다. 사안의 말에 갑작스러운 깨우침을 얻어서가 아니었다. 세상을 공부하고 경지에 오른 이들이라면 사실 누구나 닿아있는 사실이었다. 도덕이고 예법이고 학문이고 실은 다 배부름과 남아도는 시간이 만들어 낸 소산이리라, 다만 입 밖으로 낼 수 없던 말이었다. 그러나 지금 그 말을 내뱉은 것은 온 천하의 학문을 대표하는 사안이었다. 그 사안은 계속해서 말을 이었다.

"야만이고 오랑캐고, 모두 공자의 뻔뻔한 사기(詐欺)임을 너희가 모를 리가 없거늘."

"당숙!"

"어른!"

비명과도 같은 외침을 내지른 그들을 향해 사안은 무심한 눈길을 던졌다. 그리고 그들은 그 흔들림 없는 눈길에 다음 말을 잇지 못했다. 사안은 한(漢)의 유학 그 자체였다. 신성(神聖)이 스스로 신성을 부정한다면 그것을 숭배하는 이들 또한 그 부정을 따르는 수밖에 없는 것이었다. 정작 사안은 그런 것이야 무어 상관이냐는 듯 멀거니 그들을 바라보다 왕헌지를 향해 예의 건조한 목소리를 던졌다.

"백제로 향하라. 왕의 마음을 돌릴 수 없다면 태자의 마음이라도 얻어라."

왕헌지는 묻는 것 없이 고개를 깊이 숙였다. 이어서 사안은 사만을 향해 눈길을 옮겼다.

"숙신과 고구려의 끈을 끊어라. 동맹의 상징을 베어라."

사만 또한 고개를 숙였다. 사안의 눈길이 또 다른 형제인 사석에게 옮겨갔다.

"거란을 일으켜라. 한(漢)의 정수를 주어라."

사석이 허리를 숙이자 사안은 마지막으로 사현을 바라보며 말했다.

"모용수, 그자를 만나라. 향후를 약속하라."

모용수라는 이름에 여태까지와는 다른 기색이 듣는 이들의 얼굴에 스쳤다. 잠시 몸을 움찔거린 사현은 지그시 입술을 깨물며 물었다.

"모용수라 하셨습니까? 그는 지금 전진의 장군입니다. 그 말씀은 곧."

"그렇다, 때가 왔다. 일어설 때가 되었다. 천하에 뿌린 씨앗을 거두어 그 힘을 모으라."

사안은 손에 들고 있던 복조리를 바닥에 던지며 일어섰다. 복조리는 한구석에 처박히고 모여있던 이들은 허리를 깊이 숙이며 예를 표했다. 사안은 북쪽을 바라보았고 그의 깊이 침잠했던 눈에는 불길이 일렁였다. 마른 모래와도 같던 평소의 음성이 굉음을 내는 절벽의 폭포처럼 듣는 이들의 귀를 때렸다.

"천 년 이래 첫 위기이다. 고구부를 죽이지 못하면 한(漢)의 이름은 끊어지고 말리라. 그대들이 짊어진 천 년 역사, 그 짐의 무게를 느껴라. 천하의 모든 힘을 모아 오라. 그것으로 고구려를 완전히 역사에서 지우리라."

그 길로 건업에서 네 마리의 말이 떠나갔다. 백제, 숙신, 거란, 전진으로 각기 흩어진 그 말들이 태우고 있는 것은 사안의 수족과도 같은 인물들. 오랜 시간 사안과 함께 한족의 역사를 받쳐온 자들이었다.

숙신.

고구려의 형제라 불리는 민족. 반세기 전 을불은 숙신에서 몸을 일으켰고 숙신의 백성들을 제 백성이라 불렀으며 숙신의 족장 아불화도와 사돈을 맺었다. 이후로 숙신은 고구려의 백성이나 진배없었다. 본래 유목을 업으로 삼고 모자란 것은 약탈하여 살아가던 그들은 농사나 어로 따위가 도무지 맞지 않아 대부분은 고구려의 군사가 되었으며 을불이 일구어 낸 대국 고구려는 그들에게 충분한 땅과 물자를 약속할 수 있었다. 숙신의 병사는 날랬으며 고구려는 부유했다. 마음으로도 현실로도 두 나라는 참된 우방이었다.

그 우정에 미묘한 틈이 생겨나기 시작한 것은 사유가 왕위에 오르면서였다. 사유는 전쟁을 끝없이 기피하였으며 숙신의 수많은 병사란 그에게 있어 짐에 불과했다. 전쟁을 피하며 온갖 이권을 상실한 고구려의 곳간은 점차 비어갔으며 할 일이 사라진 숙신의 병사들은 배를 주리기 시작했다. 그러나 그들은 인내했다. 그들에게는 영웅이, 숙신의 족장이며 고구려의 대모달인, 두 민족 화합의 상징인 아불화도가 건재하고 있었다.

　그러나 그들은 결국 분노를 터트려야만 했다. 산달곡의 아불화도, 고작 삼천 군사를 가지고 연나라 대군과 전면전을 벌인 아불화도는 기적적인 전공을 세우고도 끝내 목숨을 다할 때까지 평양으로부터 철저히 외면당했다. 고구려 태왕 사유는 그 아불화도를 죽인 원수에게 무릎을 꿇으며 용서를 구했다. 숙신은 결론을 내렸다. 사유는 오로지 백성에 대한 집착밖에 없는 인물이었고 숙신인은 그 백성의 범주 안에 들 수 없었다. 그들의 마음은 고구려를 떠났다. 그들은 그들의 땅으로 돌아갔으며 옛 삶으로 돌아갔다. 그들이 칼과 도끼를 들고 고구려의 국경을 넘어서지 않는 것은 오로지 아불 가문, 그들의 족장이 아직 의리를 저버리지 않은 까닭이었다.

　"들판이 황야로 변했다. 말 먹일 것은커녕 사람이 먹을 것도 남지 않았다. 새 초원을 찾을 때다."

　아불중용, 아불화도의 적자이며 태후 아불정효의 동생인 그는 숙신 각 부족의 우두머리를 모아놓은 자리에서 마른 목소리를 뱉었다. 이에 한 족장이 가래침을 뱉으며 으르렁거리는 소리를 내었다.

　"새 초원 따위가 어디에 있소? 서쪽은 전진의 땅이고 남쪽은 고구려의 땅이오. 동쪽은 바다인 데다 북쪽은 이미 얼어붙었으니 이제는 갈 곳이 없소."

불과 수십 년 사이에 너무나 많은 것이 바뀌어 있었다. 근방의 나라들은 불분명했던 국경에 뚜렷한 선을 그어 방책을 올렸고 이를 넘어간다는 것은 이제 선전포고의 뜻이 되었다. 그 선은 점점 그들의 목을 죄어왔다. 유목민이란 본래 지내던 땅을 버리고 새 땅을 찾았다가 다시 돌아오는 이들이었다. 그러나 그들이 버리고 떠났던 땅에는 이제 다른 나라의 목책이 올라왔다. 푸른 초원을 따라 흘러가며 살던 유목민족들은 돌아갈 곳을 잃고 있었다.

"고구려에 연통하겠다. 국경을 넘어 겨울을 보내겠다고."

아불중용의 말에 예의 족장은 코웃음을 쳤다.

"연통이라. 구걸이겠지. 풀 좀 뜯어 먹을 테니 허락해 주십사, 이게 무슨 연통이란 말이오."

아불중용은 자리에서 벌떡 일어서 눈을 부라렸다. 그러나 상대는 두려운 빛 없이 몸을 뒤로 누이며 더욱 빈정댔다.

"아불중용 대족장, 대족장의 말씀이라면 그들이 생각은 해보겠지요. 그 대단한 아불 가문이니. 그러려고 버리지 않는 성씨잖소. 고구려와 인연은 끊겼지만 고구려가 하사하신 성씨는 가져가겠다, 그게 다 이럴 때를 대비한 생각이시지."

"뭐라?"

"틀린 말만은 아니지요. 그런데 과연 그 아불이라는 성씨가 아직 효과가 있긴 하오?"

가장 늙은 족장이 나서 탁한 음성을 뱉어냈다.

"태후 말이오. 적국의 볼모로 보내버렸다가 이제는 찾지도 않는 그 태후가 바로 아불씨 아니오. 얼마나 수치스러우면 태후가 사라졌는데 찾지를 않는단 말이오? 낄낄, 왕제랑 정을 통해 도망갔다는 그 소문의 태후 말이오."

족장들 대다수가 따라서 피식피식 웃어댔다. 평소와는 다른 분위기였다. 아불중용은 기가 막혀 입도 열지 못한 채 그들을 번갈아 노려보았다.

"웃기는 일이지. 고구려가 수치로 아는 성씨를 숙신은 왜 족장으로 모신단 말이오?"

"네놈들이 지금 반란을 꾀하는구나."

아불중용은 분노에 찬 음성을 내놓으며 칼을 잡았다. 그러자 맨 처음의 족장이 손을 내저으며 비웃듯 중얼거렸다.

"당신이 아불화도인 줄 아시오? 이 자리의 모두와 칼이라도 겨룰 생각이신가."

어딘가에 퍼뜩 생각이 미친 듯 아불중용은 앉아있는 족장들의 얼굴을 보았다. 모두의 얼굴에는 하나같이 비웃음이 떠올라 있었다. 아불중용은 그제야 확신했다. 그 자리는 모종의 일이 준비된, 약속된 자리였다. 허리춤의 칼을 뽑아 들려는데 한 족장이 막사 밖을 향해 외쳤다.

"들어오시게."

곧 막사 안으로 한 인물이 들었다. 사만. 오래간 숙신과 교역을 해왔기에 이 자리의 인물들에게는 익숙한 얼굴이었다. 본래 무장이었으나 패전의 책임을 지고 서인으로 물러난 그는 사안의 권유에 따라 상인으로서 오랜 세월 숙신을 오간 터였다. 족장들에게 고개를 꾸벅 숙인 그가 구석자리에 앉는 꼴을 바라보던 아불중용은 깨달은 것이 있어 고함을 쳤다.

"네놈이 장사치가 아니라 진(晉)의 밀정이었구나! 고구려와 숙신의 사이를 이간질하러."

"나는 장사치가 맞소. 다만 이번에는 말 대신 다른 것을 사러 왔을 뿐이지."

그는 족장들을 물끄러미 바라보다 일어서서 막사의 문을 걷었다. 막사 밖으로는 황금을 가득 담은 수레가 몇 대나 줄지어 서있었다. 그는 이를 가리키며 천천히 말을 이었다.

"일백 관. 숙신의 모든 백성이 올겨울을 충분히 나고도 남을 황금이오."

아불중용의 칼이 사만을 향하자 여러 족장이 일어서 마주 칼을 뽑았다. 사만의 얼굴 바로 앞에서 쨍 소리가 나며 불꽃이 튀었다. 아불중용은 족장들을 노려보며 으르렁거리듯 외쳤다.

"고작 황금 얼마에 숙신의 병사를 팔아넘기겠다고! 네놈들이 그러고도 족장이더냐!"

이에 태연히 앉아있던 사만은 고개를 가로저었다.

"병사가 아니오. 내 주인이 사고자 하는 것은 그저 당신, 대족장 아불중용의 목이오."

아불중용은 눈을 부릅떴고 그 말을 신호로 족장들의 창과 칼이 일시에 아불중용을 찔렀다. 두어 자루를 쳐냈으나 그 많은 창칼을 다 막아낼 재간은 없었다. 그는 손에 쥔 칼을 떨어트리며 주저앉았고 한 족장이 그를 발로 차며 무기를 뽑아내자 그는 바닥에 쓰러지고 말았다. 그들은 대족장에 대한 예우는 지켰다. 한칼에 목을 깨끗이 치니 그것이 아불중용의 최후였다.

"고구려의 주구를 죽였다. 숙신은 앞으로 숙신의 길을 가리라."

황금 때문만은 아니었다. 굶주림보다는 고구려에 대한 배신감이 그들을 움직인 것이었다. 고구려와 숙신을 맺는 상징은 아불이라는 성씨였고 그들은 그것을 베어낸 것이었다. 아불중용의 목을 들고 그의 죽음을 공표한 새 지도자들은 고구려와의 모든 수교를 끊으며 고구려 출신의 백성들을 모조리 추방했다. 그들은 사만이 가져온 황금을 들고 숙신을 북동쪽으로 이끌었다. 북동쪽에는 전란을 겪던 시절의 옛 본거지, 단로성이 있었다. 성벽 안에 틀어박힌 그들은 고구려 땅을 향해 창과 칼을 세웠다.

전진의 땅, 업(鄴).

"모용수."

그 이름이 누군가의 입에서 흘러나오자 길 가던 사람들이 동시에 고개를 돌렸다. 갑주를 걸친 채 걷는 한 사내, 그를 향해 모아진 사람들의 눈이 가늘어졌다. 그들은 한 걸음 물러서서 모용수라는 사내에게 길을 비켜주며 고개를 숙였다. 그러나 그들은 경의를 표하는 대신 멸시와 증오가 섞인 얼굴로 이를 갈았다.

"역적. 배신자."

누구의 것인지 모를 작은 목소리의 중얼거림이 있었다. 그러나 모용수는 입술을 깨문 채 아무것도 듣지 못한 것처럼 걸음을 옮겼다. 고개 숙인 이들은 연나라의 유민들. 그리고 모용수는 연나라를 망하게 한 장본인이었다.

"부견의 개."

"패륜아 새끼."

작은 목소리의 비난은 이곳저곳에서 이어졌고 모용수는 어느 순간 발걸음을 멈추었다. 갑자기 고요해진 군중을 향해 그는 허한 눈길을 잠시 두었다가 이내 고개를 깊이 숙였다.

"미안하오."

무어라 형언하기 힘든 이상한 분위기가 잠시 군중 사이에 흘렀으나 그가 등을 돌리자 차츰 곳곳에서 다시 비난과 욕설이 나오기 시작했다. 모용수는 눈을 감아버린 채 걸음을 옮겼다. 그것은 그에게 너무나 익숙한 일이었다.

모용외 이래 북방의 패자로 군림하던 연나라는 모용황의 정통한 자식이 저지른 배신에 의해 무너졌다. 그것이 바로 모용수, 그는 적국 전진에 망명하여 도리어 연나라 권신들을 회유하고 핍박했으며 그것은 무너져 가던 연나라의 멸망에 박히는 쐐기가 되었다. 그러나 그는 전진에서도 환대받지 못했다. 재상 왕맹은 반골(叛骨)의 기질이 있다며 하루도 빠짐없이 부견에게 그를 참소하였고 권신들은 그의 뛰어난 재모를 질투하고 시기하였다. 그뿐 아니었다. 남쪽의 동진은 환온(桓溫)의 북벌 당시 그에게 참패하여 사만 군사를 잃었으니 그의 이름이란 저주와 다름 없었으며 고구려인들의 원수인 모용씨라는 성을 좋아할 리 없었다. 온 천하의 미움을 다 받는 자. 그것이 모용수의 또 다른 이름이었다.

'온 천하가 너를 미워한다.'

마침내는 부견까지 그리 말하며 그를 멀리하니 모용수는 찾는 이 하나 없는 외로운 삶을 살아야만 했다.

"기다리고 있었습니다. 오랜만이군요."

자택 근처의 한적한 곳에 이를 즈음 조용한 한마디가 모용수의 상념을 몰아냈다. 나타난 얼굴을 보며 기억을 더듬던 모용수는 그를 알아보고는 피식 웃었다. 동진과의 전쟁. 환온의 북벌 당시 지겹도록 맞서 싸웠던 얼굴이었다. 연나라의 충신으로 원 없이 재주를 펼치며 싸웠던 그 전쟁의 기억과 호적수의 얼굴이 모용수로 하여금 잠시나마 웃음을 떠올리게 하였다.

"사현."

"예, 그렇습니다."

모용수는 어렵지 않게 사현의 의도를 짐작할 수 있었다.

"사마씨의 신하가 예까지 무슨 일인가. 내게 또 한 번의 배신을 권하러 온 것인가."

"틀린 말은 아니지만……."

모용수는 쏠쏠히 웃으며 허리춤의 칼을 빼들었다. 조부 모용외로부터 이어지는 무(武)의 핏줄을 가장 온전히 물려받았다는 모용수였다. 그가 칼을 비스듬히 들어 올리자 맹장이기보다 지장인 사현은 감히 대적할 생각을 않고 손을 저었다.

"성급하시군요. 다만 질문을 하러 온 겁니다."

"질문이라."

모용수는 칼을 늘어트렸고 사현은 그 성급함을 다 이해할 수 있다는 듯 빙긋 웃으며 물었다.

"장군이 바꾸어놓은 역사, 후회하진 않습니까?"

"내가 무슨 역사를 바꾸었단 말인가. 나는 범부에 불과하다."

"아니요, 천하의 정세는 장군 때문에 몇 번이나 바뀌었습니다."

"내 배신을 말함인가?"

모용수의 눈에 다시금 불이 일렁였다. 그러나 사현은 편안한 눈으로 마주하며 말했다.

"그뿐이 아니지요. 앞으로도 몇 번이나 바뀔 테니. 바로 장군에 의해서."

틀린 이야기는 아니었다. 과거 북방은 고구려와 조나라의 동맹에 의해 지배받았다. 이들의 반대편에는 연나라와 동진의 동맹이 있었으며 이 팽팽했던 균형은 연나라가 조나라를 깨트리면서 무너졌다. 이후 고구려의 사유가 연나라에 항복함으로써 명실상부한 북방의 패자가 된 연나라는 사이가 틀어진 동진과의 전쟁에서도 일방적인 승리를 거두며 일인자로서 자리매김했던 것이었다. 그 모든 현장에 있던 것이 모용수였다. 조나라와의 전쟁에서 선봉을 맡았고 동진과의 전쟁을 도독으로서 지휘했다. 그리고 마침내 있었던 연나라의 몰락. 전진에 망명하여 연나라를 깨트린 장본인이 또한 모용수였다.

"아니, 설사 그랬다 한들 이제는 아니다. 천하는 이제 부견의 것이니."

사현은 말없이 웃었다. 그 또한 틀린 말이 아니었다. 연나라는 멸망했고 고구려와 동진은 주저앉았다. 백제가 근래 들어 세력이 있다고는 하나 대륙을 버리고 남쪽에 틀어박힌 지 오래였다. 대륙의 패자는 그 어느 때보다 공고하였고 그것은 전진의 부견이었다.

"예, 맞는 말씀입니다. 바로 그렇게 된 것을 후회하지 않느냐는 것이 제 질문입니다."

"후회한다."

너무나 솔직하고 담백한 모용수의 말이 이어졌고 오히려 그것이 사현을 당황케 하였다.

"후회로 가득한 삶을 살고 있다. 썩어 빠진 조정으로부터 모용부의 백성을 구하려고 한 배반이었건만. 전진의 노예로 살게 하느니 모용평의 학정에 시달리게 놓아두어야 했다. 신음하더라도 연나라의 백성으로 신음하게 두었어야 했다. 모용평이 나를 죽이려 했을 때에 죽었어야 했다. 이제 생각하니 모용평이고 왕맹이고 모두 나를 죽이려는 데에 이유가 있었다. 나는 반골이다. 처음부터 살아서 득 될 것이 없었다."

"아니, 그렇게까지는."

심히 동요한 모용수를 두고 사현은 곤란한 듯 잠시 이마를 찡그리다 입을 열었다.

"하면 하나만 더 묻겠습니다, 장군."

"……."

"만약에, 만약에 말입니다. 전진이 멸망한다면 혹 연나라의 유민을 이끌 생각이 있으신지요."

"무어라?"

"그저 바람이지만 혹여나 전진이 망한다면 말입니다, 그러면 연나라를 다시 세우고 왕위에 올라 다시금 천하를 호령할, 그런 생각이 있으신지 묻는 것입니다."

"원한다. 꿈에 불과하지만 너무나 간절히 원한다."

사현은 만면에 웃음을 떠올리며 고개를 끄덕였다.

"저 또한 간절히 원합니다. 장군, 부디 오늘의 말씀을 잊지 마십시오."

"대체⋯⋯."

"선비족 모용씨란 본래 천하에 대적할 이가 없는 전쟁의 핏줄입니다. 보고 싶군요, 다시금 천하를 호령할 대제국 연나라를."

사현은 더 말을 않고 말에 올라 작별을 고했다. 멀어지는 그의 등을 바라보던 모용수는 저도 모르게 꽉 쥐었던 주먹을 보고는 피식 힘없이 웃었다. 자택으로 돌아온 그는 방 한구석에 말린 채 놓여있던 깃발을 들었다. 칼에 베이고 불에 그슬린 낡은 깃발이 펼쳐졌다. 일기당천 천하무쌍 모용외. 조부 모용외의 깃발. 대륙의 운명을 좌지우지했던 그 깃발이었다. 모용수는 한참이나 해진 깃발을 바라보았다.

"전진이 망한다면."

그러나 그것은 이루어질 리 없는 바람이었다. 천하에는 전진을 대적할 세력이 없었다.

거란.

깨끗한 두루마기에 관을 갖추어 쓴 사석은 거란의 족장을 지그시 응시하며 미소를 지었다. 짐승의 가죽을 아무렇게나 덧대 입은 족장은 저도 모르게 손등의 때를 문질러 지웠고 사석은 족장의 더러운 손을 꼭 잡았다. 이어서 사석의 정갈하게 다듬어진 수염 사이로 부드럽고 점잖은 음성이 흘렀다.

"거란의 영웅께 예를 표합니다."

사석은 고개를 깊이 숙였다. 족장은 뻣뻣한 목을 세우고는 있었으나 제 목이 너무 무겁기라도 한 듯 어색하기 그지없는 태도로 쭈뼛거렸다.

"거란에 호걸이 있어 천하 남아의 본(本)으로 따를 만하다는 소문은 들었으나 직접 뵈오니 영웅의 풍채가 더욱 놀랍습니다."

"동진까지 내 소문이 어찌 닿는단 말이오?"

"영웅의 소문이 자자하니 제가 이렇게 온 것이 아니겠습니까."

사석이 그리 말하고 예의 부드러운 미소를 떠올리니 족장이 얼른 대답을 하지 못하고 입만 뻥긋거렸다. 족장이 한참 머뭇거리자 곁에 있던 몸집이 집채만 한 사내 하나가 도끼를 잡아들고는 사석에게 빽 고함을 지르며 눈앞에 이를 흔들어 댔다.

"그래서 가져온 것은 어디 있느냐? 영웅이면 성의를 보여야 할 것 아니냐! 네놈이 말만 번지르르하니 혀를 잘라서."

그는 말을 다 끝내지 못한 채 목을 바닥에 떨어트리며 나자빠졌다. 족장이 버럭 고함치며 그의 목을 쳐버린 것이었다. 머리 잃은 몸이 온 데 피를 뿜으며 발버둥을 치다 곧 잠잠해지자 족장이 더듬거리며 사과했다.

"이 무식한 놈이. 아, 그것이, 미안하오. 내가 흠."

사석은 이에도 가만히 미소를 흩트리지 않고 있었다. 그는 손짓하여 데려온 시종을 불렀고 시종은 칼 한 자루를 양손으로 들어 족장에게 바쳤다. 족장은 칼을 보고 눈을 휘둥그레 떴다. 칼자루와 칼집에 장식된 온갖 금은보화는 무엇 하나 쉽게 볼 수 있는 것이 아니었다.

"황제 폐하께서는 영웅께 진북장군(鎭北將軍)의 위를 수여한다 하셨습니다."

"진북장군? 그게 무어요?"

"관작입니다. 옛적에 백제왕을 진동대장군(鎭東大將軍) 낙랑군공(樂浪郡公)으로 봉했으니 백제왕과 같은 위에 오르시는 것입니다."

"백제왕이라면 그 부여구가 아니오?"

족장은 눈을 크게 떴다. 거란족은 성 하나 가지지 못한, 글자 하나 제대로 읽는 이가 없는 떠돌이 유목민에 불과했다. 고구려나 백제, 하다못해 선비족이나 흉노족까지도 야만인이라며 그들을 홀대하고 무시하는 것을 그 자신이 너무나 잘 알고 있었다. 그런데도 대국 백제의, 그 위명이 대단한 백제왕 부여구와 같은 관작이라니. 저도 모르게 허리를 깊이 숙이며 두 팔을 벌려 칼을 받았다. 이어서 비단과 서책 등을 가득 담은 수레가 족장의 앞에 속속들이 늘어섰다.

"황, 황제, 아니 폐하께서 직접 하, 하사하신 것이란 말씀이오?"

"하사라니, 당치 않습니다. 좋은 친구를 맞이하는 선물입니다."

족장은 저도 모르게 스스로 진제(晉帝)의 아랫사람을 자처하고 있었다. 사석은 그런 족장을 치켜세웠고 족장은 적절히 응대할 만한 말을 찾지 못하여 머리만 긁었다. 그러나 사석의 편안한 미소에서는 그런 족장에 대한 비웃음을 찾아볼 수 없었다. 시종일관 지극한 예우를 다하여 그를 칭찬하였다. 그러는 중에도 들어서는 보물은 끝이 없었고 모두 거란의 땅에서는 듣도 보도 못한 진귀한 것들이었다.

"나는, 아니 거란은 그저."

"영웅께서 하시려는 말씀은 잘 알고 있습니다. 그러나 선비는 선비의 길을, 장수는 장수의 길을 가는 것이 섭리이오니 영웅께서는 더 겸양하지 마십시오. 옛적 최비와 모용외의 일화를 아시겠지요. 무뢰배에 불과했던 모용외였으나 최비 선생께서는 모용외를 천하의 영웅으로 극진히 대접했습니다."

"모용외! 나를 그 모용외와 같이……."

족장은 일어나 사석의 손을 부서져라 잡고 흔들었다. 그는 어렴풋이 느끼고 있었다. 거란은 그 순간부터 떠돌이 유목민의 나라, 야만족의 나라가 아니었다. 동진 황제의 인가를 받은 동진의 제후, 한족(漢族)의 형제, 어쩌면 무려 백제와 같은 위치에 있는 동진의 우방이었다.

이튿날 아침, 거란의 족장은 한족의 의복을 입고 나타났다. 그는 명민한 이들을 뽑아 글을 배우라 명했으며 그들 중 몇을 뽑아 사석을 따라 동진으로 가게끔 하였다. 동진의 관제, 동진의 연호, 동진의 학문을 유학하고 돌아오라는 명이었다. 살짝 맛본 문명에 대한 목마름은 그들을 광분케 하였다. 그들의 과거는 부끄러운 야만이었고 동진에서 가져오는 것은 위대한 법이고 진리였다. 한(漢)은 위대한 스승이었고 거란은 개과천선한 제자였다.

백제.

구부와의 만남 이후 한산으로 돌아가는 내내 부여구는 입을 다물었다. 가끔 꿈을 꾸듯 먼 하늘을 바라볼 뿐 부여수의 거듭된 물음에 아무 답도 않고 그의 손을 꼭 잡기만 하였다. 한산의 궁성에 든 이후에도 그는 일체의 면회를 승낙하지 않은 채 제 처소에서 며칠간을 두문불출하였다. 그렇게 오랜 침묵을 깨고 마침내 모습을 드러냈을 적에, 그는 가장 큰 신하들만을 모아놓고 밑도 끝도 없는 한마디를 던졌다.

"정벌을 떠나겠다."

그 목적지가 대륙의 요하, 전진의 영역임을 알고서 신하들은 일대 공황에 빠져들었다. 혹여 노망이라도 난 것은 아닌지 부여구의 얼굴을 살피던 그들은 단 한 명도 빠짐없이 바닥에 엎드리며 반대의 뜻을 외치고 외쳤다. 그러나 부여구는 흔들림이 없었다. 이유를 알려달라는 신하들의 외침에 그는 짧은 한마디만을 들려주었다.

"고구려와 영구적인 동맹을 맺을 것이다. 그들과 함께하리라."

그리고 다시 입을 다물어 버리니 그것은 평생 보여온 부여구의 모습과 너무나 다른 것이었다. 자신의 꿈과 따르는 이들의 꿈을 하나로 묶고, 어긋난 이를 설득하고 설득하여 결국 저와 한뜻으로 만들던 만인의 왕 부여구의 모습은 그 순간 온데간데없었다. 지리적 이점부터 내정의 용이함, 외교적 유불리까지 한도 끝도 없는 신하들의 당연한 항변이 빗발쳤지만 부여구는 끝끝내 고개를 저었다.

"너희는 알 수 없다. 백 년 후에야 비로소 지금의 뜻을 알게 되리라."

그리 말하고는 설명을 요구하는 신하들의 바람 또한 거절했다. 본인마저 얼른 받아들일 수 없었던 구부의 대계를 신하들이 이해할 수 있을 리 만무한 탓이었으나, 신하들의 눈에 비친 부여구란 그저 무엇에 홀린 사람에 다름 아니었고 그를 홀린 대상이란 고구려의 태왕이 틀림없었다.

마침내 고토(故土) 수복, 요동 너머 요서까지 닿는 정벌의 계획은 고구려 정벌로 위장한 그의 선언으로 공표되었다. 근신 중의 근신들만이 그 진실을 아는 가운데 온 백제는 축제로 들썩였다. 오랜 숙적인 고구려와의 국운을 건 전면전은 모든 군사와 백성을 들뜨게 하였다. 온 나라가 승전을 기원하며 한마음으로 뭉친 가운데 전국의 편제를 마친 군사들은 속속들이 한산 근처로 모여들었다. 마련된 단상 위에서 군사의 승전을 축원한 부여구는 이제 진군의 순간만을 앞두고서 부여수를 불렀다.

"따르라, 내 아들아."

아들과 말 머리를 나란히 하고 한산 근방의 언덕에 오른 그는 마침내 높이 휘날리는 정벌의 첫 번째 깃발을 감격에 찬 눈으로 바라보다 천천히 입을 열었다.

"구부는 위대한 인물이다. 고금 제일의 영웅이다."

그 순간과 어울리지 않았다. 생뚱맞기 그지없는 말, 위대한 대왕의 모습과는 너무나 맞지 않는 말에 부여수는 입술을 깨물었다. 근래 신하들 사이에 만연한 불길한 소문과 한 치도 다름없는 말이었다.

"그와 동시대에 태어났다는 것이, 그와 교분을 나누었다는 것이 내 평생의 모든 일 중 가장 기쁜 일이다. 평생 높은 곳을 보려 했으나 그의 앞에서 나는 개미와도 같았고 그는 새와 같았다. 그는 하늘을 날며 하늘을 보았고 나는 땅을 기며 땅을 보았다. 그럼에도 부끄럽지가 않다. 그는 인간의 영역을 아득히 벗어났으니까. 그와 함께 천하 장래를 도모할 수 있다는 것이 내겐 더없이 큰 행복이고 영광이다."

"아버님."

"수야, 내 이미 너에게 모든 권력을 이양했었지만 돌려받아야만 하겠다. 아직 그와 뜻을 나누고 함께하기에 너는 너무 어리다. 내가 그와 함께 걸으리라. 그 뒤에 네게 더없이 찬란한 내일을 물려주마. 네게 하나 된 대국을 물려주겠다."

부여수는 고개를 떨어트린 채 주먹을 떨었다. 그런 아들의 심정을 아는지 모르는지 부여구는 희미한 미소를 떠올리며 말을 이었다.

"만일 내 죽거든 나를 아버지라 부르듯 구부를 아버지라 부르거라. 네 비록 그와 연배가 비슷하나 아버지라 부르지 못할 이유가 없다. 그에게서 세상을 배우거라. 왕이 되어서도 왕의 길을 그에게 묻거라. 벗으로, 아비로, 스승으로 대하고 존경하여라."

"대체 무슨 말씀을 나누셨던 것입니까?"

"두 나라의 군사를 모두 가지고 요하로 가자고, 요동을 되찾고 요서를 되찾아 다시 그 땅에 터를 잡고 한족과 대륙의 패권을 겨루자 하였다. 그것을 기화로 두 나라를 하나로 합치어, 그리하여 마침내는 백제와 고구려 두 나라 모두의 왕이 되라 하였다."

"그것이 말이 됩니까? 설령 그가 진심이라도 그것은……."

"된다. 그가 꿈꾸는 미래는 두 나라 이상의 것이니까. 그는 열 개 나라를 합친 것보다 더 큰 제국의 왕이 되고자 한다. 그는 한족의 역사를 꺾고, 아니, 이런 이야기는 잠시 접어두자꾸나. 수야, 나는 지금 너무나 행복하다. 그토록 위대한 길을 함께 걸을 수 있다는 것이 너무나 기쁘구나."

부여구는 입을 닫아버렸고 부여수는 이를 악문 채 끝없는 고민에 빠져들었다. 그의 아비는 틀림없이 홀려있었다. 고구려의 태왕이 어떤 달콤한 속삭임을 건네왔는지는 알 수 없지만 부여구는 일평생 떨쳐온 영웅의 기상을 잃고 노망난 노인의 모습으로 백제를 파국의 길로 이끌고 있었다. 무엇을 할 수 있을까, 무엇을 해야 하는가. 그런 끝없는 번민 속에서 부여수는 피가 나도록 입술만 깨물고 있었다.

"……."

부여수가 무언가 이상한 낌새를 차린 것은 아주 오랜 시간이 지나서였다.

고요한 침묵은 너무나 길었고 그것은 평생 말을 타고 전장을 누빈 대왕이 마침내 이승에서의 생을 다하면서도 말의 고삐를 놓치지 않은 까닭, 말 허리를 탄탄히 감싼 두 다리를 풀지 않은 채로 굳어있는 까닭이었다. 부여구는 기마장수의 모습 그대로 고개만 숙이고 있었으며 그를 태운 말조차 주인의 죽음을 알지 못하고 오롯이 선 채로 기다리고 있었다.

"아버님!"

부여수는 심상찮은 기색에 늙은 아비의 안색을 살폈고 그 순간 부여구의 굳기 시작한 몸이 비스듬히 기울었다. 뛰어내리듯 말을 멈춘 부여수는 제 아비의 몸뚱이를 겨우 붙잡아 안았다. 이미 호흡을 멈춘 늙은 왕의 몸뚱이가 부여수의 품으로 허물어졌다. 힘을 잃은 몸을 편히 눕히며 그 주인이 숨을 멈추었음을 확인한 부여수는 울부짖었다.

"아버님!"

아들의 품에 안긴 채 눈감은 부여구의 얼굴에는 평생 어느 때보다 편안한 미소가 감돌고 있었고 부여수는 손을 들어 그런 아비의 얼굴을 쓰다듬었다. 그는 죽은 아비의 미소를 멍하니 바라보았다. 더없이 고요했다. 비할 데 없이 탁월한 재능과 노력으로 온 삶을 다 바치고서도, 누구도 따라오지 못할 위대한 공적을 이루고서도 끝내 닿지 못했던 안식과 만족에 그는 지금에야 이르러 있는 것만 같았다.

"아버님……."

그 평안의 정체가 무엇인가, 부여수는 목이 멘 채 고개를 저었다. 고작 구부와의 약속 하나에, 구부가 들려준 이야기 몇 마디에. 이 위대한 영웅이 평생을 다해 이룬 꿈이 어찌 그 가증스러운 허풍쟁이의 공허한 말 몇 마디만 못할 수 있을까. 부여수는 도무지 인정할 수 없었다. 이 위대한 대왕은 그런 요설에 현혹된 채로 최후를 맞이해서는 안 되는 인물이었다. 스스로의 손으로 제 영광스러운 여정에 마침표를 찍어야 하는, 아니 이미 마침표를 찍은 지 오래인 영웅이었다. 그는 재차 거칠게 고개를 가로저었다.

"그럴 리, 그럴 리 없습니다. 아버님의 꿈이 고작 그런 자의 말 몇 마디에."

그가 굳어버린 아비의 몸을 안아 들고 일어선 것은 한참이나 시간이 지나서였다. 죽은 왕의 시신을 말 등에 얹은 채 한산으로 돌아온 그는 내성으로 가는 대신 세워진 요서 정벌군의 깃발로 향했다. 시신의 주인을 알아본 신하들과 병사들이 놀라 소스라치고 부여수는 허리춤의 칼을 빼어 들어 흉맹한 기세로 깃대를 베어버렸다. 깃발이 바닥에 떨어지며 부여수의 얼음 같은 음성이 흘러나왔다.

"소자는 아버님의 대업을 올바로 이어받겠습니다. 말씀하신 두 나라의 왕, 이 부여수가 되어 보이겠습니다."

그렇게 중얼거린 부여수는 아비의 시신을 안아든 채 쓰러진 깃발 위를 밟고 걸었다. 그 뒤로 장군들과 신하들이 따랐다.

그들 모두는 한마음으로 그들의 부여구를 위해서 부여구의 마지막 행적을 억지로 몰아냈다. 들은 적 없는 이야기. 있어서는 안 되는 이야기.

"앞으로 석 달간 이 일을 없는 것으로 하라. 모든 사관은 아버님의 죽음을 석 달 이후로 기록하라. 내 반드시 그 안에 고구려를 정복하여 아버님의 영전에 바치리라. 필시 그 뒤에야 편히 눈을 감으실 터이다."

그렇게 구부와 부여구의 꿈이 함께 담겼던 깃발은 흙투성이로 짓이겨진 채 잊혀졌다.

국장은 비밀스럽게 이루어졌다. 소수의 고관만이 참여한 가운데 며칠간 상복을 입었던 부여수는 국장이 마무리되는 날 칼을 뽑아 들고 문무백관 앞에 나섰다. 실상 부여구의 죽음을 모르는 이는 없었으나 모두 부여수의 뜻을 알아 따라주었다. 위대한 영웅의 마침표를 대신하여 찍으리라, 모두가 그리 다짐하는 가운데 부여수는 그 자리에서 고구려와의 대대적인 전쟁을 선포하였다. 만세를 외치고 박수를 치는 신하들 사이로, 건업에서 막 도착한 왕헌지가 걸어 나와 부여수의 앞에 깊이 허리를 숙였다.

"진(晉)은 영원히 백제와 함께할 것인즉, 백제의 뜻이 곧 진의 뜻입니다."

부여수는 친히 왕헌지의 어깨를 잡아 일으켰다.

"고구려를 칠 것이다."

"뜻대로 하소서. 진은 물론 모든 우방이 백제와 함께할 것이옵니다."

발 빠른 소문 몇 개가 온 천하를 흔들어놓았다. 동진의 비호를 업은 거란 등 요하 유역 유목민족들의 발호. 고구려의 형제였던 숙신의 독립. 백제를 맹주로 하는 남쪽 소국들의 연맹. 동진과 백제의 혈맹. 그 모든 소문은 고구려의 고립을 가리키고 있었다. 천하는 바야흐로 백제와 동진의 동맹으로 모여들고 있었으며 그 대척점에 있는 것은 오로지 고구려와 그들이 잡은 동아줄인 전진뿐이었다. 당장은 동맹인 전진의 강대함 뒤에 숨어있지만 그 우정이 흔들리는 순간 고구려는 백척간

두의 운명에 처하게 될 것이었다.

　그러나 그 모든 소문을 합친 것보다 더 커다란 파장, 바로 모르는 이 없이 공공연한 비밀인 부여구의 죽음은 고구려 조정으로 하여금 잠시나마 다른 모든 사실을 잊은 채 기쁨으로 환호케 하였다.

혼자라도 가겠다

"폐하! 비록 가당찮은 적이 얼마 생겼다고는 하나 그들은 모두 전진을 거스르지 못합니다. 지금이 바로 때이옵니다. 전진에 사절을 보내 더욱 굳은 우의를 다져 후방을 튼튼히 한 뒤 전 군사를 들어 백제를 쳐야 하옵니다!"

"오히려 전진과의 동맹이 더욱 굳건해진 셈이옵니다. 그들에게 원군을 얼마간 요청하옵소서! 지금이야말로 백제를 무찔러야 할 때입니다!"

"소신을 보내주옵소서! 부견을 설득할 자신이 있사옵니다!"

"백제에는 소장을 보내주소서! 아비와 자식의 목을 나란히 가져오겠습니다!"

신하들은 흥분해 있었다. 각국에서 돌아온 첩자들은 소문을 사실로 확인해 주었고 이를 접한 대신들은 한꺼번에 태왕의 어전에 몰려들었다. 옥좌에 비스듬히 앉은 구부는 그 흥분의 소란 속에서 들리지 않는 목소리를 내어 홀로 중얼거렸다.

"부여구가 죽었다고."

태왕 구부는 손가락을 들어 입술을 매만졌다. 고작 하룻밤

새 메말라 버린 입술이 갈 길 잃은 말을 띄엄띄엄 흘려냈다.

"그래. 부여구가 죽었다고."

오직 구부를 제외한 모든 이는 날뛰며 환호했다. 호재도 그만한 호재가 없었다. 전쟁 중에 맞이한 적국 왕의 죽음이라니. 당장 군사를 모조리 긁어모아 한산으로 보내야 한다는 이부터 태왕의 친정을 주창하는 이까지, 모두가 주전파가 되어 한마음 한뜻으로 확전을 외쳤다. 들뜬 소란 속에서 혼자가 되어 눈을 감고 귀를 닫아버렸던 구부는 곧 대신들을 놓아두고 자리에서 일어섰다.

"부여구가 죽었단 말이지."

며칠을 내내 처소에 틀어박혀 두문불출하던 구부는 마침내 문을 열고 나와서도 조정으로 향하지 않았다. 궁성의 뜰을 거닐며 그 말만을 거듭 되풀이했다. 낙심한 눈으로 하늘을 보며 수십 바퀴째 같은 길만을 멍하니 돌던 그는 어느덧 자신도 모르게 습관처럼 발길을 옮겼고 그 끝에 다다른 곳은 단청의 거처였다. 불당에 이른 그는 신발 벗는 것도 잊은 채 안으로 들었다. 단청은 언제나와 같이 염주를 손에 쥔 채 무릎을 꿇고 앉아 불공을 드리고 있었고 구부는 그녀의 뒤에 우두커니 서서 중얼거렸다.

"부여구가 죽었다."

단청은 독음을 멈추고 일어서며 태왕을 물끄러미 돌아보았다. 구부는 힘없이 씩 웃었다. 여느 때와 달리 메마르고 초췌해진 얼굴이 그녀의 눈에 들어왔다. 그것으로 이미 모든 것을 짐작하고서도 그녀는 평온한 목소리로 물었다.

"경하를 드려야 하는 일인지요?"

"아니다."

"하면 폐하, 소승과 말씀을 나누실 때가 아닌 듯하옵니다."

구부는 미미하게 고개를 끄덕이며 쓸쓸한 얼굴로 되뇌었다.

"그렇지. 당장 대신들과 함께 만세라도 불러야지. 백제를 멸망시킬 군사를 보내라는 저들과 앉아서 군무라도 의논해야지."

"……"

"누구와 이야기를 해야 할까. 누구도 나를 이해할 수도, 이해하려 들지도 않을 텐데. 말을 하여도 알아듣지 못할 텐데."

비꼬듯 중얼거리는 목소리에서 지독한 외로움이 묻어났다.

"저들에게 내 뜻을 설명하고 설득하여 이해시키라는 말은 하지 말라. 누군가에게 지혜를 구하라는 말도 하지 말라. 군중이란 볼 수 있는 것만 보고, 아는 것만 잘난 듯 떠들고, 제 스스로 따져 아는 것이라곤 하나도 없이 듣는 것만 배워 그것이 전부인 줄 아는 자들이다. 탁월한 자를 쇠락케 하고 비범한 자를 무디게 하는 것이 그들이다."

"폐하."

"무슨 말을 하려는지 알고 있다. 사람을 얻어야 한다, 사람이 있어야 힘을 얻는다. 그래, 천하에 제 자리를 얻고 제 땅을 넓히고 이름을 얻으려는 자는 그리해야 하겠지. 그러나 스스로의 천하, 새로운 천하를 펼치려는 이는 다르다. 남과 속 깊은 대화를 나눌수록 그 편협하고 고루하고 천박한 식견이 옮아올 뿐이다. 감히 그 무지몽매한 식견으로 어찌 나를 이해할 것이며 고작 남에게 배운 같잖은 이야기로 어찌 나를 달랠까. 단청, 나는 천 년을 내려온 한(漢)의 전통과 역사를 깨부수려 했다. 그 전통과 역사란 이 땅에 사는 이들 대부분이 배우고 익혀온 천하 그 자체다. 아무도 나의 뜻을 이해할 수 없고 따라줄 수 없다."

조용한 목소리에는 절규와도 같은 분노가 담겨있었다. 구부는 메마른 목소리를 이어갔다.

"부여구와 함께 한을, 유학을 넘어서려 했다. 혼자는 할 수 없는 일이었다. 온 천하를 상대로 한 손에는 무기를, 한 손에는 붓을 들고 홀로 싸울 수는 없는 노릇이었으니까. 헌데 그가 죽었구나. 길이 막혔다. 칼 없는 붓도, 붓 없는 칼도 의미가 없다."

"……."

"오로지 그만이 나를 이해할 수 있는 영웅이었다. 그런 탁월한 자가 백제의 왕이었고 내가 고구려의 왕이라는 사실, 우리가 친구라는 사실, 그것은 기적이었다. 사상 다시 없을 기적이었는데. 그 기적을 믿고 기나긴 세월 장대한 꿈을 그렸건만."

구부는 말을 끊었다.

"멍청하게도 그는 죽어버렸다."

정적이 흘렀고 한참의 시간이 흘렀다. 벌쭉 웃으며 머리를 긁는 것이 습관이던 구부의 손이 지금은 저도 모르게 옷자락을 쥐어뜯고 있었다. 단청은 아무 말도 않았고 구부는 억눌린 음성을 조금씩 내어놓았다.

"그대는 왜 왕이 아닌가. 그대가 백제의 왕이면 되지 않는가. 그대라면 부여구를 대신해 나와 함께 요하의 역사를 새로 써 내려갈 수 있잖은가. 백제로 가라. 백제로 가서 왕이 되어라."

"……."

"천하에 오로지 하나밖에 없는 이가, 나를 알아줄 수 있는 네가 어째서 한낱 비구니란 말이더냐. 비구니가 무얼 할 수 있다는 말이냐. 부처라는 자가 무어 그리 대단하여 일평생 그의 뜻을 배우고 따른다는 말이냐. 내가, 아니 네가 부처만 못하단 말이냐. 그래, 처음부터 다시 꿈을 꾸겠다. 가라. 백제로 가라. 내 반드시 너를 백제의 왕으로 만들리라. 그 무어 어려운 일인가. 나는 할 수 있다."

순간 구부는 입을 다물었다. 가만히 듣고만 있던 단청의 얼굴이 가까이 다가온 탓이었다. 어느새 다가온 그녀의 손이 떨리는 그의 손을 가만히 감싸 쥐는가 싶더니 이제는 헝클어진 그의 머리칼을 매만지고 있었다. 무슨 짓인가, 입모양만 뻥긋거릴 뿐 그대로 얼어버린 그가 아무 말도 못 하는 사이 단청은 구부의 머리를 양손으로 제 품에 끌어당겨 안았다. 아무 말 마소서, 마치 그런 말을 하듯 단청은 제 품으로 구부의 입을 막아버렸다.

단청은 손끝을 가만히 움직여 구부의 머리를 쓰다듬었고 구부는 안긴 채 몸부림치는 대신 움찔거릴 뿐이었다. 요술과도 같은 일이었다. 온 세상이 그대로 멈추며 뜨거웠던 격정은 오간 데 없이 식어버렸다. 아무 일도 없었던 것처럼, 아무 일도 일어나지 않을 것처럼, 다만 그 순간만이 영원히 계속될 것만 같은 이상한 마비가 구부의 몸을 지배했다. 아무것도 모르게 된 구부는 눈을 감아버리며 그녀의 품에 제 몸을 맡겨두었다. 온 정신을 그렇게 버려둔 채 지나가는 시간을 가늠하지 못한 채 미동도 않던 구부의 귓가에 천천히 단청의 목소리가 들려왔다.

"외로우신지요."

그녀는 구부를 안은 채로 살짝 고개를 들어 법당 지붕 처마에 걸리듯 스치는 구름에 눈을 던졌다. 구름 몇 점이 흐르며 흐릿한 달무리가 번지는 가운데 사방의 작은 별들이 제가 거기 있다며 빛을 내었다. 세상 만물 그 어느 것도, 텅 빈 것 같은 밤하늘에 덩그러니 놓인 달조차도 혼자가 아닌데 오직 그녀의 품에 안긴 태왕만은 혼자였다. 벗과 말 한마디 나누자고 온 세상을 속이며 전쟁까지 일으켜야 했던, 그 벗마저 잃어버린 태왕의 실의를 그녀 아닌 누가 또 알아줄까. 그는 세상에 엮일 수 없는 사람이었다. 세상 전부를 이해하지만 세상에게 절대 이해받을 수 없는 고독, 늘 여유롭게 내보이는 웃음이란 그 소치일 것이리라. 단청은 덧없는 달램이나마 바람을 담아 중얼거렸다.

"홀로 가셔도 홀로 간다 생각지 마소서. 다만 찬찬히 걸으소서. 언젠가 뒤따를 사람이 폐하의 발자국을 좇을 수 있도록. 오늘 사람이 없거든 내일에, 내일에 없거든 그다음 날, 또 그다음 날에는 폐하의 뒤를 따를 사람이 있을 것이옵니다."

날이 새도록 구부는 단청의 무릎을 베고 누워있었다. 어느새 동틀 녘이 다 되어 어슴푸레한 빛이 처마에 흐르자 그 아래 위로 단청이 빼곡히 칠해놓은 무늬가 드러났다. 오채(五彩)의 무늬. 청, 황, 홍, 백, 흑의 다섯 색이 얽히고 얽히며 형언하기 힘든 은은하고 초연한 기운으로 번져가는 그 현묘한 색채란 어디서도 볼 수 없는 오로지 단청 고유의 정서였다. 구부는 홀린 듯 초점을 흩트린 눈으로 칠을 바라보다 중얼거렸다.

"자연스러움에도 아름답다. 흐르고, 번지고, 이지러지고, 얽히고설키어 문드러지며 흐드러지고. 서로 섞이면서도 푸른색보다 푸르고 붉은색보다 붉다. 저 어울림이 참으로 신비하다."

"……."

"붉고 푸른 무늬. 그래, 단청(丹靑)무늬로구나."

구부는 천천히 몸을 움직여 일으켰다. 처마에만 던져두었던 눈길을 들어 단청을 한 번 바라보고는 여태껏 드리웠던 어두운 그늘을 싹 걷어내며 갑자기 피식 웃었다. 그러고는 오래 눈을 마주치지 못하여 고개를 슬쩍 돌렸다.

"걱정하지 말라. 내 엄살이었다. 그래, 내 잠시 투정을 부려본 것뿐이다. 투정이었다. 내일이 되면 내 갈 길을 갈 것이다."

어색하기 그지없는 말을 던져놓고 무안하여 몸을 일으킨 그는 곧 법당을 떠나려 했다. 그러나 채비를 차리는 그는 한없이 느렸다. 아무렇게나 걸치던 장포를 꼼꼼히 여미고, 항상 구겨져 있는 옷자락을 당겨 소매의 주름까지 펴고, 늘 구겨 신던 신의 흙까지 털어낸 그는 제가 앉았던 자리마저 스윽 손으로 문지르고는 더 부릴 늑장을 찾지 못하자 하는 수 없이 걸음을 옮기다 결국 발을 멈추고 제자리에 우뚝 서버렸다.

"부탁이 있다."

온갖 유난을 떤 끝에 구부는 떨림을 미처 다 감추지 못한 목소리를 내었다.

"나와 내 궁성의 내실(內室)이 휑하고 쓸쓸하여 칠을 했으면 하는데. 그것이 꼭."

명민한 단청이 구부가 담아오는 내심을 눈치채지 못할 리 없었다. 물끄러미 구부의 뒤통수를 향해있던 그녀의 고요하기만 한 눈동자가 순간 흔들렸다. 더 말할 것인가. 듣는 단청마저도 긴장한 가운데 기어이 구부의 입술이 열렸다.

"단청무늬였으면 좋겠구나."

그것은 분명한 청혼의 뜻이었다. 서로가 서로를 마주 보지 못한 채 시간만 흘렀다. 구부는 뒷짐을 진 채 아예 멀찍이 다른 곳에 시선을 던져버렸고 단청은 몇 번이나 입술을 달싹이려다 종내 닫아버렸다. 어둑한 새벽하늘이 점차 걷히며 늦은 해가 올랐다. 딴청만 피우던 구부는 밝아버리려는 하늘의 끄트머리를 붙잡듯 몸을 돌려 단청을 정면으로 바라보았고 머뭇거리기만 하던 단청은 슬쩍 눈길을 미끄러트리며 작게 입을 열었다.

"희롱일랑 하실 일을 다 마치고……."

비껴나간 대답이었으나 구부는 긴장했던 얼굴을 지워내며 웃었다. 이불란사에서 남몰래 부처의 사리탑에 돌을 던지다 단청에게 들켰던, 그러고서 단청을 말에 태우고 궁성으로 향하던, 그들의 첫 만남 때에 있었던 단청의 답이었다. 면구스러운 기억이었으나 평생 그보다 즐거웠던 적도 없는 기억이었다. 구부 또한 기억을 더듬어 답했다.

"그래, 내 달릴 것이니라."

그리 말하고는 드디어 떨어지지 않던 걸음을 떼었다. 말없이 배웅하며 그의 등 뒤를 바라보던 단청은 그의 모습이 보이지 않을 만큼 멀어지고서도 제자리에 못 박힌 듯 서있었다. 어느새 손에 들었던 염주를 떨어트린 줄도 모른 채 구부가 서있던 곳만 하염없이 바라보고 있었다.

법당을 떠난 구부는 제 처소에 드는 대신 태학으로 향했다. 태학의 마루 끝에 걸터앉은 그는 동이 온전히 터올 때까지 먼 곳에만 눈길을 두고 있었다. 밤새 글 읽던 이들이 그의 모습을 발견하고 허리를 굽힐 때에도, 이제 막 침소에서 일어난 궁의 하인들이 청소를 시작하다 놀라 물러설 때에도, 어슴푸레하게 밝아오던 날이 온전히 환해지고 조회에서 태왕을 기다리던 대신들이 그를 찾아 태학으로 왔을 때에도, 기다리다 못한 신하가 나서서 조용히 태왕을 불렀을 때까지도 그는 혼자만의 생각에 잠겨있었다. 마침내 그가 입을 열었을 때 그의 주위에는 조정의 모든 대신과 태학의 선생과 학생들이 모여있었다.

"왕이고 싶었던 적이 없었다. 모두의 벗, 모두의 스승이고 싶었다. 백성들에게 내가 꿈꾸는 세상을 가르치고 싶었다. 해서 법을 만들었고, 태학을 세우고 불법을 받아들였다."

그는 들릴 듯 말 듯 작은 목소리로 중얼거리듯 말을 이어갔다.

"허나 법을 내어놓고 보니 가지 말아야 할 길만을 알린 셈이었다. 유학을 받아들여 가르치고 생각하니 더욱 엄포만 놓은 셈이었다. 불법을 들이고 생각하니 도망가는 길만을 일러준 셈이었다. 내 백성을 죄인으로 만들고, 내 백성을 벌하고, 내 백성을 쫓아낸 셈이었다. 슬프게도 왕으로서 내가 한 일은 모두가 백성의 삶을 더욱 옥죄게 만든 것이었다. 해서 새로이 시작해 보고 싶었다. 이 땅의 백성들이 사랑하고 자랑스러워 할 새로운 법도를 만들어 보고 싶었다."

"……."

"아직도 그렇다. 갈 길을 알려주고 이끌어 주고 싶다. 방랑하며 백성을 가르치고 싶다. 내 과오를 바로잡고 싶다."

구부는 그제야 고개를 들어 주위에 모여든 이들을 바라보았다. 그는 천연스레 웃는 낯으로 다음 말을 이었다.

"내 아우 이련은 좋은 왕이 되지 않을까? 이 전쟁의 나라에 나보다 몇 배는 어울리는 왕이 될 텐데. 어떨까, 양위하는 것은?"

"폐하……!"

"안다. 그냥 해본 소리다. 오늘이 아닌 내일에 꿀 꿈을 먼저 꾸어본 뿐이다."

구부는 앉은 그대로 연신 중얼거렸다.

"그래, 공자도 그 혼자 이룩한 것이 아니지. 그가 터놓은 물꼬에 세월이 흐르고 흘러 물길이 나고 강이 되고 바다가 되고, 그래, 그런 것이었을 테지. 그녀의 말이 맞다. 내 뒤를 따라 걷는 이들을 믿어야지."

그리고 잠시 쉬었던 그는 띄엄띄엄 다음 말을 이어갔다.

"변한 것은 아무것도 없다. 다만 순서가 바뀐 뿐이지. 붓 대신 조금 더 칼을 들면 되는 것이야. 가려던 길을 조금만 천천히 가면 되는 것이야."

모여든 이들은 태왕의 뜬소리를 알아듣지 못하여 가만히 듣고만 있었다. 구부는 문득 고개를 들어 그런 그들과 눈을 마주치고는 평소와 같이 장난치듯 씩 웃었다.

"어디 한번 천하 정벌을 시작해 보련다. 대제국 고구려, 먼저 그 발판을 내 만들어 보이마."

아무렇지도 않게 던진 천하 정벌이라는 한마디가 굴러가 군중의 발치에 툭 떨어졌다. 모여든 이들은 그들의 태왕이 무슨 말을 던진 것인지 바로 실감하지 못하여 한참이나 몇 번이나 그의 말을 곱씹었다. 그러고는 이내 신하와 학생을 가리지 않고 모두가 찬찬히 고개를 숙이며 입을 모았다. 환호나 만세를 부르는 대신 태왕의 잔잔한 어조를 닮은 조용한 목소리로 화답했다.

"폐하께오선 반드시 이룩하실 것이옵니다."

"역시나 무책임한 자들이다. 내게만 책임을 전가하는구나."

긴 옷을 늘어뜨린 채 마루 끝에 아무렇게나 걸터앉은 태왕은 장난스럽게 답했다. 그러고는 알 수 없는 얼굴로 서쪽 먼 하늘을 바라보며 다음 말을 던졌다.

"가자. 우리끼리. 요하로."

뱃속 깊은 곳에 묻어놓고 오직 부여구와 둘이서만 꿈꾸었던 비밀이 비로소 세상에 튀어나왔다. 머리를 텅 비운 채 고개만 숙이고 있던 이들은 한시에 신음을 토해냈다. 백제가, 서어산이 아닌 요하. 그곳은 전연이 망한 뒤로 전진의 것이나 마찬가지였고 고구려의 칼끝은 결코 그리로 가서는 안 되는 것이었다.

"⋯⋯폐하!"

바야흐로 천하는 동진과 백제의 남국(南國) 동맹으로 조금씩 모여들고 있었다. 백제는 이미 왜국이나 가야 등 먼 땅까지 휘하에 거느린 남국들의 맹주였고 동진은 말할 것도 없는 대륙의 지주였다. 숙신은 고구려에 등을 돌렸고 거란은 동진의 제후가 되었으며 그 외에도 온갖 군소 세력들이 고구려와의 교류를 끊고 그들에 합류하고 있었다. 그럼에도 고구려가 불안에 떨지 않을 수 있는 이유는 오로지 전진이라는, 화북(華北)을 모조리 집어삼킨 강대한 우방이 있는 덕. 그런 전진을 상대로 전쟁이라니. 가장 강한 친구를 적으로 만들라니. 더군다나 지금은 백제와 전쟁 중이 아닌가. 너무도 기가 막힌 탓에 오히려 아무 말도 잇지 못하고 있는 그들의 머리 위로 구부의 다음 말이 이어졌다.

"요하의 고토야말로 우리의 고향이다. 우리가 주변국이 되어야 하는 이유, 한(漢)을 천하의 주인으로 알아 천하 문물의 근원으로 예우해야 하는 이유, 그것은 우리가 요하를 잃은 탓이다. 칼을 들지 않았으면 모르되 들었으면 베어야 할 것은 요하이니라."

선문답과도 같은 이야기, 알아듣지 못하니 대답할 수 있는 이도 반대할 수 있는 이도 없었다. 구부는 그런 그들을 잠시 물끄러미 바라보다 곧 일어나며 자리를 파했다.

서어산

　서어산의 군사는 격동하는 바깥세상의 일이라고는 아무것도 모른 채 분지 안에 스스로를 가두고 있었다. 그리고 고운은 서어산의 가장 높은 봉우리에서 기슭을 내려다보고 있었다. 서어산으로 들고 나는 유일한 길, 사방을 둘러싼 산 사이로 난 구절양장 좁은 협로에는 가을 풀과 그 풀에서 피어난 이름 없는 꽃들이 불어오는 바람에 자랑처럼 허리를 굽히고 펴며 살아있음을 열심히 보이고 있었다. 이마를 찌푸리며 이를 묵묵히 바라보던 고운은 문득 기슭과 이어진 누런 평야로 고개를 돌렸다. 서어산 이남에는 평야가 펼쳐져 있었다. 서어산 수십 개의 고을을 품은 거대한 곡창이었다. 수십만은 거뜬히 먹여 살릴 만한 그 너비에 감탄함과 동시에 고운은 무엇을 생각했는지 한숨을 쉬며 고개를 가로저었다.

　"고운."

　멀찍이서 종득이 그를 불렀다. 곧 말을 몰아 가까이 다가온 종득은 말에서 뛰어내리며 적잖이 들뜬 목소리로 말했다.

　"폐하께서 말씀하신 한 달이 다 되어가네. 이제 나흘이면 서어산을 떠날 때가 되었어. 왕제 전하께서는 아마 진군을 명하실 테지."

"한 달. 그래, 이제 한 달이 다 되었군."

날짜를 세어본 고운은 말을 자르며 맞장구를 치다 말고 갑자기 어디에 생각이 미쳤는지 고개를 주억거렸다. 한참 이마를 찌푸리며 생각을 이어가던 그는 일순 눈을 동그랗게 뜨며 무릎을 쳤다.

"그랬군. 그런 것이었어. 이제야 알겠군, 이 하릴없이 보낸 한 달의 의미를."

"또 그 소리. 그래, 들어나 보세. 그 의미란 게 대체 무엇인가?"

조금 더 생각을 정리하려는 듯 잠시 뜸을 들인 뒤 고운은 입을 열었다.

"외교였네. 폐하께서는 백제에 상상도 못 할 엄청난 거래를 요구했어."

"뭐라? 거래라니. 무슨 말도 안 되는 소리. 설령 그렇다 쳐도 그 거래는 무엇이고?"

"그 내용이야 모르지. 다만 거래는 성공했네. 그러니 아직 싸움 없이 잠잠한 것이야."

"어째서 그렇게 되는 것인가? 천천히 좀 설명해 보게."

"우리는 인질이었네. 이 서어산이라는 험산의 분지, 적군도 아군도 쉬이 들지도 나가지도 못하는 함정에 묶어놓은 인질. 전형적인 인질이지. 온 고구려 명가의 자제들을 모조리 모아다 오합지졸로 엮어 적국 한가운데 던진 셈이니. 한 달이라는 길고 긴 아무 의미 없는 세월이 그걸 증명하네. 기껏 정벌군을 보내고는 적군에게 일부러 포위시킨다? 그것도 온 고구려의 아들들을? 틀림없어. 이건 인질이네."

고운은 인질이라는 단어에 무게를 실었고 이에 종득의 얼굴이 굳어졌다.

"인질은 믿음을 얻기 위해 주는 법이지. 그런데 인질이란 걸 아무도 몰라. 왜 그랬을까? 왜 인질인 줄도 모르게 인질을 주었을까? 답은 하나지. 극소수의 인물만 알 수 있도록. 대다수의 사람은 알지 못하도록. 그렇다면 그 극소수의 인물이란 누구겠는가? 뻔하지. 백제왕 부여구일세. 이 인질을 부여구만이 알아볼 수 있기를 원했던 것이야. 그와의 거래를 위해."

"거래라고?"

"폐하께서는 부여구에게 인질을 주었으니 거래에 응하든가, 인질을 모조리 죽이고 나라의 존망을 건 싸움을 벌이든가. 그것이 태왕 폐하께서 내민 선택지였어. 그리고 부여구는 아마 거래에 응했을 거야. 그가 거래를 수락했기 때문에 우리는 안전히 이곳에 있었던 것이야. 싸움 한 번 없이."

가만 듣고 있던 종득은 세차게 고개를 저었다.

"도무지 믿을 수가 없네. 자네 말대로 오합지졸이라 치세. 그렇대도 이런 지형의 싸움이란 쉬이 승패를 장담할 수 있는 것이 아닐세. 유리한 지세에 진을 쳐놓고 인질이라 하면 그걸 어찌 믿겠나."

의외로 명석한 반론에 고운은 잠시 웃었다가 손을 들어 좀 전 내려다보던 북쪽의 기슭을 가리켰다.

"가을 산이란 위험한 곳이야. 나뭇잎은 말라가고 바람은 거세지. 저기 밑에서 적이 불이라도 놓으면, 글쎄, 고구려 군진에 살아남는 이가 열에 하나는 될까."

종득의 얼굴이 금세 하얗게 질렸다. 이에 고운은 태연히 등 뒤편의 평야를 가리켰다.

"그러나 곡창, 백제 최대의 곡창이 지천이네. 서어산에 작은 불씨라도 하나 떨어졌다간 저 곡창까지 모조리 태워버릴 거야. 못 해. 부여구는 이름의 소중함을 아는 자니까. 백성의 인망을 모조리 잃으면서 그런 짓을 하지는 않지. 나라의 손실도 너무 심해. 아리수 이북을 먹여 살릴 식량 반절쯤은 여기서 나올 것 같으니."

"휴, 놀라게 하지 말게. 일어나지도 않을 일로."

"여하튼 우리는 인질이 맞네. 그러나 잡으려면 엄청난 손해를 감수해야 하는 인질이야. 모든 일이 이렇게 되어있네. 선택, 선택할 길이 많아 보이지만 정작 올바로 택할 수 있는 길은 하나로만 나있어. 다 이렇게 되도록 되어있던 일이 이렇게 된 것이야."

"그것은 또 무슨 말인가?"

"처음부터 지금까지 모든 일이 폐하의 손바닥 위에서 일어나고 있다는 말이네. 오직 폐하가 원하는 대로만. 우리는 서어산을 점령하게 되어있었고 백제왕은 거래에 응하게 되어있었어."

"그게 가능한 것인가?"

"앞의 두 번 있었던 백제와의 전쟁을 전해 들으며 생각했던 것과 꼭 같네. 그 두 번의 전쟁, 불필요한 과정이나 손해는 하나도 없었어. 판 위의 모든 인물이 폐하가 생각한 대로 움직이고 폐하가 원하는 결과만을 가져왔지. 수만 대군이 부딪쳤는데 사상자가 백 명 남짓이었다지. 수곡성이라는 요지 중의 요지를 얻으면서. 이번에도 그와 같아."

종득은 듣는 내내 이맛살을 찌푸리며 고운의 말을 따라가려 애쓰다 종내는 포기하고 말았다.

"잘 모르겠지만 그러면 좋은 것 아닌가? 폐하께서 원하신 대로라면."

그의 마냥 사람 좋은 웃음에 고운은 졌다는 듯 양손을 들었다 놓으며 고개를 저었다.

"이 대단하신 귀족의 자제분들 전부를 인질로 두고 거래를 벌였어. 사실이 밝혀지면 원망과 불신이 말도 못 할 텐데. 도대체 무엇을 주고받았을까? 상상도 못 할 엄청난 것이어야 수지가 맞는데."

"굳이 우리가 알 필요가 있는가? 폐하의 뜻이라면 어쨌든 좋은 쪽이지 않겠나?"

"전혀. 몸서리쳐질 만큼 불쾌하고 또 무섭군. 우리는 처음부터 끝까지 바둑돌 한 알에 불과한 셈이니까. 폐하가 놓으면 놓는 대로, 그 무엇도 모른 채 폐하의 손에만 운명을 맡겨야 하니. 가령 이곳에서 싸움 한 번 못 해보고 불타 죽는다든가, 포위된 채 굶어 죽는다든가, 폐하가 버리면 꼼짝없이 버려지는 것이지."

"장수란 본래 그런 걸세."

"우리는 생명이 있는 사람일세. 칼이나 화살 같은 것이 아니야. 목숨을 걸고 명에 따르려면 최소한 그 뜻이 무엇인지는 알 자격이 있어."

"아니, 장수란 폐하의 칼과 화살이 맞네. 내 보기엔 자네가 이상해."

종득이 오히려 책망하는 눈빛을 보내니 고운은 할 말을 잃고 피식 웃어버렸다. 그러고는 멀찍이 눈길을 돌리며 한마디를 흘렸다.

"그런가? 나는 폐하와 어울리지 않지만 자네는 다르네. 어쩌면 자네야말로 좋은 장수가 될지 몰라."

"내가?"

"그래."

종득은 멀뚱히 고운을 쳐다보다 씩 웃으며 제 허리춤의 칼집을 툭 쳐 보였다.

"정말 그럴지도 모르지. 내가 칼이라면 또 누구에게 질 사람이 아니거든."

"틀림없나?"

"그럼. 자네는 잘 모르겠지만 내 선친께서는 여노 장군을 종군하며 그의 창법을 공부하던 분이셨네. 그 기예를 모두 눈으로 익혔다가 내 어렸을 적부터 가르치셨으니 창 쓰는 법과 칼 쓰는 법을 젓가락 쓰는 법보다 먼저 배우고, 또 다섯 해 전인가? 내가 열다섯 무렵에는."

"그렇군. 그 말 반드시 사실이길 바라네."

말을 자르는 고운의 목소리가 이상하다 느낀 종득은 그의 얼굴을 슬쩍 보았다가 그의 눈길을 따라갔다. 다음 순간 종득은 입을 크게 벌렸다. 고운이 바라보고 있는 곳, 서어산으로 나있는 협로가 시작되는 기슭 앞의 널따란 평원에는 빽빽한 깃발이 올라 있었다. 막(莫)씨 깃발. 저 멀리서 진영을 차리고 기다리기만 하던 막고해의 대군이 정연히 열을 맞춘 채 진입할 차례를 기다리고 있었다. 얼핏 보아도 일만이 넘는 숫자.

개전의 북소리가 힘차게 울리며 온 산을 흔들어 대기 시작했다.

"그 거래, 실패했네."

"저, 정말로."

얼어붙었던 종득이 허둥지둥하며 본진으로 달려가려는 순간 고운이 그의 어깨를 잡았다. 고운은 입술을 깨물며 시선을 협로에 둔 채 말했다.

"생각해 둔 것이 있네. 싸움이 열리기 전에 왕제 전하와 이야기를 해야겠어."

이련은 이미 파수병의 보고를 받은 뒤였다. 가까스로 늦지 않게 도착한 고운은 앞뒤 없이 제 창을 부여잡고 말에 오르려는 이련의 앞을 양팔을 벌리며 막아섰다.

"전하, 이렇게는 이길 수 없는 싸움입니다."

"불길한 소리를 하는구나."

"오는 것은 백제의 정예입니다. 싸우지 않으면 모르되 싸우기로 결정한 이상 백제는 나라의 존망을 걸고 총력을 기울여 이 싸움에 임할 것입니다."

"그렇다면 더 잘된 것이 아니냐. 내 여기서 백제를 완전히 깨부수고 고구려의 시대를 천명하리라."

이련은 선언하듯 외치고 고운을 밀어젖히며 말에 올랐다.

그러나 고운은 끝내 버티며 다시 이련의 앞을 막아섰다.

"전하, 불을, 불을 내야 합니다. 그리하면 이길 수 있습니다."

"산속에 있는 것은 우리다. 아군이 적의 화공을 겁내야 하거늘 스스로 불을 내라니."

핀잔과 함께 듣기 싫다는 듯 이련은 고운을 지나치려 했으나 고운은 또다시 앞을 막았다.

"아닙니다, 전하. 지금은 바람이 위에서 밑으로 길을 잡았습니다."

"헛소리, 어제 오늘 다른 바람 가는 길을 어찌 속단하느냐? 어느 쪽으로든 불이 번지면 고립되는 것은 분지 속의 아군이다. 적이 아닌 아군을 태운단 말이다."

"아니, 사람을 태우자는 것이 아닙니다."

"뭐?"

"적이 진즉에 화공을 쓰지 못한 까닭은 저 어마어마한 크기의 곡창에 있습니다. 하니 우리가 먼저 저 곡창을 태우자는 것입니다. 산을 타고 내려간 불길은 금세 곡창까지 번질 테고 그리하면 적은 그 불길을 잡느라 무엇도 할 수 없습니다."

"뭐라?"

"불길이 산등성이 초목을 지나고 나서 잦아들길 기다려 불길을 따라가면 됩니다. 오히려 길이 열리는 셈입니다. 적을 화재에 묶어두고 아군은 유유히 떠나는 것이지요. 군사 한 명 잃을 필요 없습니다.”

틀린 말이 아니라 생각했는지 이련은 고개를 끄덕이며 몸을 젖혔다. 이에 고운은 한층 간곡하게 그를 설득했다.

“불 한 번 지르면 끝입니다. 불리하고 불확실한 싸움을 할 이유가 무엇입니까? 오히려 전장의 승리보다 더 큰 성과를 거두고도 아군은 상처 하나 없이 무사히 퇴각할 수 있습니다. 전하, 어서 명을 내리시지요.”

이련은 곧 생각에 잠겼다. 무엇 하나 틀린 것 없이 구구절절 옳은 계책이었다. 불은 없던 길을 만들어 줄 것이고 뒤따라올 적은 곡창의 대화재에 묶일 것이었다. 잃을 것은 없고 얻을 것만 있었다. 택하지 않을 이유가 없는 계책이었다. 생각을 마친 이련은 낮은 목소리를 흘렸다.

“아군에 대단한 지장이 있었구나. 네 말이 틀린 것이 하나도 없다. 그러나.”

고운이 겸양의 말을 하려는데 이련은 문득 고개를 가로저었다. 그러고는 손을 들어 탁상 위의 서한을 가리켰다.

“오늘 아침에 도착한 왕명이다. 폐하께서는 앞으로 다시 한 달을 더 머무르라 명하셨다.”

서한은 멀리서도 뚜렷이 내용을 볼 수 있었다. 한 달간의 농성. 적혀있는 것은 그 글자가 전부였고 고운은 기가 막혀 이련을 바라보았다.

"전하, 저 대군 앞에 도무지 버틸 수 없을 것입니다. 한 달이라니, 폐하께서는 죽음을 명하신 것이나 다름없습니다!"

"정녕 그렇다면 죽음을 맞이하는 것이 옳겠지."

"전하!"

"두려우냐? 죽음이 두려워 그리 호들갑을 떠느냐? 너는 부여구가 민생을 보호코자 화공을 쓰지 않는다 하였다. 헌데 나더러는 폐하의 이름을 더럽히며 민간의 곡창을 태우라 하느냐? 그것은 네 목숨이 아까워서더냐?"

"그들은 백제군이며 백제의 백성이……."

"어느 나라든 민간의 땅에 불을 지르라니. 미천태왕 이래 고구려는 그런 길을 걸은 적이 없다."

"그러나 중과부적입니다. 전하, 이렇게는 이길 수 없습니다. 아군은 오합지졸……."

이련의 눈이 순간 무섭게 번뜩였다. 고운은 말실수를 알고 입을 닫아버렸으며 이련은 나직한 목소리를 토해냈다.

"지켜보아라. 과연 이길 수 없는 싸움인지."

그것을 마지막으로 이련은 고운에게서 관심을 거두고 말을 몰아갔다. 고운이 몇 번이나 이련을 불렀으나 이련은 한 번 돌아보지 않고 장수들이 모인 막사로 들었다. 곧이어 장수들을 거느리고 나선 이련은 온 고구려 진영이 쩌렁쩌렁 울리도록 호통을 치며 개전의 북을 울리니 온 군사는 깃발을 세우고 무기를 들어 기슭을 향해 내려가기 시작했다.

이런의 호기가 전염이라도 된 듯 용기백배한 군사들, 특히 전쟁을 처음 겪어보는 흙색 깃발의 선봉군은 가장 용감하게 앞장을 섰다. 고운 또한 흙색 깃발의 장수인지라 선두에 자리했다. 말 위에 올라 앞일을 생각하는 그에게 종득이 다가와 어깨를 툭 쳤다.

"꿈도 꾸지 말게. 막고해의 목은 내가 딸 걸세."

그리 말하고는 양손에 창 두 자루를 나누어 쥐고 말 엉덩이를 세차게 걷어찼다. 고운은 이 초짜 군사와 장수들의 꼴이 기가 막혀 한마디 대꾸조차 할 수 없었다. 그가 아는 전쟁이란 그런 것이 아니었다. 지리적 이점을 취하고 온갖 함정을 던지고, 적의 첩보를 취하고 속임수를 뿌려대며 차츰 승리에 가까워지는 것. 사기란 승리에의 기대에 가까워지며 자연스레 오르는 것이었으며 전력이란 마지막까지 숨기고 숨겨야 하는 것이었다. 근본을 알 수 없는 사기는 그야말로 사상누각(砂上樓閣)이었으며 첫 전투에 가장 귀중한 전력을 던져 승기를 잡겠다는 전략은 시정잡배들의 몸싸움에나 통용되는 것이었다. 하나의 예외가 있다면 그것은 아군의 주장(主將)이 어마어마한 무용담을 지닌 백전의 맹장인 경우였다.

"지금은 을불 태왕의 시대가 아니거늘."

고운은 고개를 가로저었다. 이제 고구려에는 그런 장수가 없었다. 오히려 적군 백제에 열 손가락으로 셀 수 없을 만큼의 맹장이 있었다.

그의 걱정은 틀리지 않았다. 적의 선봉에는 반세기를 당당한 위명으로 뒤덮은 막고해의 깃발이 올라 있었고 그 선두를 이끌고 있는 장수는 봉석, 막고해의 선봉장으로 수십 개의 전장을 가장 먼저 달린 맹장이었다. 갑갑할 정도로 몇 겹이나 덧댄 갑주에다 기괴한 뿔이 아무렇게나 튀어나온 투구를 쓰고 검게 칠한 수십 근 철퇴를 휘두르며 달려오는 그의 모습은 고구려 병사들의 기를 질리게 하기에 충분했다. 맞닥뜨림과 동시에 흙색 깃발의 선봉은 말고삐를 잡아채며 서로 뒤엉켰으며 선두를 달리던 고구려 장수는 날아든 봉석의 철퇴에 소리 한 번 지르지 못하고 비명횡사했다. 우거진 초목 뒤에 몸을 숨기고 있던 백제 궁사들의 화살이 이어졌고 낮게 깔린 백제 보병의 창이 고구려 기병의 말 다리를 찔러댔다. 경험이 없어 어떻게 대처해야 할지 모르는 고구려군은 쉬이 무너지기 시작했고 선봉은 금세 아비규환에 빠졌다.

무자비한 살육을 벌이며 적의 사기를 이끄는 선봉장을 노려보던 고운은 칼자루를 쥐었다 놓기를 몇 번이나 반복했다. 과연 목숨을 걸어야 하는 일인지를 끊임없이 저울질하던 그가 대여섯 번의 망설임 끝에 말을 박차려는 순간, 고운은 제 옆을 스치고 지나 달려가는 장수의 모습을 발견했다. 장수의 정체를 알아본 고운은 기가 막혀 고함조차 제대로 지르지 못했다. 왕제 고이련. 이 지독한 수세 속에서 칠천 군사의 수장이 직접 칼을 잡고 선두에 나서다니.

"이랴!"

짧은 외침과 함께 가슴을 말 등에 붙이듯 엎드린 이련은 한 호흡에 적의 바로 앞까지 닿았다. 순간 허리를 일으키며 높이 창을 들어다가 내리꽂는 모습은 흡사 하늘에서 떨어지는 벼락과도 같아 봉석의 갑주와 투구 사이로 드러난 목덜미에는 창날이 반사한 햇빛이 번갯불처럼 일었다. 그 한 창이 끝이었다. 수십 년 이름을 쌓아왔던 백제의 맹장은 소리 한 번 제대로 지르지 못한 채 피를 분수처럼 뿜으며 쓰러졌다. 허물어지는 그의 몸뚱이 뒤로 나타난 이련의 압도적인 위용에 전장에는 어색한 정적이 짧게 흘렀고 순간 두 진영의 사기는 완전히 뒤바뀌었다. 선봉 중에서도 첨단의 선봉에서 직접 창칼을 휘두르는 왕족은 고구려 병사들에게 실로 오랜만에 벅찬 환희를 주었다. 뒷걸음만 치던 선봉의 기병들은 일거에 기가 살아나 이련의 뒤를 따라 적진을 밟았고 백제군은 그 호쾌한 맹공에 오래 견디지 못하고 등을 보인 채 퇴각해야 했다.

"있었구나, 그런 맹장이."

고운은 귀가 먹어버리도록 울리는 고구려군의 환호 속에서 멍하니 중얼거렸다. 그 짧은 시간 목격한 이련의 역량이란 설화로나 내려오는 역사 속 옛 장군들의 모습에 못하지 않은 것이었다. 단 한 창으로 한 번의 전투가 결판나 버렸다. 백제군은 도망했고 고구려군은 쫓았다. 이련은 말 탄 장수라면 눈에 띄는 대로 모조리 다 찌르고 베어버렸으며 사기가 뻗칠 대로 뻗친 고구려 군사는 퇴각하는 백제군을 끝까지 두드리며 쫓았다. 백제군은 본진까지 도망했다. 방책 뒤로 꽁무니를 감추는 백제군을 비웃듯 바라보던 이련은 창을 들어 백제의 본진을 가리켰다.

"이틀이나 싸우기엔 몸이 고되다. 오늘 전쟁을 끝내리라."

이련의 뒤에서 흙색 깃발의 장수들이 그를 따라 창을 높이 들었다. 명색이 명가의 자제들이라 개개인의 무용과 사기란 나무랄 데가 없었다. 제각기 목이 터질 듯 환호하며 창을 들고 누구에게도 선두를 빼앗길 수 없다는 듯 있는 힘껏 말을 박찼으며 각 무가에서 심혈을 기울여 정성으로 키워낸 날랜 사병들이 그 뒤를 따랐다.

기가 질린 백제군은 감히 나가서 맞설 생각을 못 하고 방책의 뒤에서 화살을 날려댔다. 그러나 이미 뻗친 사기로 온 감각이 사라지고 정신이 마비된 고구려군의 기세를 멈출 수는 없었다. 말 탄 그대로 한꺼번에 달려와 방책을 들이받으니 곳곳에서 방책이 부서져 넘어졌다. 그 압도적인 모습에 옛 고구려를 기억하는 백제군의 한 늙은 장수가 몸을 벌벌 떨며 외쳤다.

"을불의 망령이다. 죽은 고을불이 되살아났다!"

그리고 방책 너머에서 튀어나온 창은 고함치던 노장의 가슴을 마치 물고기를 꿰듯 꿰뚫어 허공에 던져 올렸다. 사방에 비처럼 흩뿌려지는 핏방울 속에서 창의 주인이 내지른 음성이 백제군의 머리를 때리듯 울렸다.

"다시는 잊지 말라! 이것이 고구려다!"

이련의 장쾌한 외침과 함께 옛 고구려의 상징과도 같은 보물 여려검이 하늘에 높이 솟았다. 삽시간에 백제군의 방책은 모조리 무너졌다. 멈출 줄 모르는 고구려 기병은 쓰러진 방책을 넘어 백제군의 본진을 짓밟았고 이 전개를 꿈에서조차 상상하지 못했던 백제군은 공포에 질린 채 오로지 살기 위해 이리저리 흩어지며 도망칠 뿐이었다. 흙색 깃발의 장수들은 제각기 품어온 세월의 울분을 터트렸다. 칼을 갈고 무예를 닦아도 쓸 곳이 없던 지난 수십 년의 고구려. 각 무가의 장자(長子)들은 그나마 가문이나 관직을 물려받아 나랏일을 했다지만 차자(次子)들의 신세란 그야말로 한량이었다. 평생 품은 한을 일거에 터트리듯 내지르는 무거운 창칼 앞에서 백제군의 병장기는 나뭇가지에 불과했다.

"한 창으로 일만 명을 꿰뚫었구나."

후군의 전열을 가까스로 가다듬어 영원히 멈추지 않을 것만 같던 고구려군의 돌격을 조금이나마 늦추기 시작할 수 있었던 것은 백제군의 수장이 명장 중의 명장이라는 막고해인 덕이었다. 후미에서 참담한 눈으로 박살난 진영을 대충 헤아려보니 죽거나 도망한 이가 벌써 삼분지 일, 삼천에 가까웠다. 막고해는 길고 긴 한숨을 쉬었다. 고구려군은 아귀와도 같았다. 이미 해가 저물며 밤이 다가오는데도 물러설 생각이 없는 듯 끝없이 전선으로 짓쳐들고 있었고 그 한가운데에는 온몸을 백제군의 피로 목욕을 한 이련이 미친 듯이 날뛰고 있었다. 이미 백제군에는 그를 막기는커녕 가까이 다가가려 하는 이조차 없었다.

"육십 평생 본 적도 없다. 한 몸의 무예로 저런 것이 가능한가."

막고해는 긴 탄식을 내었다.

"도무지 멈출 기색이 없구나. 혹 네가 저 기세를 조금이나마 물릴 수 있겠느냐?"

"설마 저 고이련을 잡으란 말씀이십니까?"

오랜 세월 막고해를 따라온 장수는 기겁하며 고개를 크게 저었다.

"한 창에 맞아죽은 봉석이 아군 제일의 무장이었습니다. 소장이 죽기를 바라십니까?"

막고해는 기대도 않았다는 듯 고개를 돌리며 혀를 찼다.

"얼마나 더 많은 죽음을 감수해야 할지 감도 잡히지 않는구나. 주군께서는 대체 언제 오신단 말인가."

그리고 그 한탄은 주문과도 같은 것이었다. 고함과 금속성으로 얼룩진 전장의 소음 속에 어렴풋이 말발굽 소리가 섞이고 있음을 깨달은 막고해는 문득 뒤를 돌아보았다. 십여 리 뒤쯤 멀리서 이는 먼지구름이 그의 주름진 얼굴을 활짝 펴게 만들었다. 틀림없는 부여수의 군대. 전면전으로는 당대 제일의 강병이라 불리기에 결코 모자람이 없는 정예군이 전장을 향해 다가오고 있었다.

"살았구나. 이제 살았다."

안도의 한숨을 내쉰 막고해는 장수들을 향해 외쳤다.

"주군께서 오신다! 전력을 다해 적을 몰아내라! 한 명이라도 많은 군사를 살려내라!"

모용선비의 왕

장안(長安).

천하에서 가장 강한 권력자인 전진 황제 부견은 천년 고궁을 벗어나 한갓진 장원으로 들고 있었다. 그의 뒤를 따르는 이들은 모두가 말 한마디로 병사 일만 명은 부릴 수 있는 병권의 소유자들, 그 쟁쟁한 실력자들이 한껏 공손한 걸음으로 조심히 들어선 장원은 재상 왕맹의 자택이었다. 권력자들은 왕맹의 가솔들에게조차 고개를 숙이며 진심을 담은 예를 표했다. 왕맹은 당대의 누구와도 비할 수 없는 위대한 인물이었다. 부견을 황제로 만든 것도, 전진을 키워낸 것도, 더없이 강대했던 전연을 멸망시킨 것도, 전진의 법치를 이룩해 낸 것도 모두가 그의 공이었다. 당대 제일의 병법가, 제일의 정치가, 제일의 사상가가 모두 왕맹의 몫이었다. 전진은 그가 만든 나라나 다름없었다. 부견은 그런 그를 스승을 모시듯 대하였으며 왕맹은 잠잘 시간도 아껴가며 나랏일에 매진하여 부견의 후의에 보답했다.

"평안하신가."

부견은 침상 위에 누워있는 왕맹을 보자마자 눈물을 주룩 흘렸다. 제 몸을 돌보지 않고 나라를 보살피다 병을 얻은 왕맹은 이제 헤어 나올 길 없는 죽음의 문턱에 이르러 있었다.

"몸을 일으키기 어렵사옵니다. 용서하소서."

부견은 허리를 구부려 일어나지 못하는 왕맹을 안았다. 왕맹은 말라버린 얼굴 가죽에 주름을 잡으며 웃었다. 그는 부견의 어깨 너머로 시립한 신하들의 얼굴을 하나하나씩 바라보았다. 누구 하나 실력과 됨됨이에 모자람이 없는, 왕맹 본인이 심혈을 기울여 거두고 키워낸 실력자들이었다. 옮겨가던 왕맹의 눈길은 말미에 자리한 모용수의 얼굴에까지 닿았다. 순간 만족만이 가득하던 왕맹의 얼굴에 웃음기가 오간 데 없이 사라졌다. 그는 부견의 만류에도 불구하고 안간힘을 다해 제 상체를 일으켜 세웠다.

"폐하, 어째서 저자가 아직도 폐하의 곁에 있사옵니까?"

병자답지 않은 시퍼런 눈길이 모용수에게 쏟아졌다. 신하들 또한 그를 따라 모용수를 보았다. 호의적인 눈길은 단 하나도 없었다. 오로지 부견만이 난감한 빛을 얼굴에 떠올린 채 변명하듯 중얼거렸다.

"경략(景略: 왕맹의 자), 그를 너무 미워하지 마시오. 그는 사나운 장수에 비범한 군략가요."

왕맹은 온몸에 남아있는 생기란 생기는 모조리 토해내듯 긴 한숨을 쉬었다. 그가 모용수를 참소한 것은 처음이 아니었다. 벌써 열 차례 가까이 있었던 일이었고 그때마다 하는 수 없이 모용수를 외지로 내쫓던 부견은 머지않아 그를 다시 불러들이고 말았다. 부견의 사적인 총애 때문만은 아니었다. 모용수는 정말로 비범한 인물이었다. 어느 한직에서든 남과 비할 수 없는 공훈을 세우고 세우니 상이 쌓이고 쌓여 종내는 도성으로 돌아오고 마는 것이었다. 왕맹도 이를 잘 아는 터라 부견을 원망할 수도 없는 노릇이었다. 어쩔 수 없이 모용수를 노려보기만 하던 왕맹은 문득 옷매무새를 고치며 부견을 마주 보았다.

"폐하, 오늘부터는 신이 없는 진(秦)을 생각하셔야 하옵니다."

부견은 아무 말도 하지 못했다. 왕맹이 다시 일어나지 못하리라는 것은 모두가 공공연히 알고 있는 일이었다. 부견은 침상의 앞에 앉아 왕맹의 손을 꼭 쥐었다.

"편히 떠날 수 있도록 두 가지 청을 드리고자 합니다."

"경략……."

"첫째는 아시다시피 저 모용수를 가까이하지 말라는 것이옵니다. 저자 하나의 반골 따위를 걱정해서가 아니옵니다. 저자는 모용선비의 왕이며 선비족이란 결코 남의 아래에 있을 자들이 아닙니다. 틈만 보이면 들고일어날 터, 소신이 없는 진이 감당키에 모용선비란 너무나 사나운 족속들이옵니다. 저자를 중앙에 두어서는 결코 아니 되옵니다. 굳이 쓰시겠다면 멀리 한직에 두소서."

모용수는 우두커니 서서 감정 없는 눈으로 왕맹 너머의 벽만 쳐다보고 있었다. 부견은 그런 모용수를 흘낏 보았다가 이내 고개를 끄덕였다.

"그리하겠소. 변방으로 보내지."

"거듭 청하옵니다. 결코 잊으셔서는 아니 되옵니다. 공을 세울 일이 없는 변경에 두소서."

"걱정 마오. 약속하리다."

"그 약속 부디 잊지 마소서."

"알겠소. 내 반드시 잊지 않겠소. 맹세하리다."

왕맹은 거듭 세 번 물어 모두 대답을 받아내고서야 마른 얼굴에 약간의 생기를 떠올렸다.

"둘째로는, 폐하. 오늘로 동진과의 투쟁을 멈추라는 청이옵니다."

무슨 말이든 다 들을 것만 같던 부견이 얼굴을 굳혔다.

"동진은 본래 오랜 역사의 힘을 가진 대국이옵니다. 넓은 땅을 그토록 오래 다스렸으니 힘이 없으려야 없을 수가 없는 바, 내란으로 흩어졌던 힘이 지금은 남쪽 반절 땅에 모두 모였으니 결코 약하지 않습니다. 오랜 외환(外患)을 겪어 제후들의 사이가 단단한 데다 남쪽 땅의 풍요로움에 힘입어 물자가 풍성하옵니다. 나라를 다스리는 환(桓)씨와 사(謝)씨 가문에는 인재가 넘쳐나고 오랜 전란을 겪은 병사들은 정예하옵니다. 국력을 크게 소모하여 굳이 그들을 먼저 도모할 이유가 없사옵니다. 남은 선비족과 강족(羌族)을 먼저 일소하소서. 그러고서 오랜 덕치(德治)가 쌓여 나라가 더욱 부강할 때를 노리시어 동쪽의 고구려와 손을 잡고 일을 도모하소서. 고구려는 결코 전진과 헤어질 수 없으며 동진과 양립할 수 없는 이들, 언제까지고 폐하의 든든한 우방이 되어줄 것이옵니다.”

굳은 부견의 표정이 더욱 굳어졌다. 그는 질끈 눈을 감았다가 입을 열었다.

“그러나 경략, 여기서 멈추라니. 진은 바야흐로 천하를 눈앞에 두고 있소.”

“폐하, 송구하오나 소신은 이제 죽습니다. 명심하십시오. 소신이 죽고 없어진 진은 과거의 진과 다르옵니다. 욕심을 줄이고 다음 때를 기다리소서. 동진과의 투쟁을 멈추고 고구려에 더욱 두터운 우정을 보인 뒤 한 걸음 물러나소서. 하면 그 둘이 서로를 견제할 터, 진은 그야말로 탄탄한 대국으로서 머잖아 천하를 쉬이 압도할 수 있을 것이옵니다. 서둘러서는 아니 되옵니다. 반드시 여유를 가져야만 합니다. 잊지 마소서. 고구려와 동진의 손을 놓지 말아야 하옵니다. 그리하면 그들은 결코 진을 먼저 배반하지 않을 것입니다."

오만한 말이었으나 부견은 미미하게나마 고개를 끄덕였다. 그것은 모인 다른 이들 또한 마찬가지였다. 실상 전진은 부견이 아닌 왕맹이 일구어 낸 나라임을 모두가 알고 있었다.

"전진, 백제, 고구려, 연, 동진, 이런 나라들의 강하고 약함을 보는 것은 범인의 눈이옵니다. 폐하께서 볼 이유가 없는 것들이옵니다. 폐하께오선 사람을 보소서. 변화를 만드는 것은 오로지 사람이옵니다. 동진을 볼 적엔 사(謝)씨를, 선비를 볼 때에는 저 모용수를, 백제를 볼 때는 부여수를, 고구려를 볼 때에는 고구부를 보소서. 그들 모두가 탁월한 그릇들이건만 소신은 세상을 뜨옵니다. 십분 생각하시어 부디 침착하고 침착하셔야 하옵니다."

지나치게 부견과 신하들을 무시하는 언사일 수도 있었다. 그러나 왕맹의 얼굴에 드리운 죽음의 그림자를 읽어낸 부견은 금세 마뜩잖은 기색을 흩어버리며 고개를 끄덕였다. 그는 자존심 때문에 왕맹의 충정을 오해할 정도로 모자란 왕이 아니었다.

"명심하겠소."

왕맹은 안심했다는 듯 그제야 온몸의 긴장을 풀며 침상에 도로 누웠다. 오늘의 충언을 위해 그간 모든 기운을 아껴온 그는 가뜩이나 깊은 병세가 더욱 진전되어 숨조차 힘들게 내쉬었다. 부견은 눈가를 붉게 물들이며 왕맹의 메마른 손을 한 번 꼭 잡은 뒤 그의 방을 나섰다. 따라나선 권신들도 깊이 고개를 숙여 인사를 올린 뒤 부견의 뒤를 따랐다. 모두가 떠나려는데 마지막으로 절을 올린 모용수는 스치듯 일어서며 왕맹의 귓가에 나직한 한마디를 뱉어냈다.

"얼마 전 동진의 사현을 만났소."

왕맹은 누운 채로 눈을 부릅떴다. 입을 벌리며 무어라 고함을 치려는 듯 몇 번 입술을 움직였으나 쇠락한 몸은 고함을 칠 만한 기운이 없는지 쉰 소리를 낼 뿐이었다. 모용수는 담담히 그런 왕맹을 바라보다 이내 무심히 등을 돌리고 방을 나섰다. 방 안에서는 왕맹의 숨이 넘어가는 기침 소리만 몇 차례 울려 퍼질 뿐이었다.

"경략의 유지와도 같은 말이다. 도무지 어길 수가 없구나. 오늘로 동진과의 투쟁을 잠시 접어두겠다. 그들에게 사신을 보내어라. 대국의 아량을 베풀어 안아줄 터이니 형을 대하는 아우의 정성을 보이라 하여라."

그리 선언하고 돌아서는 부견을 한 권신이 굳이 붙잡았다.

"훌륭한 결단이시옵니다. 폐하, 다만 경략께서 올린 충언은 그것이 전부가 아닌 줄로 아뢰옵니다."

그것은 물론 모용수를 겨냥한 진언이었다. 모른 척 자리를 떠나려던 부견은 못내 걸음을 멈추고 돌아섰다. 그는 침중한 얼굴로 신하와 모용수를 번갈아 바라보며 중얼거렸다.

"그러나 모용수는 범한 잘못이 없다. 공정해야 할 군주로서 어찌 죄 없는 자를 경질시킬까."

"하오나 폐하, 폐하께서는 경략 어른께 약조하셨사옵니다. 군주가 지켜야 할 덕목으로 언약보다 중요한 것이 또 무엇이 있겠사옵니까? 부디 사사로운 총애보다 군주의 신의를 우선 생각하소서."

부견은 고개를 저으며 다른 권신들에게 눈길을 주었다. 그들의 의중을 묻는 것이었고 왕맹이 직접 키워낸 권신 모두는 그의 눈길을 피함으로써 한결같은 답을 내었다.

"그를 굳이 경질시킬 이유가 없사옵니다. 말씀하셨듯이 직위는 그대로 둔 채 변방으로 보내시지요. 오히려 그를 위하는 길이 될 것이옵니다."

마침내 부견은 눈을 감으며 고개를 끄덕였다.

"여러 신하의 중지를 무시할 수가 없다. 모용수, 그대를 요동군공(遼東郡公) 원위광(元位光)의 휘하에 두겠다. 전진에 그대가 필요한 날이 올 때까지 원 장군의 아래에서 그의 군무를 도우라."

이에 권신들 가운데 비웃음을 참지 못하는 이들이 있었다. 부견은 제후 가운데 서있는 뚱뚱한 중년을 가리키고 있었고 지목받은 그는 살집 사이로 드러난 작고 날카로운 눈으로 부견을 마주 보았다. 그는 야심의 화신과도 같은 군벌이었고 그만큼 철두철미한 인선으로 유명한 인물이었다. 결코 제 사람이 되지 않을 모용수를 쓸 리가 없었다. 게다가 그의 봉지란 요동, 오랜 우방인 고구려와의 접경이니 모용수가 군공을 세울 일이란 더더욱 소원하기만 하였다. 그야말로 양팔 양다리를 모두 묶인 채 유배를 떠나는 것이나 다름없었다.

"예, 폐하."

그러나 모용수는 좌중의 기대와는 달리 편안한 얼굴로 나아가 부견에게 경의를 담아 고개를 숙이고 물러났다. 그러고는 항상 그랬듯 돌부처마냥 말석으로 물러나 눈을 내리깔고 그 자리에 없는 사람인 양 서있을 뿐이었다. 그 건조한 모습에 대신들은 그에 대한 흥미를 잃었다. 곧 부견이 떠나며 자리가 파하자 모용수는 자리에 남아 사담을 나누는 대신들 사이를 조용히 비집고 궐 밖으로 나섰다.

모용수는 어디를 가든 가마를 타는 법이 없었다. 제 말을 묶어놓은 마구간으로 향하는 모용수를 그의 부관이 뒤따르며 물었다.

"상심하셨습니까."

"상심이라."

"요동군공께서는 결코 장군을 쓰지 않을 것입니다. 뭐, 요동 땅에 일이 있기나 하겠냐마는. 가시면 다 잊고 푹 쉬시지요. 이제 수도로 돌아오실 일은 없을 겁니다."

한껏 빈정대는 부관 역시 모용수의 편이 아니었다. 부견의 동향 사람이자 저족 권력자의 자식으로 왕맹이 붙여놓은 인물, 대놓고 모용수의 일거수일투족을 살피며 보고하는 오히려 감시자와 같은 인물이었다.

"갈 곳이 있다. 따르라."

"명령이시면 따라야지요. 그러나 무슨 일이든 그만 포기하시는 게 옳습니다. 어차피 선비족 모용씨란 전진의 걸림돌임을 모두가 알고 있습니다."

부관은 연신 비아냥거렸으나 모용수는 언제나 그렇듯 듣는 척 마는 척 제 갈 길을 갈 뿐이었다. 마구간에 이르러 아무렇게나 매어놓은 말에 오르고는 도성 밖 어딘가를 향해 달리기를 한참, 몇 번이나 행선지를 묻는 부관의 물음에 한 번 답하는 법 없이 말을 달린 그는 어느덧 도성에서 멀리 떨어진 광활한 농토에 이르러 말을 멈추었다. 두리번거리며 주위를 살피던 부관은 이내 그 땅이 어디인지를 깨닫고 두려운 신음을 내어 모용수를 불렀다.

"장군."

광활하기는 하되 황량하기 그지없어 풀색이 얼마 섞이지도 않은 황무지. 메마른 농부들이 곡괭이를 들고 굳은 땅을 내리

224

침은 개간이기보다 터무니없는 발악이며 한풀이와도 같은 모습이었다. 그 땅과 그 땅에 사는 사람들을 익히 들어 알고 있는 부관은 모용수의 뒤로 물러나며 몸을 숨겼다. 연나라 유민. 결코 전진에 융화되기를 거부한 그들은 나라 이곳저곳의 오지에 보내졌고 그들은 영원히 개간되지 않는 그 돌무지에서 곯은 배를 붙잡고 원한 속에 죽어갔다. 전진에 엎드려 사느니 죽음을 택한 이들, 남의 밥을 빌어먹느니 돌과 흙을 씹기를 택한 이들이 그들 연나라 유민 선비족 모용부였다. 전진 영토에서 가장 위험한 이들. 그리고 매국노 모용수란 그들의 가장 큰 원수였다.

"반드시 죽습니다. 장군뿐 아니라 저도 죽어요."

부관의 한껏 숨죽인 목소리가 모용수를 필사적으로 채근했다. 그러나 모용수는 멀찍이 곡괭이를 내리치는 농부들에 시선을 박아둔 채 석상처럼 서서 움직이질 않았고 부관의 걱정은 곧 현실로 드러났다. 난데없이 나타난 전진 장수의 복색에 증오스러운 눈길을 보내던 몇몇 이들은 배신자 모용수의 얼굴을 확인하자 굽은 허리를 펴고 일어서 패악스러운 기세로 다가오기 시작했다. 일어서 다가오는 이들은 점점 늘어났다. 금세 수백으로 늘어난 그들은 두 장수를 에워싼 채 녹슬고 이 빠진 곡괭이를 치켜들었다.

"네가 감히 이 땅에 발을 딛느냐. 역적 모용수."

한 젊은 사내가 한 걸음 더 앞으로 나오며 끓는 음성을 토해냈다. 흐르는 땟물과 먼지로 범벅이 되었으나 모용수는 어렵잖게 그의 얼굴을 알아볼 수 있었다. 과거 연나라에서 함께 무예를 익히고 군략을 배운 어린 날의 벗이었고 청춘의 전우였다.

"배곯아 죽어가는 동포들을 비웃으러 왔느냐? 네가 무슨 자격으로, 무슨 양심으로 감히 우리의 앞에 설 수 있냔 말이다!"

모용수는 대답을 하지 않은 채 그의 얼굴을 묵묵히 바라보고 있었다.

"전진의 녹봉은 충분하다더냐? 네 나라를 모조리 팔아먹은 만큼 충분히 주더냐?"

곡괭이가 허공에 들린 채 떨렸다. 곧이어 세차게 내리쳐진 곡괭이는 모용수를 비껴 멀리 바닥에 튕기며 팽개쳐졌다. 곡괭이를 던져버린 사내는 모용수의 얼굴에 침을 뱉고 돌아섰다. 곧이어 군중이 그의 행동을 따라 모용수에게 침을 뱉기 시작했다. 군데군데 욕설이 나오고 흥분한 고함이 섞이더니 종내는 밭에서 골라낸 자갈을 던지는 이들이 있었다. 부관은 필사적으로 머리를 감싸 쥔 채 엎드렸지만 모용수는 그대로 우뚝 서서 날아드는 가래침과 돌을 맞았다. 금세 이마에 피가 흐르고 뺨이 찢어지는데도 그는 움직일 줄을 몰랐다. 순식간에 온몸에 터지고 꺾이는 데가 늘어 목숨이 위험할 지경에 이르기까지 그는 선 채로 붉은 눈을 들어 성난 군중을 마주 바라보고 있을 뿐이었다. 그 당당한 모습이 군중을 더욱 자극했다. 이내 자갈을 팽개치고 괭이를 들고 뛰쳐나오려는 이들까지 있었다.

"죽여라, 모용수를 죽여라!"

"그만, 그만두시오!"

돌연 한 사내가 날아드는 돌멩이 속으로 몸을 날려 모용수의 앞을 가로막았다. 그는 저도 상처를 입으면서까지 모용수의 앞을 비키지 않으며 소리 높여 외쳤다.

"그를 해치지 마시오! 돌을 내려놓으시오! 잠깐 내 말을 들으시오. 결코 발설치 말라 부탁했으나 내 말해야만 하겠소. 그를 죽여서는 결코 아니 되오. 여러분이 겨우내 먹은 음식, 손에 든 그 곡괭이, 지금 걸친 무명 모두 저 모용수가 제 녹봉을 온통 바쳐 사서 가져온 것이오. 그는 여태껏 전진에서 받은 동전 한 푼 제가 쓴 적 없이 여러분에게 보내왔단 말이오!"

사내는 얼굴이 발개지도록 힘껏 부르짖었다.

"전진의 백성이 되기를 거절한 당신들이 이런 황무지나마 개간할 수 있도록 목숨을 걸고 간청한 것이 저 모용수요. 저를 눈엣가시로 생각하는 부견의 앞을 열 번도 넘도록 가로막고 얻어낸 허락이었소."

"그것을 네가 어떻게 알아!"

군중은 소리를 치면서도 점차 하던 짓을 멈추며 사내를 노려보았다.

　"내 원래는 모용수를 죽이러 그의 집에 숨어들었던 사람이오."

　사내는 모용수를 힐끗 쳐다본 뒤 말을 이었다.

　"홀로 있던 그의 아내를 죽이고 그를 기다렸소. 그러나 돌아온 그는 죽은 제 아내의 시체를 부여잡고 그리 슬프게 울면서도 내게 맞서지 않았소. 원망하지 않았소. 오히려 미안하다고, 피눈물을 흘리며 구슬피 울면서도 미안하다고, 저도 찌르라며 가슴을 내밀었소."

　"……."

　"꼴이 우습고 마음이 식어버려 찌르지 않으니 내게 금을 주었소. 여태껏 받은 녹봉이라며 여러분을 위해 출처를 밝히지 말고 써달라 했소. 나는 그것으로 식량과 옷과 농구를 사서 전진이 던져준 아량이라며 여러분에게 가져왔던 것이오. 전진? 웃기는 소리요. 그들은 단 한 푼도 여러분에게 준 적이 없소. 모든 것은 저 모용수가 주어왔소."

　사내는 문득 모용수를 바라보며 군중 가운데 한 중년을 손가락으로 가리켰다.

　"발을 다쳐 약이 필요하다고 했던 자요. 저자의 이름이 무어요?"

"……강재."

모용수의 대답에 중년은 눈을 동그랗게 떴다. 사내는 이어서 다른 이를 가리키며 물었다.

"자식이 많다며 쌀죽이라도 충분히 챙겨주라던 자요. 저자는 이름이 뭐요?"

"명옥."

"저 아이는? 무예를 익힌다며 나뭇가지만 휘두르던 아이요. 당신이 창칼을 선물했어."

"전웅."

모용수는 막힘없이 몇 번을 연이어 대답했고 사내는 군중을 다시 돌아보았다.

"하나하나 이름을 물으며 그들은 괜찮은가, 잘 지내는가, 혹시 병이라도 얻은 자는 없는가. 안 좋은 소식이라도 들으면 제 일처럼 괴로워했소. 제 끼니까지 거르고 움막에 살면서도 여러분에게 무엇 하나라도 더 가져다 주라며 오로지 그 낙으로 살던 자가 저 모용수요."

군중은 저도 모르게 하나둘씩 손에 든 돌과 곡괭이를 내려놓고 있었다. 그러나 증오와 경멸의 눈길까지 거둔 것은 아니었다. 그중 하나가 나서 외쳤다.

"그래서 용서할 일인가! 애초에 그가 제 한목숨 살리려 벌인 일이다. 제 한목숨 보전하려 나라를 팔아 우리 모두를 이

꼴로 만들었다. 그러고서 사죄한다고, 이제 와 우릴 보살핀다고 그를 용서하란 말이냐! 그깟 금덩이에 이 원한을 잊으란 말이냐!"

질타는 다른 이들에게로 이어졌다.

"배신자!"

"더러운 역적!"

욕설은 한참 계속되었다. 꼬리에 꼬리를 물고 분노의 외침과 욕설이 이어졌지만 아까처럼 돌을 던지는 이는 없었다. 그리고 말뿐인 화풀이는 결국 사그라졌다. 끝이 나지 않을 듯 이어지던 소요가 잦아들자 그제야 나오는 목소리가 있었다. 쓰러지지 않으려 안간힘을 쓰며 버티던 모용수의 것이었다.

"맞소."

"⋯⋯?"

모용수는 피가 엉겨 붙은 얼굴을 내리깔며 깊이 고개를 숙였다. 이윽고 그는 힘겹게 다리를 움직여 자리에서 일어서 군중 앞에서 독백하듯 말했다.

"맞소. 나는 내 한목숨 살리려 그대들 모두를 팔았소."

"더러운 새끼! 네 목숨만 중하더냐!"

"그랬소. 내 목숨이 중했소. 억울하게 죽고 싶지 않아 나는 전진으로 도망했소."

다시 한번 와르르 욕설이 쏟아져 나왔다. 입에 담기 힘든 저

230

주가 한바탕 이어졌다. 그 욕설들에 가만히 고개만 끄덕이던 모용수는 침울한 음성을 다시 이어갔다.

"내 손으로 내 나라를 무너트리고 그대들 모두를 전진의 노예로 팔아넘겼소. 내가 부견의 노예가 되었듯이 그대들도 전진의 노예가 되라 권유했소."

"개 같은."

"내 딴에는 사과였소. 그대들에게도 윤택한 삶이 주어지기를 바라는 마음. 아주 약간의 자존심만 버리면 될 일이라 생각했소."

입가에 희미하게 떠오른 자조의 웃음이 진해졌다. 이빨 사이로 피가 흐르는 잇몸을 내보이며 그는 씩 웃었다.

"헌데 우습더구려. 당신들 가운데는 고개를 숙이는 이가 없었소. 나와 같이 한목숨 부지하려 전진에 무릎을 꿇는 이라고는 하나도 없었소. 온 연나라가 빳빳이 고개를 든 중에 왕실만이, 후후. 연나라 왕가의 적통이라는 모용위 그 아이와 나, 둘이서만 전진의 개가 되어 충성스레 짖고 있었소."

군중은 어느새 욕설을 멈추고 그를 묵묵히 바라보고 있었다. 불과 다섯 해도 되지 않았다. 모용평의 위협을 피해 전진으로 망명하기 전까지만 해도 모용수는 연나라 모든 백성의 자랑이자 우상이었다. 권력에만 눈이 멀어 정쟁과 암투를 일삼는 다른 형제들과 달리 모용수는 모든 전장을 선두에서 이끄는 맹장이었으며 그 모든 전투를 승리로 이끌어 낸 위대한 장군이었다. 농번기에는 황명에 반발하면서까지 전쟁을 피하는 위민(爲民)의 덕장이었고 사재를 털어 전사자의 가족을 보살피는 마음 따뜻한 인물이었다. 그런 그들의 자랑 모용수가 이제는 피와 눈물을 흘리며 제 한목숨이 아까워 나라를 팔았다며 고백하고 있었다. 온 천하의 미움을 받는 자, 그런 별명을 얻고서 이제 그들의 앞에 돌아와 있었다. 군중은 어느덧 분노를 대신하여 쓸쓸한 회한을 떠올리고 있었다.

"여태껏 자진하지 않은 것은 오히려 그 때문이오. 연나라, 그대들의 연나라에 빚을 갚고 싶었소. 나 하나 때문에 그대들이 당해야 하는 오욕과 수치를 갚아내야 했소. 그러지 못하고선 죽을 자격이 없었소."

모용수의 굴곡 없는 음성이 담담히 이어졌다. 그러나 오히려 그 담담함이 그 안의 사무치는 후회와 괴로움을 더욱 아프게 드러내고 있었다.

"그대들에게 연나라를 돌려주리라 결심했소. 그것만을 생각하며 더욱 깊이 고개를 숙여 더욱 비굴하게 부견의 발을 핥았소."

"……"

"반드시 돌려드리겠소. 어떻게든 연나라를 재건해 돌려드리겠소. 그리고 그날이 오면 그때까지 붙여놓았던 이 비루한

232

목숨을 끊음으로써 사죄하리다.”

"……."

“나는 이제 요동으로 가오. 그 땅에서 초석을 다져 돌아오겠소. 여러분의 연나라를 다시 탄생시킬 기틀을 만들고 돌아오겠소. 그때까지 부디 살아주시오. 전진이 던져주는 더러운 오물을 엎드려 받아먹으며, 이번에야말로 그들에게 무릎을 꿇고 고개를 숙인 채 살아만 있어주시오. 전진의 병사가 되고, 전진의 농부가 되고, 전진의 아내가 되어서라도 살아주시오. 그렇게 살아만 있다가 마침내 연의 깃발이 오르는 날, 그날 모두 함께 만세를 부릅시다.”

"……."

“그 부탁을 드리러 왔소. 염치없는 이 매국노가 단 한 번의 부탁을 드리는 것이오.”

그 말을 끝으로 모용수는 더 버티지 못하고 제자리에 주저앉았다. 에워싼 유민들은 해가 떨어지도록 말없이 그를 지켜보았고 이내 찬 밤바람이 황무지를 얼려올 즈음 한 사내가 제 겉옷을 벗어 모용수의 등에 덮었다. 마음은 이어졌다. 다른 사내도 겉옷을 벗어 모용수의 어깨를 덮었고 다른 이는 그의 얼굴을 닦았으며 또 다른 이는 그를 부축하여 등에 업었다. 에워싼 유민들의 사이에 길이 열렸다. 하나둘씩 뒤로 물러서며 그를 위해 길을 트며 고개를 숙였다. 누구도 입을 열지도, 고개를 끄덕이지도 않았지만 그들은 하나같이 수긍하고 또 인정하고 있었다. 결코 용서할 수 없는 배신자, 나라를 팔아넘긴 매국노, 그러나 모용수는 틀림없는 그들의 영웅이었다.

찾는 이 하나 없는 황량한 땅에 깃발이 올랐다. 부관의 가죽을 벗겨 만든 깃발에는 연(燕)이라는 글자가 쓰여있었고 그 아래엔 다시 한번 연나라의 부흥을 꿈꾸는 이들이 모여 그들의 영웅을 배웅하고 있었다.

요동 정벌

백동은 태왕의 부름을 받아 서전(西殿)이라는 궐내의 생소한 장소로 향했다. 폐위된 옛 태왕 봉상왕이 밀정을 부리고 감독하기 위해 설치했다는 그 기관은 세월이 지나며 특별하고 은밀한 손님을 맞이하는 태왕의 개인적인 장소가 되어있었다. 백동은 자신이 그 특별한 자리에 초대되었다는 사실에 고개를 갸웃거리며 시종의 안내를 받아 깊은 방으로 들었다. 방에는 태왕 외에도 한 사람의 늙은 장수가 있었고 백동은 그를 알아볼 수 있었다. 우앙. 태왕이 왕자였을 적부터 그를 보좌해온 근신 중의 근신이었다.

"태왕 폐하의 부르심을 받고 왔사옵니다."

탁상에 아무렇게나 걸터앉아 있던 구부는 백동이 들어서자 턱짓으로 빈 의자를 가리켰다.

"편히 앉게."

이어서 구부는 백동을 물끄러미 바라보다 입을 열었다.

"우 장군은 내 오랜 벗이라네. 법을 만들고, 내정을 계획하고, 군략을 짜고, 나는 모든 국무를 우 장군과 의논해서 정하지. 바로 이 자리에서 말일세."

"귀하고 높기만 한 자리에 소신을 불러주시어 황송하옵니다."

백동이 태연히 답하자 구부는 껄껄 소리 내어 웃었다.

"귀하기는 하되 높은지는 모르겠군. 우 장군은 이 나라에서 가장 우직하고 고집이 센 사람이다. 이만큼 말이 안 통하는 사람도 드물지. 그래서 나는 새로운 생각이 떠오르면 꼭 우 장군에게 먼저 묻는다. 이런 모자란 친구마저 설득하고 이해시킨다면 그것은 틀림없이 올바른 생각이기 때문이야. 그래서 백 박사, 내 그대를 이 회의에 초청하고 싶은데. 어떤가? 앞으로 우리 셋이 고구려의 근간을 이루는 것이야."

갈수록 가관인 장난에 백동은 얼른 대답할 말을 찾지 못한 채 복잡한 얼굴로 구부를 바라보았다.

"소신이 그런 자격이 있을지……."

"누구보다 있어. 그대는 세상일이라곤 모조리 유학을 통해서만 보지 않는가. 제 생각이라고는 하나도 없이 아는 것은 그 고루한 학문뿐이니 충분한 자격이 있지. 게다가 그대는 한인들의 첩자로서 내 심중을 캐내려 혈안이 되어있는 사람이 아닌가. 내 그대에게 물으면 저 멀리 동진 친구들의 의견까지 구하는 셈이니 더욱 든든해."

"폐하."

236

"앞으로 날 편히 대하게. 할 말이 있거든 언제든 이곳으로 와."

그리 말한 구부는 손뼉을 두어 번 치며 주의를 환기시켰다.

"그대들은 경청하고 각기 생각하는 바가 있으면 기탄없이 말해. 내 세상 누구의 말도 듣지 않지만 그대들의 말에는 귀를 기울일 테니. 자, 나는 전진(秦)에 선전 포고를 할까 한다."

백동은 눈을 동그랗게 떴다. 근래 암암리에 들려오던 믿기 힘든 소문, 태왕은 그 비밀을 털어놓기 시작한 것이었다. 그는 온 신경을 집중하여 구부의 이야기를 들었다.

"원래는 몰래 가려고 했었어. 백제왕 부여구와 밀약을 맺고 함께 가려 했었으니까. 세상의 눈을 모조리 속인 멋들어진 계획이었는데. 안타깝게도 그가 죽어버렸으니 어쩌겠느냐. 홀로라도 가겠다는 것이야."

기겁할 만한 이야기가 연신 태왕의 입에서 흘러나왔다.

"알다시피 동진(晉)이 건방진 수작질을 부렸다. 전진과 고구려 두 나라를 제외한 천하의 세력을 규합했지. 남방 동맹이라고나 할까. 그러니 우매한 자들은 반대편 북방 동맹을 생각하며 고구려가 전진의 손을 꼭 붙잡아야 된다며 호들갑을 떠는 것이야. 그러나 내 생각은 달라. 오히려 그 덕에 고구려 혼자의 힘으로도 전진을 칠 기회가 생겼다. 백제와 손을 잡지 않고도 먼저 얼마간 이길 방법이 생겼어. 순서를 바꾸는 거지.

먼저 전진을 이긴 뒤에 백제와 화친할 것이야."

"폐하, 지금은 백제와 전쟁 중이 아니옵니까. 그들은 어찌하고……."

"서어산. 그 산이 붙들어 줄 것이니까."

우앙이 온전히 납득이 가지 않는 듯 무어라 더 물으려는데 태왕은 손을 내밀어 막고 제 이야기를 계속하였다.

"일단 들어. 동진은 큰 실수를 한 것이야. 여태껏 해온 그대로 쥐 죽은 듯 인고의 세월을 보냈더라면 전진은 훗날 언제고 한(漢)에 스며들어 동화되었을 텐데. 괜스레 전진과 고구려를 천하의 공적으로 몰아 대립의 판을 짰으니 이제 전면전은 피할 수 없는 일이 되었다."

"그러니 더욱 전진과."

"그래, 다들 그리 생각하겠지. 그런데 이런 생각 또한 해볼 수 있어. 고구려가 미친 척 등을 돌리면 말이다, 전진은 그야말로 고립되는 셈이야. 물론 고구려도 그렇겠지만. 자, 어쨌든 전진과 고구려가 대립했다 치자. 그러면 어느 쪽이 먼저 온 천하의 경계를 받을까?"

"당연히 더 강대한 전진이옵니다."

"그래. 기회만 엿보는 늑대들에게 전진이라는 호랑이를 쓰러트릴 수 있는 기회가 생긴 셈이니까. 하면 전진은 온 천하가 한마음으로 그들을 노리는데도 과연 요서를 때린 고구려와 길고 긴 전면전을 벌일까?"

백동은 이상한 눈으로 구부를 보았다. 그것은 우앙 또한 마찬가지였다.

"아마 그렇지 않겠사옵니까?"

"전진의 숙적이 어디더냐?"

"예?"

"너희들이 전진 황제 부견이라 생각해 보아라. 당장 국운을 건 전쟁을 해야 한다면 수년간 벼르고 별렀던 황하 이남의 기름진 동진을 치겠느냐? 아니면 생각도 않았던 고구려, 그것도 험준하고 황량한 산간 지방을 치겠느냐? 어디가 먼저이겠느냐?"

백동은 갑자기 말문이 막혔다.

"어차피 사방이 다 적이라면 가장 오랜 숙적부터 쳐야겠지. 전진에게 그 숙적이란 틀림없는 동진이다. 수년간 수없는 작전을 세우고 첩자를 보내고 탐문해 온 동진이야. 배신한 고구려가 아무리 얄밉고 미워도 부견은 동진을 먼저 친다. 하면 그 결과는 어떻게 될까. 백제의 도움을 받고 그 외에 오만 세력을 등에 업은 동진이 이길까? 수십만 군사를 가진 전진이 이길까?"

구부는 우앙과 백동의 침묵을 즐기는 듯 껄껄 웃었다.

"모를 일이야. 반반이다. 동진과 백제, 그리고 여타 세력이 함께하면 전진과의 승률은 오 할 남짓이야. 그러니 우리 고구려가 이 판의 주인공이 되었다. 고구려가 전진을 때리면 전진이 죽고 전진을 도우면 동진이 죽는다. 이런 판을 깔아줬는데 전진의 바짓가랑이를 잡고 놓지 말라는 게 말이나 되는 소리더냐? 백제랑 지리멸렬한 싸움질이나 벌이고 있으라는 게 말이나 되는 소리더냐?"

확신에 찬 목소리가 이어졌다.

"아슬아슬하게 반반 싸움으로 내줄 것이다. 둘 모두 궤멸적인 타격을 입게 만들 것이야. 먼저 전진의 땅을 좀 가져야겠다. 동진의 그 잘난 동맹도 깨트려야겠어. 신나지 않으냐? 저기 탁상에 쪼그려 앉아 이이제이(以夷制夷)라는 오만하고 멍청한 술책이나 생각하는 자들의 고루한 머리로는 고구려가 전진에게 등을 돌릴 것이라는 간단한 생각을 도무지 할 수 없었을 것이야."

"그, 그런."

"웃기는 일이다. 남방, 북방 동맹? 안 해. 우리 고구려는 안 한다. 세상을 책으로만 배우니 그따위 멍청한 놀음이나 하고 있지."

한바탕 신나게 비난한 구부는 이윽고 웃음기를 조금씩 지워가며 말을 이었다.

"동진은 전진에게 신종(臣從)해야 했다. 여태껏 흉노에게 몇 번이나 그래왔듯 황실의 공주들을 첩으로 바치고 동남동녀를 뽑아 노예로 보내고 공물을 상납하며 납작 엎드려 때를 기다려야 했어. 하면 전진의 저족은 흉노가 항상 그랬듯 제 스스로 무너지며 한족에게 자연히 흡수될 것이었다. 공자라는 자가 벌여놓은 그 위대한 사기를 믿고 기다려야 했어. 그것이 그들의 단 하나뿐인 특기니까."

"사, 사기라니요. 폐하, 공자는 성인이옵니다!"

더듬으며 튀어나온 백동의 외침에 구부는 잠시간의 침묵 끝에 침을 튀기며 웃었다. 얼굴이 발개지도록 껄껄 웃던 구부는 백동의 어깨를 잡고 숨을 고르며 말했다.

"그래, 네 말이 맞다. 성인이지. 역사상 그만치 대단한 일을 벌여놓은 인물도 없었을 테니. 헌데 안타깝게도 그의 후예가 한참 미치지 못하는구나."

"그런……."

"여하간 그런 이유로 고구려는 전진을 때려야 하는 것이야. 자, 내 이야기는 여기까지다. 할 말이 있는 자는 기탄없이 말하라."

자리에서는 한동안 말이 없었다. 태왕의 첫마디에 가졌던 만 가지 의문은 이어진 몇 마디에 이미 모두 해결되어 있었다. 틀린 말이라고는 하나도 없었다. 백동은 얼굴을 벌겋게 물들인 채 고개를 푹 숙이고 있었고 우앙은 고개를 갸웃거리며 몇 번이나 구부의 말을 되새겨 생각과 생각을 거듭하고 있었다. 마침내 입을 연 것은 백동이었다.

"그렇더라도 승산은 있겠사옵니까? 그 전진을 상대로."

"한 번의 전장만 이기면 되니까."

"예?"

"한 번만 이길 생각이다. 그 소문이면 족해. 뜻밖의 패배에 놀란 전진이 조바심에 사로잡힌 채 동진과의 전쟁을 결단할 수 있는 소문 하나. 고구려의 백성과 신하가 정말로 해낼 수 있다는 자신감을 얻을 수 있는 소문 하나. 백제의 부여수가 우리 고구려를 믿고 화친해 줄 수 있는 소문 하나. 그뿐이다. 그 모든 조건은 고구려가 전진을 상대로 얻어낸 단 한 번의 깨끗한 승리면 족해."

"아……."

"그 소문 하나면 전진은 등 떠밀린 채 동진과의 전쟁을 서두를 것이다. 백제는 내가 제안했던 서벌의 가능성을 볼 것이야. 판도가 바뀌는 셈이지. 이후 고구려와 백제가 화친하여 빈 요서로 나아가면 전진의 천하통일은 요원해지고 동진은 기나긴 전쟁에 시달린다. 그 틈새에서 고구려와 백제는 모든 이득을 차지하고 대제국으로 발돋움할 것이야."

백동의 얼굴색이 시시때때로 변해가는 것을 즐기듯 바라보던 구부는 쐐기를 박듯 한마디를 이었다.

"어떠냐, 그대의 생각은? 그 단 한 번의 승리, 내가 못 이룰 것 같으냐?"

그 편안한 말투가 마치 천둥처럼 백동의 귀를 때렸다. 두려움이란 본래 미지로부터 비롯되는 것이었고 구부의 뜻과 행동은 항상 범인이 짐작할 수 없는 미지에 있었다. 백동은 입술을 떨며 잠시 구부를 보았다가 감히 눈길을 마주치지 못하고 풀썩 고개를 떨어트렸다.

"이루실 것이옵니다."

이후로 한참이나 오가는 말이 없었다. 백동은 고개를 들지 못했고 우앙은 여전히 구부의 말을 되새기며 열심히 생각만 정리하고 있었다. 그렇게 침묵만이 계속되니 곧 자리가 파했다. 엉거주춤 일어선 백동은 인사를 올리는 둥 마는 둥 황급히 방을 나서 어디론가 발걸음을 옮겼고 우앙은 고개를 갸웃거리며 느릿느릿 문을 나섰다. 그렇게 우앙이 막 떠나가려는 찰나 아직 자리에서 일어나지 않은 채 턱을 괴고 있던 구부가 그를 불렀다.

"우앙."

"예, 폐하."

"할 이야기가 남았다. 들어다오."

"말씀하소서."

"양위할 생각이다, 이번 전쟁이 끝나거든."

"예?"

양위라니. 우앙은 대경실색하여 번쩍 고개를 들었다. 그러나 정작 구부는 별다른 표정의 변화 없이 여전히 턱을 괸 채 남의 이야기라도 하듯 심드렁한 말투로 제 할 말을 이어갔다.

"왕위에 오르는 순간부터 생각했던 것이야. 나는 태왕의 자리에 어울리지 않아. 고구려는 필연적으로 전쟁을 안고 사는 나라고 태왕은 군사의 구심점이어야 해. 그건 내가 아니다. 이런이야."

"아니, 폐하께서는 충분히 군사의 가운데에……."

"온 군사와 생사고락을 함께 나누며 그들의 감정 한가운데에 서는 자가 내일의 고구려에 필요한 태왕이다. 나는 뛰어난 정치가에 책략가일지는 모르나 태왕의 재목은 아니야."

"왜 그런 말씀을 하십니까? 폐하, 폐하께서는 누구도 따라올 수 없는 많은 업적을 남기셨습니다."

"그래, 위민(爲民). 선왕께서도 그랬고 나 또한 그 유지를 이어받았지. 무엇보다도 백성을 가르치고 그들의 삶을 보살피는 것을 우선으로 했다. 전쟁은 될 수 있는 한 피했고 꼭 해야만 했을 때도 최소한의 피해만을 추구했다. 꽤 잘했어. 그 덕에 지금 고구려는 제법 살 만한 나라가 되었고."

"헌데 어째서 양위를 말씀하십니까."

"고구려라는 나라의 운명은 결국 전쟁으로 귀결될 것이니까."

"폐하께서는 하물며 전쟁에서도 진 적이 없사옵니다."

"그랬지. 나는 진 적이 없어. 그러나 그 모든 승리는 고구려의 것이 아니야. 내 개인의 책략에 의한 나 혼자만의 승리였어. 적장을 속이고 혼란에 빠트려 얻어낸 나의 성과다. 이것이 얼마나 더 통할까? 좋은 예가 있지. 옛적 최비와 조부님의 낙랑대전. 조부님은 스스로 최비의 책략에 미치지 못함을 인정하고 정직한 군사의 대결을 유도해서 승리했다. 지금의 고구려가 백제를 상대로, 동진을 상대로, 전진을 상대로 그런 전쟁을 하면 어떨까? 한마음 한뜻으로 고구려의 타도를 외치며 오는 군대를 상대로 내가 무슨 책략을 써서 이길 수 있겠나?"

"그것은⋯⋯."

"옛 고구려에는 창조리가 있었고 여노가 있었으며 아불화도가 있었다. 용맹한 군사 수만이 있었지. 조부님은 자식들을 위해 목숨을 바치자며 온 나라를 전장으로 이끌었고 그 군대에는 맞설 적이 없었다. 우연히 일어난 일이 아니야. 조부님의 열의와 격정에 온 나라가 매료된 것이야. 오로지 주군만을 생각하는 책사, 분골쇄신하는 명장, 사기가 끓어넘치는 군사, 이 모두는 고을불이라는 일대의 영웅이 있었기에 태어난 것이다."

"⋯⋯그것은."

"나는 어떠하냐? 내 주위에 나를 돕는 이가 얼마나 있느냐? 태왕께서 생각이 있으시겠지, 태왕이 해주겠지, 태왕을 믿으면 되겠지. 모두 나를 의지할 뿐이다. 안타깝게도 그 탓에 인물이 태어나지 않는 것이다. 당장 생각해 보아라. 지금의 고구려에 이름난 인물이 누가 있는가를. 물론 명장 중의 명장인 네가 있지만 그건 너와 나만의 비밀이지."

"놀리지 마소서."

구부는 우앙을 보며 피식 웃었다.

"내 역할은 여기까지야. 왕에게 필요한 것은 재능이 아니다. 왕은 무예가 뛰어날 필요도 지략이 뛰어날 필요도 없어. 그런 것은 다른 자들이 충분히 대신해 줄 수 있다. 단 하나, 나라 전체의 중지(衆智)를 하나로 모아 그것을 정직하게 밀고 나가는 것, 그것만이 왕에게 필요한 소양이야. 온 나라의 꿈을 왕이라는 개인이 대표하는 셈이지. 그러면 제 꿈을 저당 잡힌 많은 이들이 알아서 힘을 모아주는 것이야."

"……."

"우앙, 나의 꿈은 전쟁이 아니다. 고구려라는 나라와 맞지 않아. 더군다나 나는 대중의 목소리를 듣고 싶지도 않다. 공론(公論)이라는 투박하고 귀찮은 담론에 얽히고 싶지 않아. 대중이란 눈앞의 일만 보는 짧은 식견, 선동당한 가짜 신념, 순간순간의 감정, 그런 것들로 점철될 수밖에 없는 존재이고 왕이란 그런 대중을 진정으로 이해하고 포용하여 함께 걸어가는 그릇이다. 나는 대중과 함께 걸을 수 없어. 내 싸움은 보이지 않는 곳에 있으니까. 수백, 수천 년 후에야 드러날 싸움, 나외에는 아무도 볼 수 없는 싸움. 거기에 내 자리가 있어."

"……."

"왕으로서는 실격이지. 해서 양위하려는 것이다. 이련은 아주 잘 해낼 것이야."

말을 멈춘 구부는 물끄러미 우앙을 바라보았고 더 반대할 말을 찾지 못한 채 주름진 이마만 찌푸리며 이야기를 듣던 우앙은 솔직한 마음을 중얼거렸다.

"폐하, 말씀은 그럴듯하오나 어째 억지로 피하는 것 같습니다."

구부는 짧게 웃었다.

"하하. 그렇게 보이나?"

"온 나라가 폐하를 사랑하며 폐하께서 이루신 공적을 숭배하고 있사옵니다. 설령 폐하의 말씀이 모두 사실이더라도 그 양위를 지지할 사람이 없을 것입니다. 양위하더라도 나라가 왕제 전하를 따르지 않고 폐하만을 기억하며 그리워할 것입니다."

"아니, 지지하게 될 거야."

"어떻게 말씀입니까?"

"서어산. 나는 온 고구려의 아들들을 적진 한가운데 던졌으니까. 그리고 그들을 또다시 버리고 요하로 가니까. 성난 백제의 방패막이로 또다시 내던져 두었다. 그들의 안위 따위 안중에도 없어."

"……."

"일이 끝나면 그 사실을 모두 밝힐 것이다. 내가 그들을 내동댕이친 사실을 만천하에 공표할 거야. 그리고 그들을 괴롭힌 백제와 화친할 것이다. 그리하면 오직 실리만을 택해온 나에 대한 반감이 나라에 퍼진다. 신하를, 백성을 아낄 줄 모르는 태왕. 사람을 도구로만 여기는 냉혈한."

"……."

"나는 여태껏 무조건적인 숭배만 받아왔으니 그 반감이 더 강할 것이다. 애정으로 둔갑해 있던 시기와 질투가, 존경으로 둔갑해 있던 두려움과 불안이 나라에 만연할 것이야."

"그럴 리가 없사옵니다."

"그게 백성이고 그게 사람이다. 항상 영웅을 찾지만 막상 영웅을 보면 마음 한구석이 불편하지. 실리만을 추구하는 내 비인간적인 모습은 그들의 미움에 좋은 구실이 될 것이다. 사랑받은 만큼 미움은 빠르게 번질 테고 그들은 나를 대신할 새로운 영웅을 찾게 되겠지."

"……."

"결국 그들의 사랑은 이련에게로 간다. 그는 그 군사, 내가 내던진 군사의 수장이니까. 내가 버린 목숨들을 몸소 살려오는 셈이니까. 지금 서어산에는 지옥이 열려있고 그 지옥을 넘어온 장수와 군사란 하나하나가 모두 영웅이 된다. 앞으로의 고구려에 꼭 필요한 주역들. 그리고 이련은 그들의 수장이다."

"……."

"그 바탕에서 즉위하는 것이지. 미움은 전대 태왕이 모두 짊어지고 사랑은 새 태왕이 모두 받는다. 한편 고구려는 전진을 꺾고 백제와 화친해 있을 것이다. 탄탄한 바탕 위에 새로운 태왕이 태어나는 거야. 나라의 위상은 드높고 전쟁의 영웅인 태왕은 온 나라의 중심이 되어있어. 그야말로 새 출발, 그게 고구려의 새 시대가 되는 것이다."

"아……."

"어때, 끝까지 좋은 왕이지?"

항상 대화의 말미가 그래왔듯 우앙은 아무 말도 없이 구부를 잠자코 바라보기만 했다. 때때로 지나치게 오만하고 때때로 지나치게 독선적인 구부의 모습이란 사실 결벽하기까지 한 솔직함과 선량함 탓이라는 것은 이미 수십 년 세월을 통해 잘 알고 있는 그였다. 지금 구부의 기나긴 토로 뒤에 숨어있는 것은 고구려에 대한 애정의 극치였고 그럼에도 그가 양위를 말한다면 분명 합당한 이유가 있는 탓이리라. 더 반대할 수는 없었다. 오히려 묘한 감동이 잔잔히 이는 것을 느끼며 그는 미미하게 고개를 끄덕였다.

"예, 폐하."

그리고 구부는 그런 우앙을 보며 빙긋 웃었다. 불과 스물도 되지 않았을 때부터 다 늙어버린 지금까지 평생 한결같은 모습으로 있어준, 함께 온 천하를 방랑하고 주유하며 온갖 장난을 다 받아주면서도 한 번 화내거나 토라진 적 없는, 비록 잘난 데라고는 찾아볼 수가 없지만 하나밖에 없는 진정한 벗이었다. 구부는 의자에서 일어나 그를 힘껏 껴안았다.

"고마웠다. 이번이 나와 그대의 마지막 전장이야."

"폐하."

"앞으로는 즐거운 일만 남은 셈이지. 양위하거든 궁성을 떠날 생각이다. 방랑하며 내 뜻을 온 세상의 백성에 전할 것이야. 법전도 새로이 편찬하고 사서도 만들어 볼 생각이다. 농사법도 연구해 보고, 그래, 지도도 만들어 볼까. 그리고 음……. 실은, 혼인할 생각이 있는데. 아마 그대가 증인이 되어줄 수도 있겠지."

구부는 슬쩍 지나가듯 말을 꺼냈으나 정작 우앙은 안다는 듯 고개를 끄덕였다.

"아, 예, 폐하. 그 스님."

휘둥그레진 눈으로 구부가 물었다.

"그대가 어찌 알아?"

"온 고구려 백성이 다 아는 이야기이옵니다. 소신이 모를 리가 있겠습니까?"

"무어? 누가 그런 해괴한 소문을 퍼트렸어?"

"해괴하다니요. 사실이 아닙니까? 궁성 안에다 비구니를 납치해 놓고 사찰까지 차려주셨는데 누가 모르겠습니까?"

"납치?"

"예."

"하! 하긴 그도 그렇군. 하하."

우앙도 구부의 시원한 웃음을 따라 웃었다. 사실 그 또한 구부가 왕위에 어울리지 않는 인물임은 진즉에 알고 있었다. 그토록 전통을 싫어하고 자유를 사랑하는 인물이, 태자 시절에도 머무르지 않았던 갑갑한 궁성에 왕으로서 갇혀 살아감은 틀림없는 고역이었으리라. 우앙은 진심을 담아 구부를 축하했다.

"그래도 그 유랑, 소장은 안 따를 것이옵니다. 이제 시종을 하기에는 관등이 너무 높습니다."

"그럼 신혼을 따라올 생각이었나?"

"헌데 불자(佛子) 아닙니까. 혼인은 승낙하겠다고 하더이까?"

구부는 문득 단청의 사찰이 위치한 남쪽을 바라보며 그녀를 그리기라도 하듯 평생 보인 가장 편안한 웃음을 지었다.

"그래. 머리를 기르기 시작했더군."

이튿날, 구부는 정식으로 전진을 향한 선전포고를 내었다. 이미 그간 각지로 전해진 밀명에 따라 평양성으로는 각지의 병사들이 속속들이 결집해 있었다. 정벌군으로 편제된 군사는 이만. 그것도 장거리 원정에 따른 물자나 각종 자재를 수송하는 인력을 제하면 실제의 전투병은 고작 일만이 조금 넘는 수준이었다. 전진이라는 거대한 나라로의 정벌군이라기에는 초라한 숫자였다. 그러나 장졸들은 군사의 규모를 보며 고개를 내젓다가도 그들의 태왕을 생각하며 마음을 다잡았다. 틀림없이 모종의 기적이 또 일어나리라는 굳은 믿음이 있었다.

진군을 앞두고 사열을 시작했다. 두 번째 있는 태왕의 친정. 지난번과 다른 점은 태왕 구부가 가마가 아닌 군마에 당당히 올라 있다는 것이었으며 장수들과 병사들은 그 모습에 더욱 구부를 우러르며 조금이라도 더 눈에 담아두고자 그에게서 눈을 떼지 않았다. 그렇게 근처 온 장졸의 눈길을 한 몸에 받자 구부는 마치 그들의 인사에 화답하듯 한 손을 높이 들어 흔들다가, 이내 있는 힘껏 휘둘러 제가 탄 말의 뒤통수를 후려쳤다. 장졸들이 입을 떡 벌린 가운데 말은 푸륵거리며 모가지를 흔들어 댔고 구부는 실망한 듯 입맛을 다셨다.

"이건 아닌가."

이어서 구부는 말을 간질이다가, 손가락으로 찌르기도 하다, 붉은 천을 들어 말의 눈앞에 휘둘러 보다가, 종내는 부하를 시켜 가져온 특별히 고약한 냄새가 나는 인분(人糞)을 말의 코에 바르기도, 쓰디쓴 약재를 입에 넣기도 하였다. 그러나 태왕을 위해 특별히 훈련된 말은 그의 온갖 괴롭힘에도 별 반응 없이 앞으로 걷기만 할 뿐이었고 구부는 그럴 때마다 한숨을 쉬었다.

"폐하, 옛적 그리 소를 괴롭히시더니 이제는 말을⋯⋯."

말 머리를 나란히 하던 우앙이 더 크게 한숨을 쉬며 구부에게 핀잔을 주었다.

"어쨌거나 무슨 짓을 하시더라도 귀를 때리시면 아니 되옵니다. 말이라는 놈은 귀가 아주 예민해서."

순간 우앙은 입을 떡 벌렸다. 구부가 말의 귀를 있는 힘껏 잡아당기고는 거기다 대고 고함을 친 탓이었다. 무슨 짓을 해도 못 들은 척 걷기만 하던 말은 성난 울음과 함께 앞다리와 뒷다리를 번갈아 튕겨대며 사납게 날뛰었다. 병졸 열댓 명이 들러붙어 겨우 말을 진정시킬 때까지 구부가 낙마하지 않은 것은 기적에 가까운 일이었다. 이윽고 먼지를 잔뜩 뒤집어쓴 채 말에서 내린 구부는 씩 웃으며 우앙의 등을 두들겼다.

"정말 그렇군."

"무엇이 그렇단 말입니까? 정말로 위험하셨사옵니다. 장난이 지나치시옵니다."

"부처가 나를 보호했다는 말이야. 내 실은 어젯밤 꿈에 부처를 보았으니까."

"예?"

"정말로 부처가 나를 지켜주는지 시험해 본 것이다."

곧 구부는 그 기괴한 광경을 지켜보며 얼이 빠진 장졸들을 향해 고개를 돌렸다. 그러고는 당당한 목소리로 소리 높여 선언했다.

"내 어제 부처의 꿈을 꾸었다. 과연 부처가 신통하여 이 말 탈 줄 모르는 왕마저 무탈하게 보살피는구나. 내 평소 도참(圖讖)이나 신령(神靈) 따위를 믿지 않았으나 부처란 도무지 믿지 않을 수가 없다. 하여! 나는 이번 출병을 불법(佛法)과 함께하고자 한다. 승려를 종군케 하여 염불을 외고 목탁을 치게 하라! 부처가 우리 군사를 보살피게 하리라!"

불법이 아무리 고구려 전역에 퍼지고 있다고는 하지만 병사(兵事)에 언급될 일은 아니었다. 그러나 이 엉뚱한 태왕은 언제나와 같이 일체의 진언을 듣지 않고 정말로 종군할 승려를 급히 모집하게 했으니 이불란사의 아도는 수십의 승려를 보내왔다. 살계(殺戒)를 제일의 계율로 여기는 승려들을 종군시키는 것도 모자라 말에 태운 태왕은 그제야 수일의 지체를 끝내고 진군을 시작했다.

"가자. 전진이 과연 얼마나 대단한지 한번 멋들어지게 싸워 보자꾸나."

승려를 앞세운 이만 군사가 서쪽을 향해 걸음을 옮겼다. 고구부 즉위 6년의 가을. 아직 백제와의 싸움이 끝나지도 않은 고구려는 그들의 우방이자 당대 제일의 강국인 전진을 향해 창칼을 세웠고 그 얼토당토않은 소문은 천하를 진동시켰다. 소문을 접한 천하 대다수는 그 멍청한 행보를 비웃었지만 극소수의 식자는 놀란 나머지 제자리에 주저앉았다. 그 이해할 수 없는 행보의 연장선에 무슨 일이 일어날지 일이 닥친 그제야 생각이 미친 까닭이었다.

'전진이 움직인다.'

고구려가 깨워버린 호랑이는 미쳐 날뛸 것이었고 그 호랑이가 물어뜯을 것은 필시 고구려의 살이 아니었다. 대륙은 전쟁으로 휩싸일 것이었고 길고 긴 전화에 불타오를 것은 동진의 땅이었다. 상상조차 할 수 없었던 엉망진창의 형국, 그 뒤에 있는 고구부라는 이름 석 자는 차츰 식자들의 입을 오가며 경외의 대상이 되기 시작했다.

두 전쟁

서어산.

해가 저물어 어둠이 깔리는 중에도 두 군사의 전투는 끝나지 않고 있었다. 악귀처럼 날뛰는 고구려군은 한번 잡은 승기를 끝까지 놓아주지 않았고 막고해는 후퇴하는 와중에도 필사적으로 대열을 유지하며 하나라도 많은 군사를 살리고자 사력을 다했다. 전황은 명백하게 고구려군으로 기울어 있었다. 고구려군은 이미 백제군의 군영을 짓밟고 넘어선 지 오래였고 이련은 이제 선택의 기로에 놓여있었다. 회군. 그쯤이면 서어산의 온 군사를 데리고 고구려로 회군을 시작해도 안전하리라는 생각과 하나라도 더 많은 백제군을 베어 넘기리라는 욕심 가운데서 갈등하고 있었다.

그리고 부여수의 원군이 전장에 닿은 것이 그쯤이었다. 사방이 어둑한 가운데도 그들이 일으키는 흙먼지는 양 군사의 눈에 똑똑히 보였고 그것은 여태 결단을 내리지 못하고 전장을 누비던 이련의 눈에도 마찬가지였다. 온몸에 피를 뒤집어쓴 채 몇 개째인지 모를 적장의 목을 또다시 따내던 그는 그리로 눈길을 돌렸다. 흙먼지 사이로 드러난 깃발, 익숙한 깃발을 발견한 순간 그는 그간의 갈등을 잊은 채 창 자루를 부서져라 움켜쥐며 소리 높여 고함쳤다.

"부여수!"

그는 몰려드는 적의 대군을 향해 말 머리를 돌렸다. 고구려 장졸 또한 즉시 그의 뒤를 따랐다. 이련을 꼭짓점으로 하는 고구려 기병들이 부여수의 군사를 향해 삼각형을 이룬 채 달리기 시작했다. 말 탄 기병이 있는 힘껏 서로 마주 달리니 거리는 순식간에 좁혀지고 선두의 이련은 백제군이 질러오는 열댓 자루의 창을 마주해 있는 힘껏 제 창을 휘둘렀다. 땅을 부수듯 명마의 네 다리가 바닥을 박차고 이련의 등짝과 오른팔이 그 힘을 고스란히 던졌다. 순간 하나가 열을 부수었다. 열댓 자루의 창이 한순간에 부러지거나 튕겨져 날았고 경악을 얼굴 가득 떠올린 백제 병사들은 이어진 이련의 창날 아래 죽음을 실감조차 못 한 채 쓰러졌다. 백제군의 대열이 삼시간에 붕괴되는 가운데 이련의 고함이 터져 나왔다.

"죽을 곳을 찾아왔는가! 부여수! 숨으라! 결코 내 눈에 띄지 말라!"

몇 번이나 그랬듯 그 한 번의 격돌로 또 한 번 양군의 기세가 결정되었다. 이련이 날뛰며 지나는 곳마다 백제군은 혼란에 빠졌고 이련의 뒤를 따르는 흑색 깃발의 장수들은 마치 풀을 베고 뿌리를 캐듯 우왕좌왕하는 백제군의 몸뚱이를 도륙했다. 제 무예를 믿어서, 혹은 공적을 탐내서 이련을 막아서는 백제 장수가 몇 있었으나 그마저도 몇 번 창칼을 겨루지 못하고 모조리 목숨을 잃으니 어느 순간 백제군은 달려가던 걸음마저 멈추고 있었다.

"다섯 해 전보다 더 심하다. 흉내조차 내기 힘든 난폭함이로군."

멀리 중군에서 달리던 부여수도 말을 멈추고 있었다. 좀처럼 표정 변화가 없는 그의 얼굴도 그 압도적인 광경에는 굳어져 있었다.

"저게 이미 한나절을 날뛴 자라는 말입니까. 대체 옛적에는 어떻게 저자를 잡았던 것이옵니까? 대호(大虎) 백 마리를 풀어도 저런 꼴이 나지는 않을 것 같사옵니다."

뒤따르던 부장이 물었다. 그 역시 백전을 겪은 노련한 장수였으나 처음 목격하는 가공할 무력에는 질려버린 듯 고개를 저었다. 근처의 장수들 사이에서도 침묵이 이어지는 가운데 조금 더 이련을 지켜보던 부여수는 곧 낮은 목소리를 천천히 내어 답했다.

"호랑이라, 맞는 말이기는 하다만."

부여수는 곧이어 제 창을 들어 이련이 있는 방향을 가리키며 큰 소리로 명했다.

"갈라서라!"

뒤늦게 그의 뜻을 알아차린 장수들이 놀라 그를 말리려 했지만 이미 사방의 군사들은 그의 목소리를 뚜렷이 들은 뒤였다. 그것은 분명한 결투의 뜻이었다. 얽히고 얽힌 난전 중에도 수없는 전장을 함께 겪어온 백제의 군사들은 부여수의 명을 충실히 이행했다. 빡빡한 대열을 밀어가며 틈새를 만들어 주었고 그것을 눈치챈 고구려 군사들도 휘두르던 창칼을 멈추기 시작했다. 창칼 부딪치는 소리가 점차 잦아가고 머잖아 완전히 싸움을 멈춘 군사들 사이에는 부여수와 이련을 위한 공간이 마련되었다. 마음껏 날뛰어도 될 만한 제법 널따란 터가 생겨났고 그 적막과 긴장으로 가득 찬 공간의 끄트머리에는 부여수와 이련이 서로를 노려보며 마주 섰다.

"전하, 굳이 이렇게까지 하실 이유가 있습니까?"

"물러서라."

부장은 못내 내키지 않는 걸음이었으나 순순히 물러났다. 다만 부여수 본인이 최고의 무인이라는 자부심에 이은 호승심이 아님을 알고 있는 까닭이었다. 부여구라는 희대의 영웅을 잃은 백제에게는 이제 새로운 영웅이 필요했고 부여구의 자리를 이어받은 부여수는 스스로를 증명해야 했다. 인간적 매력으로 나라를 휘어잡은 부여구와 달리 그는 세워온 군공으로 인정받는 인물이었으며 그렇기에 적의 수장이 던져오는 도전을 피할 수 없는 것이었다.

"오라."

백마에 오른 부여수는 비스듬히 창을 늘어뜨린 채 이련을 손짓해 불렀고 몇 번 숨을 고른 이련은 곧 말을 박차며 바람처럼 달렸다. 곧이어 두 군사의 수장이 격돌했다. 대조적인 모습이었다. 일격에 적을 쓰러트리겠다는 듯 쇠뭉치같이 묵직한 공격만을 가해오는 이련과 그 힘에 밀리면서도 침착히 막고 흘리며 적의 약점을 노리는 부여수의 모습은 그 자체로 각기 두 나라 무예의 정석과도 같은 광경이었다. 가득 이는 흙먼지 속에 마치 광기 어린 춤이라도 추듯 얽혀들기를 수십 차례, 금방이라도 사달이 날 것만 같은 흉흉한 싸움은 쉬이 결판이 나지 않은 채 이어졌다.

"고운, 왜 저런 이상한 짓을 하는 걸까? 명색이 백제왕인데."

고운은 어느새 곁에 다가온 종득의 중얼거림에 고개를 끄덕였다.

"이해할 수 없는 일이지. 굳이 저렇게 싸워줄 이유가 없는데."

그러나 종득은 고운을 이상한 얼굴로 쳐다보며 고개를 저었다.

"아니, 그 말이 아니고. 백제왕씩이나 되어서 저런 비겁한

짓을 하는 이유가 무얼까 해서."

"비겁하다고?"

"모르나? 자네 머리는 비상하지만 무예는 잘 모르는구먼."

"음?"

"수준 있는 무장끼리의 싸움은 사실 길어지지 않아. 민담에
나 있는 서른 합, 마흔 합, 이런 이야기는 다 뜬소문일세. 서로
저 정도의 무예라면 벌써 결판이 났어야지."

"그런데?"

"백제왕은 처음부터 이길 자신이 없는 거야. 들고 있는 것이
단창(短槍)이지 않나. 휘두르기 수월한 대신 마상 전투에서
상대를 찌르기에는 너무 짧아. 공격할 방도가 없지. 애초에 버
티기만 하려고 나온 셈이야."

"무어? 왜?"

"자네가 모르는데 낸들 아나. 어쨌든 저 백중세는 사기일세.
백제왕도 대단하기는 하지만 왕제 전하의 무예가 한두 수는
위야. 엥이, 저리 싸울 거라면 왜 싸워? 아예 방패라도 들지."

"그러면."

"쉿."

고운이 고개를 갸웃거리며 다시 무언가를 물으려는 순간 종
득은 입에 손을 가져다 대었다. 싸움에 변화가 생긴 탓이었다.
뒤로 살짝 말을 물린 이련은 갑자기 제 창을 바닥에 내팽개치

고는 허리춤의 칼을 꺼내 들었다. 종득의 말 그대로였다. 짧은 창에 온갖 공격이 막혀 통하지 않으니 아예 칼을 꺼내 든 것이었다. 칼을 든 이련은 다시 공격을 시작하는 대신 부여수를 노려보았다. 그것은 부여수에게도 무기를 바꿀 시간을 주겠다는 자존심의 발로였다. 그러나 부여수는 그런 이련의 눈길을 묵묵히 마주하다가 무기를 드는 대신 이내 말을 돌려버렸다.

"?"

패배를 인정하는 것이나 마찬가지였다. 그러나 그 모양새가 이상했다. 부여수는 분명 패퇴하고 있었으나 급히 몸을 피하는 대신 당당하고 느리게 물러서고 있었으며 그 새삼스러운 모습에 이련 역시 얼른 쫓아가 그의 등을 베는 대신 멈춰서 뜸을 들이고 있었다. 그 이상한 시간이 길어졌다.

"아."

계속되는 이상한 적막 가운데서 짤막한 신음이 있었고 그것은 잠시의 시간을 둔 뒤 곧 비명과도 같은 고함으로 바뀌었다. 종득과 함께 싸움을 지켜보던 고운이었다. 모두가 멍한 가운데 혼자 아연실색한 그는 목청이 찢어져라 고함을 치며 제 칼을 뽑아 들었다.

"이 비열한 놈들이!"

상황을 알지 못한 모든 이의 눈이 고운에게 쏠렸다가 이내 주위를 살폈다. 별다른 것을 찾지 못해 서로만 한 번씩 쳐다보던 그들의 귀에 고운의 고함이 다시 이어졌다.

"전하! 당장 베십시오! 아니, 물러나! 전하! 물러나십시오!"

"……?"

"함정입니다! 완전히 포위되었습니다!"

그러고서도 이해하지 못해 잠시 고개를 갸웃거리던 이들이 이내 경악하여 입을 벌렸다. 애초에 꼭짓점을 만들어 적의 대군 안으로 파고들어온 고구려 기병들이었다. 돌격을 멈추고 두 수장의 일전을 관전하는 사이 그들은 완전히 적의 대군 안에 둘러싸인 형국이 된 것이었다. 조금이라도 똑똑히 구경하려 발돋움을 하며 뭉쳐든 양군의 군사들은 이제 촘촘한 포위망과 한데 뭉친 먹잇감이 되어있었고 그 빡빡한 대열 속에는 말 한 마리 움직일 공간조차 없었다. 함정을 판 적이 없었으나 그것은 명백한 함정이었고 고구려군은 이미 거기 빠져있었다.

"그 칼, 명검 여려가 아닌가. 공평하지 않아. 내 다음에 좋은 무기를 구하거든 다시 겨루지. 그럼 멈추었던 싸움을 다시."

부여수는 나지막하게 등 뒤를 향해 한마디를 던지고는 한쪽 손을 들었다. 이내 비워두었던 틈사이로 다시 백제의 군사들이 들어차기 시작했다.

"비열한 놈!"

그것은 정말로 비열한 수였다. 속사정을 모르는 이들이 보자면 부여수는 패퇴한 것이 아닌 셈이었으며 함정을 판 것도 아닌 셈이었다. 비긴 싸움 끝에 잠시 멈추었던 전투를 다시 시작한 것뿐이었다. 그렇게 터무니없이 불리하게 역전된 싸움이 다시 시작되었다. 관전하는 사이 고구려군은 이미 지쳐있었다. 광기가 사라지자 한나절 흘려온 땀은 한기가 되어 몸을 떨게 하였고 긴장되었던 근육은 풀려 느슨해졌다. 처지를 깨달은 고구려군은 혼란에 빠졌다.

"빨리도 깨닫는군. 싸움을 시작한 순간 전장은 끝나 있었다."

부여수는 슬그머니 입가를 비틀었다. 백제군의 함성이, 고구려군의 비명이 이어졌다. 퇴로 하나 없이 포위된 사방에서 창이 들어왔고 고구려군은 속절없이 당할 수밖에 없었다.

"전하, 이리로!"

분노와 억울함으로 하얗게 질려 아무 말도 하지 못하는 이련의 앞으로 고운과 종득이 달려갔다. 이어 수백 명의 장졸이 억지로 틈을 비집고 이련을 에워쌌다. 제 몸에 구멍이 나고 칼집이 나는 것도 모른 채 목숨을 도외시한 그들은 몸으로 방패를 만들며 혈로를 뚫었다.

"반드시 전하를 구해내라!"

백제군의 포위는 두껍고 두꺼웠다. 긴 사투가 이어지고 이어졌다. 갇힌 군사의 태반이 쓰러지는 가운데 이련과 그의 장수들은 아주 조금씩 포위를 뚫어나갔고 다행이라면 해가 완전히 진 탓에 적에게 온전히 식별당하지 않은 것이 그나마 행운이었다. 이를 악물고 칼을 휘두르고 휘두르니 그 지옥의 한가운데에도 생로가 있기는 있었다.

결국 그들은 포위망을 벗어날 수 있었다. 아군의 피를 뒤집어쓴 채 바깥의 군진에 조우하여 겨우 한숨을 돌리고 보니 적진으로 뛰어들었던 장졸 중 살아나온 이가 열에 두셋에 지나지 않았다. 사기나 숫자로나 바깥의 군진에 남은 군사만으로는 결코 이어질 전투를 수행할 수 없었다.

"아, 모든 일이 물거품이로구나. 서두르라! 본진으로 돌아간다!"

고운이 망연자실한 이련을 대신해 남은 군사들을 추슬러 물렸다. 밤새도록 이어진 전선을 조금씩 물리며 분지로 간신히 들어서자 이미 해가 다시 오를 만큼의 시간이 흘러 있었다. 죽고 다친 병사들을 헤아려 보니 얼추 삼천이 넘어 전체 군사의 반절에 가까운 손해가 있었다. 숫자로는 백제군과 비슷한 손실이었으나 삼천이란 고구려에겐 반절이되 백제군에겐 육분지 일의 숫자였다. 게다가 고구려가 잃은 것은 가장 용맹한 장수들과 가장 정예한 병사들, 흙색 깃발의 장수들, 가장 앞서서 백제군으로 뛰어들었던 이들이었다. 이미 전쟁은 끝나 있는 것이나 마찬가지였다. 고구려군에게는 얼마나 더 버티는가의 문제만이 남아있었다.

"전면전으로는 전멸이 있을 뿐이다. 진지를 수비하는 데만 전력하라."

화병으로 막사에서 두문불출하는 이련을 대신해 임시로 지휘를 맡은 고운은 협로마다 온갖 함정과 진지를 만드는 데에 정성을 다하며 적의 진군을 막는 데에만 총력을 기울였다. 곧 확전의 소식을 전해 들은 평양에서 지원군이 오리라, 하는 믿음에 기인한 전술이었다. 날이 갈수록 사기는 떨어졌고 물자와 군사는 줄어갔지만 고운은 매일 군사를 독려하며 하루하루를 버텨나갔다.

전진의 요동성.

요동군공 원위광은 전진에서도 손가락에 꼽는 위세 높은 제후이자 쟁쟁한 군벌이었다. 그와 그의 휘하 장수들은 부견을 따라 산전수전을 다 겪은 노련한 인물들로 하나하나가 지금의 전진을 일궈낸 주역들이었다. 혁혁한 전공의 대가로 요동이라는 튼튼한 땅에 자리 잡은 그들은 다년간 징집과 훈련을 거듭하며 살집을 더욱 부풀려 건강하고 정예로운 대군을 키워내어 그 군사는 무려 팔만에 이르고 있었다. 그럼에도 부견은 그간의 크고 작은 전쟁에 그들을 호출하지 않았다. 그것은 그들이 결전의 결전을 위해 비축된 비장의 군세, 명실공히 전진 제일의 정예군으로 거듭난 강병 중의 강병인 까닭이었다. 그들이 세상에 드러나는 날은 마침내 천하 통일의 결전이 있는 날일 것이었다.

그 강병과 강병을 거느리는 인물의 자존심이야 당연히 비할 바 없이 높을 터, 그 수장인 원위광이야 말할 것도 없었다. 고구려의 선전포고와 침공 소식을 들은 그는 놀라기에 앞서 웃음을 터트렸다. 그는 전쟁을 너무나 잘 아는 인물이었고 고구려와의 전쟁이란 시작도 전에 결과가 정해져 있었다.

"적의 규모가 이만이 되지 않는다 합니다."

"고구려 태왕의 친정이라 합니다. 백제와의 싸움에서 두 번 승리한 적이 있다 합니다."

"꿈에 석가를 보았다며 불법을 따르는 군대라고 승려들을 앞세웠다 합니다."

모두가 코웃음을 쳤다. 계란으로 바위를 치는 격이었다. 지금까지 소집된 정예군만 이미 사만을 넘어서고 있었고 유사시에는 다시 그만큼의 군사를 더 징집할 여유가 있었다. 요동성은 철옹성이었으며 다른 지방으로 향하는 관문들의 배치는 치밀하고 견고했다. 비축한 식량은 겨울을 지내고도 아직 충분했으며 오래 전쟁을 겪지 않은 채 훈련만을 거듭해 온 병사들은 힘이 끓어넘쳤다. 그쯤 되면 지는 것이 오히려 더 어려운 싸움이었다.

"전쟁을 모르는 애송이로군. 소문대로 석가의 꿈을 꾸고 헛된 망상에 빠져 전쟁을 결심했으리라."

원위광 역시 구부를 비웃었다. 그는 살찐 광대를 씰룩이며 뱀처럼 얇은 눈을 번뜩였다.

"그러나 장안에는 적의 규모를 될 수 있는 한 과장하여 전하라. 내 직접 나서서 요격하리라는 보고와 함께."

승리란 불 보듯 뻔했고 요지는 얼마나 압도적인 승리를 거두느냐, 얼마나 많은 적을 죽이고 전리품을 거두느냐 하는 것이었다. 군이 성을 놔두고 요격을 떠나겠다는 것 또한 요동 주둔군의 기상을 보여 군공을 키우기 위한 것이었다. 이 전쟁으로 원위광과 그의 세력은 더욱더 커다란 부견의 총애를 살 것이었다.

"모용수."

한참 기분 좋게 웃던 원위광은 한쪽 구석에 객장(客將)으로 앉은 모용수를 불렀다.

"네놈은 이 전투에서 빠져라. 속내가 구린 놈에게 날로 군공을 줄 수는 없다."

"뜻대로 하시오."

모용수는 별다른 표정의 변화 없이 답했다. 곧이어 불편한 자리에서 먼저 일어나던 그는 잠시 걸음을 멈추고 원위광을 향해 한마디를 던졌다.

"다만 고구려와 백제의 전쟁을 한번 돌아보길 권하오."

원위광은 눈을 가늘게 떴다.

"왜? 어째서 그래야 하지?"

"내 비록 객장이나 공의 패배는 나의 패배이기도 하기 때문이오."

"패배? 무슨 소리냐. 네놈을 쓰지 않으면 내가 패배할 것이라는 소리냐?"

원위광의 얼굴이 일그러졌고 모용수는 담담하게 말을 이었다.

"인선과 편제는 공의 자유요. 다만 고백하건대 나는 어제 구부라는 자가 펼쳤던 전술을 생각하며 잠조차 이룰 수 없었소. 내가 공이라면 기나긴 수성(守城)을 준비한 뒤 장안에 원군을 청했을 것이오."

"무어라? 긴 수성?"

"장수는 본능적으로 자기보다 나은 장수를 알아보지. 내 판단으로 구부라는 자는 도무지 내가 상대할 수 있는 자가 아니었소. 이기는 길이 보이지 않으니 성벽에 기대는 수밖에."

순간 좌중이 찬물을 끼얹은 듯 조용해졌다. 비록 모두의 미움을 받는 탓에 한낱 부평초처럼 떠도는 신세지만 모용수가 여태껏 세워온 전적과 군공이란 천하에 감히 비할 자가 없었다. 그런 그가 그토록 스스로를 낮추니 마냥 무시할 수만도 없는 일이었다.

"뭐? 하하! 하하하!"

짧은 침묵을 깨트린 것은 원위광이었다. 그는 기가 막힌 듯 크게 웃다가 일어서 모용수에게 다가갔다. 그리고 모용수의 얼굴에 제 얼굴을 드밀며 낮은 목소리로 으르렁댔다.

"네놈이 나를 겁쟁이로 만들려 낮은 술책을 부리는구나. 참으로 비열하고 우습다. 뭐라, 정예군 사만을 들고 이만도 안 되는 군사에게 패배를 해? 그것도 수비군이 정벌군에? 소문대로구나. 진실로 속이 더러운 놈이다."

그는 한참 죽일 듯 모용수를 노려보다가는 문사를 손짓해 불렀다.

"이놈이 지껄인 말도 반드시 기록하여 장안에 전하라. 적장이 대단하니 이길 자신이 없다고, 수성을 준비하고 장안에 원군을 청했을 것이라고."

모용수는 무어라 더 말하려다 그냥 입을 다물어 버렸고, 침이라도 뱉을 듯이 경멸스러운 얼굴로 모용수를 노려보던 원위광은 곧 휘하 장수들을 향해 고개를 돌리며 자신만만하게 말했다.

"요격할 군사를 편성하라. 사만 군사를 모조리 끌고 나가리라. 적이 요동성에 닿기도 전에 한 싸움에 모조리 흩어놓고 고구려 태왕이라는 놈을 산 채로 잡아다 폐하께 바칠 것이다."

"예, 장군."

"내 직접 지휘할 것이다. 한 싸움에 전쟁을 끝낼 수 있도록 선두에 주력을 배치하라. 나 또한 선두에 서리라. 가장 화려한 장식의 갑주를 준비하고 가장 커다란 깃발을 준비하라. 대국 전진의 전쟁이 어떠한 것인지 고구려의 촌놈들에게 확실히 보여줄 수 있게 하라."

휘하 장수들이 잠시나마 주춤했던 스스로를 부끄러워하며 힘차게 대답하고 원위광의 앞을 물러났다. 그들은 자리를 뜨며 모용수를 한 번씩 경멸스러운 눈으로 흘겨보았다. 설령 그의 말이 진실이라 구부라는 자가 대단한 책략가인들 애초에 전력의 차이가 너무 컸다. 한 사람이 메울 수 있을 만한 격차가 아니었다. 그가 보인 공연한 조바심이란 모든 것을 다 잃은 그가 마지막으로 제 이름값에 기대어 부려보는 수작에 불과할 것이었다.

큰 전쟁을 몇 번이나 겪어온 그들은 신속하고 빈틈없이 일을 처리해 나갔고 며칠 걸리지 않아 징집된 요동 주둔군은 요동성에 사열했다. 그들의 자부심과 자존심은 과연 헛된 것이 아니었다. 말단 보병까지 번쩍이는 갑주와 병장기를 차려입은 요동의 군사는 한 치의 틀어짐 없이 정연하게 늘어서 진격을 시작했으며 그 강렬한 모습을 목격하는 이들은 눈을 떼지 못한 채 절로 박수를 쳤다. 전진 제일의 정예군. 아니, 틀림없는 천하 제일의 군사였다. 모용수를 제외한 모든 이들이 그들의 진군에 환호하며 깨끗한 초전박살의 승리를 장담했다.

"일백, 일백 군사를 잃으면 우리의 손해다. 그 안쪽으로 손실을 끊으라."

여덟 마리 말이 끄는 수레에 오른 원위광은 거대한 깃발을 세우고 황금으로 칠한 갑주를 입었다. 그야말로 위풍당당한 대국의 군후로서 한 치 모자람이 없는 압도적인 모습이었다.

어느새 제법 익숙한 기수가 되었는지 말 위에 오른 채 꾸벅 졸고 있던 구부는 몇 번이나 거듭된 우앙의 말에 게슴츠레한 눈을 떴다. 지도와 정찰병과 현지인을 동시에 상대하며 정신없이 거리와 위치를 따져가던 우앙은 깨어난 구부를 더없이 반가워하며 서둘러 보고했다.

"폐하, 곧 요동성이옵니다."

"그래, 좋아. 빨리도 왔구나."

"요동성은 철옹성이옵니다. 우회하여 관문들을 먼저 깨는 것이 어떨는지요?"

"글쎄."

"하면 직진하여 바로 공성전을 벌이실 생각이신지요?"

"음."

"혹 이쯤에서 군사를 쉬게 하실 생각이신지요?"

"아무렇게나 하자. 그 무어 그리 중요한 일이겠느냐."

"예?"

대충 아무렇게나 얼버무리던 구부는 결국 성을 내며 답했다.

"대장군씩이나 되면 밥값은 해라. 네가 알아서 해."

그리 말하고는 도로 눈을 감아버렸다. 이미 몇 번 겪어온 익숙한 일이라 우앙은 다만 한숨만 한 번 쉬고는 손을 들어 진군을 멈추며 장수들을 불러들였다. 기나긴 의논 끝에 전군, 중군, 후군 세 개의 군진을 따로 차리고 적의 기습을 방비할 만한 적당한 자리를 골라 자리 잡게 하니 곧 요동성에서부터 일백 리 떨어진 곳, 양군이 사흘이면 서로 닿을 만한 거리에 고구려는 진영을 차렸다.

이튿날이 되어 충분히 잠을 자고 밥을 먹은 뒤 늦게 일어난 구부는 임시로 차려놓은 불당 안에서 승려들과 더불어 긴 시간 불공을 드렸다. 그러고 나서야 느지막이 군사들 앞으로 나선 그는 군진을 대충 살펴보다 박수를 치며 우앙을 칭찬했다.

"꼭 내가 원한 그대로다. 네가 오십이 넘어 군재(軍才)를 보이니 과연 대기만성이라 할 만해."

"황공하옵니다. 정말 그렇사옵니까?"

"그래. 뒤로 언덕을 끼었으니 적이 들어오면 도망할 곳이 없고 경사가 있으니 나아가기는 쉬워도 물러서기는 어려워. 그렇다고 배수의 진이라기에는 양옆이 뻥 뚫려 도망할 마음을 먹기도 쉽고 온통 개활지(開豁地)라 복병을 둘 수도 함정을 팔 수도 없는 노릇이지. 엉망진창이야. 이만한 사지(死地)를 찾아내는 능력을 갖기도 참 어렵다."

"아아, 이런! 폐하, 하오면……."

"자, 이렇게 자리 잡고 준비를 마쳤으면 적을 불러야지. 공성전을 하기에는 꽤나 단단한 성이니까. 전쟁이 길어지면 피차 귀찮으니 나와서 싸우자 하고. 그것도 내친김에 네가 해보자. 내 대신 네 이름으로 친서(親書)를 보내."

얼굴이 있는 대로 붉어진 우앙에게 몇 마디를 던지고 교섭까지 맡긴 구부는 도로 제 막사로 들어가 버렸다. 군진을 고치라는 뜻인지, 그대로 두라는 뜻인지조차 알아차릴 수 없어 한참을 망설이고 망설이던 우앙은 결국 문사를 불렀다. 글을 모르는 탓에 문사에게 말을 옮겨 적게 한 우앙은 곧 전령의 손에 친서를 쥐여주었고, 그렇게 쓰인 친서 아닌 친서는 전령의 손에 들려 진군해 오고 있는 원위광 앞으로 전달되었다.

친서를 손에 든 원위광은 얼굴을 잔뜩 일그러뜨린 채 크게 웃었다.

"으하, 으하하하!"

장수들이 모여든 원위광의 막사 안에는 첩자와 파수병도 함께 다다라 있었다. 그들의 보고와 서한을 듣고 난 원위광은 도무지 이해할 수 없다는 듯 한참 고개를 갸웃거리다 이내 웃음을 터트린 것이었다.

"고구려 태왕이라는 자가 정말로 가관이구나. 그래, 이 웃기는 문장이 고구려 태왕의 뜻, 아니지, 대장군이라는 자의 뜻이란 말이지. 전쟁이 길어지면 피차 피곤하니 나와서 싸우자? 그러고서 택한 싸움터가 그따위 사지라는 소리더냐? 대단하다. 정말 기가 막혀 할 말이 없구나. 그래, 내 기꺼이 가주마. 원하는 대로 기꺼이 나가서 싸워주지."

"더군다나 태왕이라는 자는 군진을 차리고서는 불공만 드리고 있다 합니다."

"불공을 드리느라 친서 한 장 스스로 쓸 정신이 없다는 말이렷다. 이럴 것을 왜 직접 나섰다는 말이냐? 그놈의 친정이란 정말로 부처놀음이 전부라는 소리더냐?"

"예, 고구려 군진에는 하루 종일 염불 외는 소리로 정신이 없다 합니다."

"고구려로 건너가느라 화북에 승려가 남아나질 않는다더니 사실이구나. 정말로 정신 나간 놈이로다."

장수들도 모두 원위광을 따라 한껏 구부와 고구려 군사를 비웃었다.

"장군, 적이 세 개의 군진을 차렸는데 셋 모두 개활지에 있습니다. 한 싸움을 이겨 승기를 잡으면 연달아 세 군데를 모두 쓸어버릴 수 있을 것입니다."

"맞다. 이 싸움은 초반의 기선이 중요하다. 먼저 달리는 쪽이 압도적으로 유리하지. 가장 힘세고 날랜 군사들을 진두에 배치하라."

짧은 회의 끝에 이윽고 군진 배치를 명할 때가 되자 원위광은 얼굴의 웃음기를 지웠다. 그는 살찐 외모나 성급한 성격과 달리 전투에 있어서는 정교하고 치밀한 통솔과 작전으로 이름난 인물이었다.

"일진을 정예병으로만 채우되 기병을 구 할, 궁병을 일 할로 두어 궁병을 앞에 배치하라. 궁병이 앞에 있는 것을 보면 적은 방패 든 보병을 두어 응수할 터, 그때 전군의 기병을 휘몰아쳐 한 번에 기선을 제압하리라. 첫 싸움에서 보병은 쓸모가 없을 것이다. 모조리 후진으로 돌려 기병의 돌진이 끝나거든 그때에 진격케 하라."

"예, 장군."

"요는 얼마나 빠르게 전군을 몰아가느냐에 달려있다. 적이 개활지에 자리를 잡았다 함은 기병의 돌격을 주 무기로 쓰려 함일 터, 우리가 먼저 적진에 다다르면 달리지 못하는 기병은 보병만도 못한 존재가 되리라. 과연 고구려가 무엇을 할 수 있을지 궁금하구나."

원위광의 말을 듣는 장수들은 벌써부터 득의하여 슬며시 웃음을 떠올렸다. 그것은 원위광이 꺼낸 전술이 대단해서가 아니었다. 먼 길을 걸어 피로한 군사, 상대의 절반도 되지 않는 군사, 경험이 현저하게 적은 군사. 그런 군사로 전쟁을 수행하려면 애초에 온갖 전술과 함정을 유동적으로 펼칠 수 있는 자리를 잡았어야 했다. 그러나 고구려군은 경사진 개활지에 자리를 잡았고 그것은 고래로 고구려가 특기로 삼아온 기병의 돌진을 염두에 둔 것이 틀림없었다. 말도 되지 않는 소리였다. 설사 고구려의 의도대로 기병전이 되더라도 그 숫자만 갑절이 넘도록 차이가 있었다. 엉망진창이었다. 새삼 구부라는 자를 치켜세운 모용수가 우스웠다. 고구려 태왕이 불법에 미쳐 있다는 소문은 틀림없는 사실일 것이었다.

"가자. 전군을 진군시켜라. 반나절 안에 이 땅에 살아있는 고구려인을 찾아볼 수 없게 하라."

두 군사는 결국 마주쳤다. 해가 중천에 떠오른 한낮에 서로 눈으로 볼 수 있는 거리까지 다가간 군사는 잠시 진군을 멈추고 서로의 사기를 자랑하려는 듯 소리 높여 북과 징을 쳤고 또 목탁을 치며 염불을 외었다. 그 일촉즉발의 순간까지도 승려들과 함께 머물러 있는 구부에게 찾아간 우앙은 마지막으로 군진 배치에 대한 검토를 물었고 구부는 간단히 답했다.

"마음대로 해. 다만 도부수(刀斧手)를 맨 앞에 두는 것이 좋겠다."

"아니, 폐하, 도부수라 하셨사옵니까?"

도부수란 당연히 말 탄 기병에 취약한 데다 보병인 주제에 방패도 없어 궁병에도 약했다. 그들 병과의 장점이란 오로지 약간의 기동력밖에는 없는 터, 쓰임새란 이미 패배한 적을 쫓고 죽이는 데에만 있었다. 진두는 기병을 두어 기선을 제압하거나, 궁병을 두어 견제로 시작하거나, 그도 아니라면 장창의 보병을 두어야 했다. 그러나 구부는 또렷이 고개를 끄덕였다.

"그래. 그리고 전군의 기병은 다 후위로 물려라. 말은 모조리 말뚝에 묶어두고 최후의 최후까지 아껴."

"예? 혹 계책이 따로 있으신 것인지요? 소장도 알아야 하지 않겠사옵니까."

"이미 몇 번이고 말했지 않아. 부처의 법력에 기댈 것이야."

우앙은 고개를 갸웃거리면서도 한시가 바쁜 터라 물러나는 수밖에 없었다. 그가 물러나며 본 것은 구부가 그 절체절명의 순간에도 병사들을 지휘하여 법당과 근처에 커다란 금종(金鐘)을 수십 개나 매다는 것이었다. 그때까지는 범종이란 물건이 드물기도 하였거니와 그 형태 또한 확실히 정해지지 않은 터라 생소한 모습에 잠시간 눈길을 주던 우앙은 곧 고개를 털어버리며 군진으로 말을 몰았다. 일촉즉발의 전장을 앞에 두고 태왕의 기행에 더 이상 신경 쓸 겨를이 없었다.

"도부수, 앞으로!"

결국 고구려 군사의 선두에는 도부수가 자리했다. 눈 좋은 군사가 적의 선두에 궁병이, 그리고 그 뒤에는 수없는 기병이 자리하고 있다는 보고를 전해왔지만 우앙은 구부의 명을 충실히 지켰다. 기병이란 기병은 모조리 말에서 내리게 한 채 후위로 물렸고 도부수의 뒤에는 보병이 따르게 했다.

"이건 스스로 죽여달라는 꼴이 아닌가."

장수들뿐 아니라 전술을 모르는 병사들의 눈에도 두려움이 떠올랐다. 이대로 격돌했다간 살아서 적진에 도달하는 이라고는 한 명도 없을 것이었다. 적이 쏘아내는 화살에 모조리 쓰러지고 그나마 살아남은 이들은 적의 기병에 초개처럼 짓밟힐 것이었다. 곧 일어날 참혹할 양상이 뇌리에 선명히 떠올랐다. 북과 꽹과리 대신 연신 들려오는 염불 소리가 마치 위령제를 미리 치르는 것만 같아 더욱 불길했다.

"씨팔, 대체 이게 무슨 짓이야."

결국 적의 군사가 움직이기 시작한 순간, 고구려의 한 작은 장수가 참아내지 못하고 욕지거리를 내뱉으며 바닥에 무기를 팽개쳐 버렸다. 죽음으로 가까워지는 걸음이나 다름없는 진격이 시작된 탓이었다. 근처의 병사들 가운데 이를 따라 도망할 준비를 하는 이들이 조금씩 생겨났고 싸우기도 전에 보인

패색은 순식간에 전군에 전염되기 시작했다. 건너편의 전진 군사들에게도 이 모습은 똑똑히 보였다.

"과연, 과연 멋진 군사로다!"

원위광은 크게 웃으며 병사들의 진군을 더욱 재촉했다. 눈앞의 고구려군은 평생 그가 상대해 온 그 어떤 군사보다도 엉망인 오합지졸이었다. 배치도, 진법도, 사기도, 무엇 하나 보아줄 수 있는 것이 없는 개차반이었다. 뻥 뚫린 개활지를 두고 선두에 내세운 것이 도부수라니. 일개 병졸조차 아는 것을 지휘관이 모르다니. 원위광은 확신했다. 이어질 격돌은 그 어느 때보다 시원한 장관을 이룰 것이었다.

"전진의 위대한 병사들이여, 한 번에 모든 전력을 쏟아라! 달려라! 더욱 기세를 높여 달려라! 저 같잖은 군사에게 전진의 강대함을, 무서움을 보여라!"

그 자신도 수레에서 내리고 말에 올라 선봉을 따라 달리기 시작했다. 비록 일신의 무예를 갖춘 무인은 아니었지만 지금의 고구려와 같은 적을 상대로는 전무후무한 전공을 세울 수 있으리라는 자신이 가득했다. 그것은 모든 전진 장졸의 공통된 생각이었다. 모두가 말을 죽어라 박차며 달리기 시작하니 곧 화북을 제패한 막강한 기병들이 물결을 이루며 고구려 진영을 향해 쏟아져갔다. 상반된 모습이었다. 전진군은 거대한 파도였고 고구려군은 마른 모래 더미에 불과했다. 고구려 전군이 격돌과 동시에 흔적도 없이 쓸려 사라질 것이 분명했다.

그리고 고구려 군진의 뒤, 임시로 지어놓은 법당에 앉아 그 모습을 지켜보던 구부는 마치 남의 일이라도 되는 듯 한가로이 중얼거렸다.

"정말 엉망진창이군. 이제 이런 고구려도 작별이지. 다음 세대의 고구려는 다를 거야."

승려 가운데 아도의 제자 하나가 구부의 옆에 서있었다.

"폐하, 지금쯤이면 되겠나이까."

"아직. 잠시만."

"예, 말씀을 주소서."

"봐. 저런 꼴을 보여놓고 당당히 개선해서야 되겠느냐는 말이야."

승려는 말없이 염주만을 세었다. 구부는 조금 더 전장에 눈길을 주고 있었다. 이제 불과 잠시 후면 적의 기병이 고구려군의 선두에 닿을 것이었고 고구려군 선두의 군사는 이미 반절쯤은 무기를 내려트린 채 도망할 준비를 하고 있었다. '쯧' 하는 소리를 낸 구부는 곧 서서히 입술을 뗐다.

"그럼 어디 한번 부처의 법력을 보여볼까."

"예, 폐하."

승려는 등을 돌려 그들을 바라보고 있는 승려들과 병사들을 향해 고개를 끄덕였다. 승려들과 병사들은 각기 앞에 커다란 범종을 놓아두고 있었고 그 숫자는 수십에 이르렀다. 이윽고 그들은 범종의 앞에 매달린 육중한 철제 당목(撞木)을 힘차게 당겼다. 평양을 떠나 진군을 시작한 이래 수없이 염불을 외고 목탁을 두드리면서도 한 번 울린 적이 없던 범종이 처음 울리는 순간이었다. 한껏 높이 들렸던 당목은 백 근 무게를 싣고 떨어지며 금속 종을 부서져라 때렸다.

'꽝!'

수십 개의 범종이 동시에 울리며 이 세상의 것이 아닌 듯 어마어마한 소리가 지천을 뒤흔들었다. 공기가 흔들리고 풀과 나뭇가지가 흔들리며 온 세상이 진탕되는 것만 같은 소리였다. 쇠가 쇠를 때릴 때마다 귀 달린 모든 생물이 귀를 틀어막으며 몸부림쳤다.

'히이이이이이이이잉!'

생전 처음 듣는 소리에 놀라고 질려버린 말들이 한 마리 빠짐없이 모조리 미쳐 날뛰었다. 양다리를 접어버리며 주저앉는 놈부터 소리가 난 곳으로부터 먼 곳으로 무작정 도망하려는 놈, 벌벌 떠는 놈과 발악하며 날뛰는 놈과 기수가 평생의 원수라도 되는 듯 내팽개치려 온몸을 뒤흔드는 놈까지 단 한 마리도 예외 없이 모두가 대혼란에 빠졌다. 달리던 속도가 그 파급을 더했다. 기수와 말이 모두 땅에 뒹굴며 순식간에 대열이 무너지기 시작했다.

도망할 준비를 하던 고구려 군사들은 그 광경을 보고 일순 몸을 멈추었다. 전장의 적군은 엉망진창이 되어있었다. 전부가 기병인데 낙마한 이가 반에 서로 부딪치며 몸을 가누지 못하는 이가 반이었다. 한 명 빠짐없이 모두가 엉키고 엉키어 부대끼고 있었다. 마치 저승의 소리라도 되는 양 종소리가 연달아 울릴 적마다 말들은 더욱 몸부림치며 기수들을 내던지고 짓밟았다. 그 가운데는 온통 금빛으로 찬란한 갑주를 두른 적의 수장까지 포함되어 있었다.

　그 믿을 수 없는 행운에 잠시 굳어있던 고구려군은 한 장수의 외침에 앞으로 내달리기 시작했다. 좀 전 무기를 팽개치며 욕설을 내뱉은 장수였다.

　"고, 고구려 군사! 달려라! 지금이 기회다!"

　도끼를 든 병사들이 죽어라 달렸고 혼란에 빠진 적들은 그 모습조차 알아차리지 못했다. 일 년 삼백육십오 일 훈련만 거듭해 온 정예군 중의 정예군이라는 전진의 기병들이 제멋대로 아무렇게나 뛰어 들어오는, 훈련 한 번 제대로 받아본 적 없는 도부수들에게 변변한 저항 한 번 없이 학살당하기 시작했다. 영문은 알 수 없었지만 일평생 그보다 큰 행운을 만나본 적이 없는 고구려 군사들은 온 평생의 힘을 다 쏟아 나동그라진 적의 군사들을 도륙했고 요동 주둔군의 수장인 원위광 역시 그 참혹한 현장을 벗어나지 못했다. 이름 없는 고구려 병사에게 간단히 살해당하고 그 찬란한 황금 갑주와 깃발은 오히려 대패를 알리는 지표가 되어 전장 한중간에 세워졌다.

"세상에. 세상에. 세상에."

고구려군의 한가운데에서 몇 번이나 눈을 비빈 우앙은 아낙네 같은 신음만 내놓으며 그 믿을 수 없는 광경을 지켜보았다. 구부가 그리도 농지거리로 던져대던 부처의 법력이란 실체야 어쨌든 실재하는 것이었고 결과는 본 적도 들은 적도 없는 압도적인 승리였다. 할 말을 잃은 채 전장에 눈을 뺏겨있던 그는 한참이 지나서야 구부가 있는 불당 쪽을 돌아보았다. 불당 앞에서 뒷짐을 진 채 전장을 바라보던 구부는 우앙을 향해 빙긋 웃으며 손가락으로 고구려군의 후위를 가리켰다. 그곳에는 개전 직전에 후진으로 돌려놓은 기병들이 말뚝에 묶인 제 말들을 달래며 추스르고 있었다. 그제야 정신을 차린 우앙은 장수들을 향해 외쳤다.

"아, 기병. 기병은 적의 본진을 쳐라!"

이어서 그 잊힌 영광의 고구려 기병이 말에 올랐다. 을불 사후 반세기가 다 되도록 한번 마음껏 달려본 적 없는 그들이 전장을 달리기 시작했고 과연 혈통이라는 것이 따로 있기는 있는지 미천한 경험과 어울리지 않게 그들은 사뭇 장관을 이루며 맹렬한 돌격을 시작했다.

"태왕 폐하를 위하여!"

누구의 외침이 먼저였는지 알 수는 없었지만 모두가 그를 따라 외치며 달렸다. 그것은 신앙이었다. 모두가 알 수 있었다. 몇 번이나 그래왔듯 이 전쟁 또한 구부가 그린 그림대로, 그가 이끄는 대로, 그가 예견한 대로 흘러갔다. 시작과 과정은 알 수 없었지만 끝은 정해져 있었고 그것은 언제나 그랬듯 태왕이 만들어 낸 고구려의 압도적인 승리였다.

"태왕 폐하 만세!"

수장을 잃은 군사, 비교적 훈련이 덜 된 군사, 그것도 보병만이 남은 요동군의 본진은 그 저돌적인 공격을 결코 막아낼 수 없었다. 고구려 병사 하나가 전진 병사 열 명씩을 베어 넘기는 일이 허다했다. 낙엽처럼 이리저리 찢기며 나뒹구는 전진 병사의 몸뚱이를 밟으며 날뛰기를 얼마간, 고구려군은 어느새 더 이상 벨 적이 없음을 알아차리고서 멍하니 서로를 쳐다보았다. 허무하기까지 한 싸움이었다. 반의반 나절도 되지 않아 수만 적군을 모조리 흩었으니 상상조차 해보지 못한 결과였다. 도무지 믿을 수 없는 압승이었다.

그 한 싸움이 전쟁의 시작이고 끝이었다. 요동성을 나선 사만 군사 가운데 살아남은 군사는 고작 일만가량, 그것도 무기를 던진 채 엎드려 항복을 구걸한 군사가 태반이었다. 그 모든 일이 반나절도 되지 않아 일어났으니 요동 전역은 이미 고구려에 저항할 힘을 잃어버렸다. 며칠 지나지 않아 관문이란 관문은 모조리 돌파되었고 고구려군은 요동성의 지척에 이르렀다. 이제 요동성이 고구려의 수중에 떨어지는 것은 길어야 사나흘 안쪽일 것이었다.

"요동성입니다, 폐하."

구부는 여전히 말 탄 채로 졸고 있었다. 그러나 우앙은 이번에는 굳이 구부를 깨우지 않았다. 조급할 필요도, 불안해할 필요도 없었다. 무슨 일이 생기든, 어떤 과정을 겪든 어차피 승리는 고구려에게로 올 것이었다. 그가 해야 하는 일이란 그저 그의 태왕을 믿고 따르기만 하면 되는 것이었다.

서어산에 오른 불길

서어산.

이제 마지막 남은 진지를 지키는 고구려 궁수들은 손의 땀을 닦아내며 기다리고 또 기다렸다. 백제 병사가 들어서고도 한참을 기다렸던 그들은 적이 길을 가득히 메우고서야 조용히 시위를 당겼다. 이제 어디서 날았는지 모를 화살비가 협곡에 쏟아지면 적병은 여태 몇 번이나 그래왔듯 결국 견디지 못하고 후퇴할 것이었다. 그곳은 가장 가파르고 가장 비좁은 최후의 보루, 마지막 방어선이었다. 그곳만큼은 지켜내야 했다. 궁수들은 신중하고 또 신중하게 재어낸 살을 마침내 내려진 우두머리의 수신호에 따라 쏘았다.

'쉬이이이익.'

하늘을 가득 메운 화살비가 표적의 머리 위로 포물선을 그리며 떨어졌다. 정확한 겨냥이었다. 곧 적의 비명이 협곡을 울리며 혼란에 빠지면 재차 삼차 쏟아진 화살이 그들을 물리칠 것이었다. 궁수들은 또다시 신중하게 두 번째 화살을 재었다.

그러나 궁수들은 화살을 쏘아내는 대신 눈을 크게 떴다. 여태까지와는 다른 광경이 펼쳐지고 있었다. 화살 소리를 들은 적 선두의 장수가 무어라 외치자 백제 군사들은 순식간에 바닥에 납작 엎드리며 하늘로 일제히 방패를 들어 몸을 가렸다. 화살은 기름칠된 두꺼운 나무 방패를 뚫지 못하고 후두두둑 바닥으로 떨어졌고 백제의 잘 훈련된 보병들은 마치 거북이라도 된 듯 그 자세 그대로 기어서 고갯길을 오르기 시작했다. 재차 쏘아진 화살도 다를 것이 없었다. 백제군 한 명 상하게 하질 못하니 다급해진 우두머리가 외쳤다.

"보병!"

초목에 몸을 숨기고 있던 고구려 병사들이 칼과 도끼를 들고 뛰쳐나왔다. 경사를 타고 뛰어 내려간 병사들은 엎드린 백제 병사들의 방패를 걷어내며 칼을 휘둘렀다. 잠시나마 승세를 타는가 싶었건만 그 순간은 아주 짧았다. 이번에는 백제군의 후위에서 화살이 날았고 이에 고구려 보병들은 속절없이 쓰러졌다. 적아를 가리지 않고 쏟아지는 화살이었으나 여태 방패 속에 거북이처럼 몸을 숨긴 백제군이 다칠 리 없었다. 오직 고구려 군사만 죽어 엎어지니 몸이 달은 고구려 장수는 다시 궁수들을 재촉했다.

"마주 쏴라!"

명에 따라 궁사들의 시위가 겨냥을 백제군 후위로 돌리는 그 순간 방패 아래의 백제 보병들이 일제히 일어섰다. 창칼을

288

치켜들고 달려 올라간 그들은 순식간에 고구려 궁병의 진지에 이르렀고 이어진 결과는 참혹했다. 지근거리에서 활이란 무용지물이었다. 미처 살을 재보기도 전에 죽는 이가 태반이었다. 진지는 이미 무너진 셈이었다. 이도저도 못 한 채 발만 구르던 고구려 장수는 결국 스스로 칼을 뽑아 들고 적 보병들의 한가운데로 뛰어들었으나 칼 몇 번 휘두르지도 못한 채 온몸에 무수한 창을 맞고 쓰러질 뿐이었다.

극명한 차이였다. 병과의 상성, 지형에 따른 전술, 열과 오의 짜임새, 모든 것이 정확하기 이를 데 없는 부여수의 백제군에 비해 고구려군은 무엇 하나 갖춘 것이 없었다. 흙색 깃발의 군사는 결국 많은 재사들이 지적했던 그대로 오합지졸에 불과했다. 오로지 제 한 몸의 무예를 닦고 책으로만 전술을 배워 온 장수들은 실제의 전장 앞에서 갈피를 잡지 못했으며 전쟁을 겪어보지 않은 병사들은 혼란과 무질서에서 헤어 나올 줄을 몰랐다.

그나마 여태껏 버텨온 것도 좁디좁은 협로 덕이었다. 오직 지형지세에 모든 운명을 건 고운은 수십 개의 진지와 수백 개의 함정을 설치하여 백제군의 발목을 잡고 있었다. 그는 할 수 있는 모든 것을 해냈고 그쯤이면 이미 평양의 원군이 오고도 남았어야 할 시간이었다. 그러나 기다리고 기다리는 원군은 감감무소식이었고 마침내 한 달째가 되는 이날, 진지를 하나

씩 잃어가던 고구려군은 결국 마지막 진지를 잃어버리고 만 것이었다.

"이제 적이 분지로 들어올 것입니다."

병졸의 보고를 받은 고운은 큰 한숨을 쉬며 하늘을 바라보았다. 지금까지 버텨온 것도 천운이 함께한 덕, 이제는 다른 방법이 없었다. 결국 분지에 갇힌 채 고구려군은 전멸을 맞이할 것이었다. 한숨만 쉬던 고운은 문득 들려온 기척에 자리에서 일어났다. 지난번 함정에 빠진 이후 한 달 가까이를 화병으로 제 막사에서 고함만 치던 이련이 마침내 회의가 열리는 군막에 모습을 드러낸 것이었다.

"전하."

고운은 침울한 음성을 내었다.

"그간 잘 지켜냈다. 이제는 내가 나설 차례다."

이련은 그간의 분노와 울화를 지우고 있었다. 비록 메말랐으나 평온한 얼굴이었다. 고운은 지그시 입술을 깨물었다. 어려부터 많은 전장을 겪어온 고운은 그런 얼굴을 잘 알고 있었다. 결사, 최후를 짐작하고 죽음의 항전을 다짐한 장수의 얼굴이었다.

"허나 남은 군사가 없습니다."

"이천 기병이 있질 않은가. 충분하다."

이런은 그를 뒤로 제치며 탁상에 앉았고 고운은 얼굴을 일그러트렸다. 협곡의 방어선은 오로지 보병과 궁병으로만 꾸려졌기에 아직 이천가량의 기병이 잔존해 있는 것은 사실이었다. 그러나 기병은 쓸 수가 없었다.

 "전하, 이런 지형에서 기병은 달릴 수 없습니다. 무용지물입니다."

 "기병을 말에서 내리게 하라. 말 꼬리에 불을 붙여 적진에 부딪치게 하라. 그 뒤에 최후의 일전을 치르리라."

 "전하!"

 고운은 망연자실했다. 그야말로 막무가내의 전술이었다. 날뛰는 말들이 꼭 적을 향해 달린다는 보장도 없을뿐더러 설사 성공한들 마상에서나 쓰는 긴 창을 든 기병이 일사불란한 적의 보병을 상대로 무엇을 할 수 있을까. 그저 허무한 최후로만 이르는 전술이었다.

 "전하, 다른 방법을."

 그러나 고운은 더 말을 잇지 못했다. 그로서도 다른 방법이 없었다. 그가 아무 말도 하지 못한 채 입술만 씹고 있자 이런은 묵직한 눈길로 고운을 한 번 바라보고는 굵은 손을 내밀었다.

 "내 비록 몰라보았으나 너는 훌륭한 장수였다. 여기까지 온 것도 오로지 네 덕이지. 그러나 이제는 그야말로 죽음의 항전이 남았을 뿐이다. 욕되지 않게 죽자."

고운은 갈 곳 잃은 원망의 눈으로 바닥을 바라볼 뿐 그 손을 얼른 잡지 않았다. 이련은 무덤덤하게 손을 거두고 투구를 집어 머리에 쓰며 막사 밖으로 나섰다. 마지막 일전을 독려하는 이련의 목소리가 이어졌다. 휘하 장수들을 불러 모은 그는 작전을 전달하였고 명을 받은 장수들은 각기 맡은 군사들을 향해 흩어졌다.

망연자실한 채 막사를 나선 고운은 움직이는 병사들을 보았다. 그들은 전달받은 이련의 명에 따라 기름이 잔뜩 든 항아리를 들고 말꼬리를 적시러 향하고 있었고 그 뒤에는 횃불을 든 병사들이 따르고 있었다. 바야흐로 최후의 순간이 다가오고 있었다.

"안 돼, 이건 절대로 안 돼."

순간 고운은 병사들에게로 달려갔다. 고함을 치며 그들을 멈춰 세운 고운은 몇 번 숨을 몰아쉰 뒤 입을 열었다. 그러나 목소리는 내지 않았다. 그는 입술을 피가 나도록 물어뜯으며 몇 번을 더 망설였다. 시간이 멈추기라도 한 듯 아무것도 하지 못하는 사이 문득 느껴지는 바람이 그 어느 때보다 거세게 불어오며 그에게 아직 할 수 있는 것이 있음을 알렸다. 몇 번이나 이련에게 올렸던 그 방법. 그러나 그것은 이련을, 이련을 넘어서서 태왕과 고구려를 배반하는 길이었다.

"저, 장군. 지금 다들 기다리고 있습니다만."

말에서 내린 기병들이 말을 묶어둔 채 그들을 기다리며 멀거니 바라보고 있었다. 고운은 황망한 와중에도 몇 번을 더 생각했다. 생각하고 생각해도 다른 길이 없었다. 할 수 있는 것은 오로지 한 가지 방법. 그조차도 곧 전투가 시작되면 사라지고 말 것이었다. 어금니가 부서지도록 이를 간 그는 결국 크게 고개를 저었다. 그리고 여태껏 내지 못한 외침을 내었다.

"나를 따라 달려라! 항아리를 들고 달려라!"

고운은 미친 듯이 달렸다. 군사들은 당황한 와중에도 상관의 명을 따라 그의 뒤를 달렸다. 그들이 향한 곳은 적군의 반대편, 고구려군의 등 뒤, 전선의 반대편 등선이었다. 이상한 눈으로 군졸들이 그들을 바라보는 가운데 목적지에까지 다다른 그는 영문을 모른 채 숨을 몰아쉬는 병사들에게 다시 외쳤다.

"부어라. 붓고 불을 붙여라!"

불을 내라니. 병사들은 선뜻 그 명을 따르지 못하고 눈만 크게 떴다. 그리고 그들이 망설이는 사이 군진에서는 고함을 치며 말을 몰아오는 장수가 있었다. 이런이었다. 고운은 이를 악물었다. 필시 병사들의 보고를 듣고 고운의 생각을 짐작한 것이리라. 다급해진 고운은 병사 하나의 항아리를 빼앗아 직접 바닥에 던져 깨트렸다. 그리고 횃불마저 빼앗아 흐르는 기름에 던졌다. 화악 소리와 함께 순식간에 불이 오르는 가운데 고운은 재차 크게 소리쳤다.

"깨트려라!"

그래도 병사들이 따르지 않자 고운은 칼을 뽑아 들고 병사 하나의 목을 쳤다. 놀란 옆의 병사가 결국 바닥에 제 항아리를 던져 깨트렸다. 처음이 어려운 법이었다. 이어서 모든 병사가 차례차례 들고 있던 기름 항아리를 깨트리고 불을 붙이니 순식간에 불길은 하늘을 찌를 듯 번지며 치솟았다.

"이놈!"

어느새 쫓아온 이련은 저승사자와도 같은 얼굴로 고운을 노려보며 칼을 높이 들었고 불길의 앞에 양팔을 벌리고 선 고운은 그런 이련을 똑바로 마주 보았다.

"이것뿐이외다."

"네놈이!"

"이제 고구려 군사가 살아날 길이란 오로지 이것뿐이외다. 원한다면 그 칼로 나를 쳐 죽이시오. 그러나 당신이 정말로 이 군사의 우두머리라면 이 불길이 뚫어준 길로 군사를 물리시오. 하루면 다 타버릴 테니."

"이, 이 더러운 놈이."

"어서 죽이시오. 어차피 오늘이 끝인 터, 이리 죽으나 저리 죽으나 같은 죽음이오. 내 한목숨 여기서 끊되 나머지 병사는 살리시오."

그리 말하고 고운은 눈을 감았다. 칼을 든 채 부들부들 떨던 이련은 차마 한참이 지나고도 그 칼을 내리치지 못했고 이내 질끈 감고 있던 눈을 뜬 고운은 악에 받친 얼굴을 다소나마 풀며 말투를 고쳤다.

"항명한 죄는 언제고 받겠습니다. 그러나 이미 저질러진 일입니다. 군사를 살릴 기회마저 버리진 마십시오. 이 불길은 서어산 이남의 곡창을 모조리 태울 것이고 적은 거기 묶여 아군을 쫓지 못합니다. 하루만, 저 불길이 충분히 번지고 길을 만들어 줄 하루만 적병을 막아주십시오. 그다음은 퇴각, 살아서 평양으로 돌아가는 것입니다."

"이 대체 무슨 짓이더냐? 목숨이 아까웠느냐?"

"예, 아깝습니다. 기왕 내놓을 목숨이라면 더 가치 있게 내놓아야지요. 눈먼 백제군의 칼에 죽느니 이 군사를 모두 살리고 전하의 칼에 죽는 게 낫습니다."

이련은 죽일 듯 고운을 노려보았으나 다른 말을 하지 못했다. 고운의 말은 틀리지 않았다. 이미 일은 저질러졌고 태왕의 명은 어겨져 있었다. 태왕이 신신당부한 민생의 안전은 이제 깡그리 불타 없어질 것이었고 남은 것은 차선이었다. 남은 서어산의 군사라도 살려내는 것이 수장인 그의 의무였다.

"네 목은 평양성에서 치겠다."

이미 잡을 수도 없는 불길, 금세 하늘을 찌를 듯 올라버린 불길을 보며, 그보다 더 크게 타오르는 울화를 참아내며 그는 결국 칼을 내리고 말았다. 곧 그는 등을 돌렸다. 등 뒤로 치솟는 불길을 놓아둔 채 다가오는 백제군의 진두를 향해 걸음을 옮겼다.

치열한 싸움이 있었다. 한 달이나 나타나지 않던 이련의 등장에 고구려군은 남은 마지막 사기를 불태웠고 선두에 나선 이련의 분투는 그들의 기대를 저버리지 않았다. 온 사방을 붉게 물들이는 불길이 솟아난 가운데 그저 죽자고 달려드는 아귀들은 백제 정예군의 예봉을 주저케 만들었다. 오로지 살을 내어주고 뼈를 갖겠다는, 생각도 이유도 목적도 없는 그런 진격이었다. 결국 반나절의 싸움 끝에 백제군은 잠시 군사를 멈추었다.

그리고 그사이 걷잡을 수 없이 자라난 불길은 순식간에 전쟁을 끝내버리고 말았다.

그 누구도 본 적도 들은 적도 없는 대화재였다.

서어산을 비롯한 근방의 산림과 곡창은 모조리 타버렸다. 거대한 산불은 바람을 타고 온 세상을 집어삼킬 듯 내달리며 지나는 모든 것을 재로 만들어 버렸다. 수만 백제군이 한 명 빠짐없이 진화에 동원되어 물을 퍼다 나르며 맞불을 내며 할 수 있는 모든 것을 다 했지만 불은 태울 수 있는 모든 것을 다 태워버린 뒤에야 사그라졌다.

보름 내내 눈 한 번 제대로 붙이지 못한 채 불길을 잡는 데에만 전력을 다한 백제군은 잿더미가 되어버린 황야에 주저앉아 허망하게 서어산을 바라보았다. 그사이 고구려군은 모두 사라져 있었다. 아비의 죽음마저 숨기며 승리를 영전에 바치리라 외쳤던 부여수는 숫제 눈물을 흘렸다. 분노와 참담함을 참지 못하여 붉은 눈으로 눈물을 흘리며 북쪽을 노려보았다.

"반드시, 반드시 저 악랄한 도당의 땅을 지우리라. 내 모든 것을 걸고 맹세하건대 반드시 이 원한을 갚으리라."

화재를 미처 피하지 못한 민간의 사상자만 수백에 이르렀고 이어질 식량난으로 굶어 죽을 백성은 그 수백 배가 될 것이었다. 검은 잿더미로 뒤덮인 땅에서 백제의 병졸과 백성은 그 참혹함에 모두 함께 눈물을 흘리며 주저앉았다. 소식은 나라 전역을 덮었고 백제인 가운데는 고구려를 증오하지 않는 이가 없었다. 고금 이래 여태껏 있었던 그 어떤 전쟁에서도 이렇게 커다란 민간의 희생을 동반한 일이 없었다. 모든 백성이 한마음으로 복수를 외쳤다. 백제는 돌이킬 수 없는 고구려의 철천지원수가 되어있었다. 구부가 그토록 얻으려고 했던 백제의 마음은 이제 분노와 복수로만 가득 차올라 고구려를 향한 살기로 화해있었다.

요동성.

원위광이 허망하게 전사한 뒤로 요동성은 모용수의 지휘하에 놓여있었다. 비록 객장의 신분이었지만 높은 장수란 장수는 모조리 전사해 그를 제외하고는 몇몇 문사만이 남은 탓이었다. 패전, 그것도 전멸에 가까운 패전의 비보에 모두가 낭패해 있을 때에 오직 모용수 한 사람만은 더없이 기민하게 움직였다. 군사는 물론이요 이틀 안에 근방의 모든 인구와 더불어 식량, 가축까지 가능한 모든 물자를 요동성 외벽 안으로 옮겨 놓은 그는 성문을 굳게 걸어 잠근 뒤 성내의 모든 단단하고 무거운 물자를 투석(投石)에, 모든 쇠붙이를 녹여 화살촉을 만드는 데에 썼다. 그 부단한 노력에 결과가 있었다. 비록 정예군은 아닐지라도 이만가량의 군사를 새로이 징집해 성안에 두었고 각종 병과와 전술을 부여했으며 쓸 만한 병장기를 마련하는 데에도 성공했다. 모용수는 거기에 그치지 않았다. 민가의 논밭에 불을 질렀으며 수원지(水源池)를 찾아 기름을 타고 길을 막았다. 인근 수십 리의 황폐화를 통한 장기전의 기반을 충실히 마련했다. 그야말로 원위광에게 권했던 대로 전력을 수성에만 집중한 것이었다. 그러나 그는 말했던 것과 달리 장안에 원군을 청하지는 않았다.

'원위광이 적에게 패배하여 사만 정예군을 잃었으나 남은

군사로 지켜낼 수 있습니다.'

그것이 그가 장안으로 띄운 전령이었다. 그는 눈앞에 다가온 기회를 또렷이 바라보고 있었다. 원위광의 실패를 만회해낸다면 그는 재기할 수 있을 것이었다. 어쩌면 요동군공에 봉해지며 제후의 자리를 되찾을지도 모르는 노릇이었다.

"다만 종을 쳐 말을 놀라게 했을 뿐이다. 그 전략이 또 통할 리가 없다."

그리 말하며 장졸의 기운을 북돋았으며 그 자신은 며칠 밤을 새워가며 전술을 세우고 세우기를 반복했다. 그에게는 옛 모용외가 그랬듯 타고난 전장의 감(感)이 있었고 거기에 특유의 냉정함과 참을성이 있었다. 직감적으로 불리함을 깨닫고 있었으며 해야 할 일을 알고 있었다. 그가 내린 결론은 수성을 바탕으로 한 끊임없는 소규모의 야전(夜戰). 원정군의 보급을 괴롭히며 근방의 모든 민가와 논밭을 태우고 물을 막은 것이 그 일환이었다. 백성의 원한과 원망이 하늘을 찌를 듯 했으나 그는 눈과 귀를 닫고 오로지 수성만을 위해 모든 힘을 쏟았다.

그러나 약 사흘이 지난 날, 그는 절망적인 소식을 들어야 했다.

"탈주한 병사가 벌써 삼천에 가깝습니다. 백성들도 이대로는 다 죽을 거라며 성문을 열어달라 아우성입니다. 두려움에 자진하는 이들까지 생겨나고 있습니다."

요동성의 사기는 바닥까지 떨어져 있었다. 병졸들은 하루가 다르게 전의를 상실하고 있었으며 민가를 태워버린 모용수의 극단적인 전술은 오히려 독이 되어 그들에게 더욱 커다란 좌절을 주고 있었다.

"왜. 어째서. 아직 충분한 전력이 있는데."

"그것이 부처의, 부처의 군대라는 소문 때문입니다. 구부라는 자가 생불(生佛), 부처의 화신이라고 합니다. 술법을 부려 말과 사람을 모조리 미치게 만들었다고들 합니다."

"무어? 그것은 다만 종을 쳐서."

"예, 장군. 그러나 군졸과 백성은 그리 생각하지 않습니다."

그것은 사실이었다. 요동성 안에는 이미 공공연한 천하제일의 강병을 오직 염불만 외며 모조리 흩어놓았다는 구부에 대한 소문이 파다했다. 소문은 금세 불어나 구부가 부처의 환생이라는 둥, 요술과 법력을 써 사만 군사를 홀로 죽였다는 둥 점점 더 거대한 두려움을 담아가고 있었다. 성내를 한 바퀴 돌아본 모용수는 신음을 흘렸다. 병사들과 백성들은 바닥에 무릎을 꿇고 엎드린 채 어디서 들어봄 직한 염불을 따라 외며 몰래 용서를 구하고 있었고 그들이 빌고 비는 대상이란 다름 아닌 적군의 수장 구부였다.

"아, 구부라는 자의 계략은 그 승리로써 완성된 셈이구나."

모용수는 그제야 상황을 온전히 파악할 수 있었다. 지난 전장을 통해 고구려 군대는 진실로 부처의 군대가 되어있었다. 그만한 전력의 차이를 염불과 종소리로 뒤집었다는 소문은 구부를 신격화하기 충분했다. 밑도 끝도 없던 부처에의 집착은 바로 그 밑거름이었다. 이제 맞설 도리가 없었다. 고구려에 불법을 전한 것이 바로 전진이었다. 불법의 나라인 전진 백성이 부처의 군대에 대항해 싸울 수 있을 리가 없었다.

"어찌해야 한다는 말인가. 이미 전쟁은 끝난 것인가."

며칠 밤을 새워가며 절치부심 헤아렸던 고구려군의 병력, 편제, 전술 그런 것은 아무런 의미가 없었다. 전장을 만들어가는 그릇이 달랐다. 사만 군사를 흩어놓았다는 그 계략 하나로도 기가 찰 노릇인데 그 뒤에는 더욱 무서운 계략이 있었다. 이미 이제는 무슨 짓을 해도 당해낼 수 없었다.

"하나 너머에 둘이 있고 둘 너머에 셋이 있구나. 따라갈수록 늪에 빠질 뿐, 나는 이 전쟁의 의미도, 성격도, 전개도 아무것도 보이지 않는다. 스스로 명장이라 자부했던 내가 부끄럽다. 두렵다. 짐작할 수조차 없구나, 고구려 태왕이라는 자의 그릇을."

이제 와 장안에 원군을 청한들 그전에 요동성은 적의 손에 떨어질 것이었다. 희망과 의욕을 잃은 모용수는 결국 입을 다물어 버렸고 요동성은 날이 갈수록 더한 좌절에 사로잡힌 채 전의를 잃어갔다.

반면 고구려군은 요동성을 눈앞에 두고도 전쟁을 준비하는 대신 다른 일에 시간을 쓰고 있었다. 근처의 농가를 재건하고 절을 세우며 탈영병을 받아 달래는 일에만 몰두하고 있었다. 그렇게만 닷새가 넘어서자 우앙은 구부를 찾아 재촉했다.

"폐하, 공성전은 언제 펼치실 생각이신지요."

"안 한다."

"예?"

"애초에 말하지 않았나. 한 싸움만 이기고 돌아갈 것이라고."

이미 다 이긴 싸움을 매듭짓지 않고 돌아가겠다니. 우앙은 세상에 그토록 얼토당토않은 대답은 들어본 적도 없다는 듯 입을 떡 벌리며 다시 물었다.

"하면 지금은 무엇을 하는 것이옵니까?"

"선행."

"선행요?"

"그래. 진(秦)의 근간을 흔드는 선행이지."

"예?"

"모용수라 했지? 요동성을 지키는 수장이 제법이야. 그가 할 수 있는 일은 다 했더군. 근방 백 리 안의 고을이란 고을은 다 불태웠어. 수성의 정석이지. 다만 눈이 짧아. 가뜩이나 내가 생불이라고 불리는 마당에 그런 폭정을 저질렀으니 민심이 남아나겠나.”

“아, 예, 투항해 오는 이가 한둘이 아니긴 합니다.”

“미친 척 싸웠으면 또 몰랐을 것을. 그가 나름 앞을 내다보는 덕에 전쟁은 이미 끝났다. 이길 수 없는 전쟁이라 생각하니 지키기만 할 테고, 지키기만 하면 민심은 더욱 흩어지지. 이 전쟁은 처음부터 영토를 빼앗는 전쟁이 아니었어.”

“하면 그저 기다리면 되는 것이옵니까?”

“그래. 사실 저따위 성채야 가지려면 언제든 가질 수 있다. 안 가지는 것뿐이야. 더 말라죽길 기다려 피 한 방울 흘리지 않고 저들을 흩어놓으면 그때는 더욱 커다란 소문이, 우리 고구려를 더욱 신으로 떠받드는 소문이 날 테니까. 선행만 베풀었는데도 요동을 무너트렸다니, 그야말로 부처의 군대지.”

“아.”

“내 목적은 애초에 선전(宣傳)이다. 하나는 전진을 겁먹게, 조급하게 만들어 동진과 다투게 하는 것, 하나는 내 진심과 고구려의 힘을 보여 백제와 부여수를 설득하는 것. 그렇게 천하 사방에 소문을 내는 선전이 나의 목적이지.”

“……”

“그냥 진(秦)의 왕과 제후들에게 조금 더 겁을 주는 거야. 민심의 이탈과 사기의 저하야말로 위정자들이 가장 겁내는 것이니까."

우앙은 문득 하루 전의 일을 떠올렸다. 투항한 전진의 포로들은 잿더미가 되어버린 고향을 목격하고 모용수의 폭정에 치를 떨었으며 그 불탄 민가를 재건하는 고구려군의 방침에 더없이 감사해하며 누구보다 앞장서서 스스로 일했다. 그들의 마음이란 보지 않아도 빤한 것이었고 향후 그들의 입에서 전해질 소문이란 듣지 않아도 알 수 있는 것이었다.

"하면 전쟁은 이미 끝난 셈이옵니까?"

"그렇다. 고구려는 여기서 선행을 베풀며 빈둥거리다 그냥 돌아가면 되는 것이야."

그리 말한 구부는 우앙을 바라보던 눈길을 거두고 뜬금없이 주섬주섬 몇 가지 물건을 손수 챙기기 시작했다. 우앙이 곧 인사를 올리며 물러가려는데 문득 구부가 그를 불렀다.

"우앙."

"예, 폐하."

"이제 어찌 해야 하는지 잘 알겠지?"

새삼스러운 물음에 우앙은 고개를 끄덕였다.

"예, 폐하."

"그럼 잘 부탁한다."

"예?"

다시 구부를 바라본 우앙은 눈을 크게 떴다. 구부는 떠날 채

비를 차리고 있었다.

"먼저 돌아가겠다. 이제 남은 건 대장군 우앙이 일궈낸 위대한 승리야. 요동성이 적당히 비어버리거든 그냥 돌아와. 점거할 필요도 없고 굳이 군사를 남겨 지킬 필요도 없다. 이겼다는 그 사실만이 중요하니까."

"……?"

"하나만 명심해. 결코 내가 없다는 사실만큼은 알려져서는 아니 된다. 적당히 병졸 하나 데려다가 변장시켜서 막사에 넣어놔. 그것만 지키면 물 흐르듯 모든 일이 이루어질 것이야."

"폐하, 어째서."

"서어산."

"예? 아, 아. 서어산."

"인질로 던졌다가 또다시 방패막이로 던져둔 그 아이들. 하루바삐 부여수와 화친하고 그들을 구해내야지. 들고 나는 것이 다 쉽지 않은 천혜의 요새이니 아마 별문제야 있겠냐마는 역시 마음이 좋지 않구나."

구부는 말끝을 흐렸다. 그리고 그 말을 끝으로 입을 다물었다. 우앙의 어깨를 두어 번 치고 막사를 나선 그는 은밀히 몇몇 장수와 군사를 차출하여 일행을 꾸렸다. 그리도 마음이 급한지 서둘러 모든 채비를 차린 그는 즉시 요동을 떠나는 말에 올랐다. 그의 부재란 비밀 중의 비밀이어야 하는 터라 배웅하는 이라고는 우앙 하나뿐이었다. 떠나는 말에 박차를 가하려다 말고 구부는 잠시 멈추어 멀거니 서있는 그를 불렀다.

"우앙, 그대는 비록 뛰어난 장수는 아니지만 가장 충실하고 성실한 장수다. 내게 누구보다 필요하고 소중한 사람이야."

"감사하옵니다, 폐하. 먼 길 부디 몸 조심히 가십시오."

구부는 그러고도 무슨 말을 더 하려다 그냥 입을 다물었다. 그리고 한 번 우앙을 끌어안고는 곧 말을 몰아가니 머잖아 우앙의 눈에서 사라졌다. 그렇게 우앙 외에는 아무도 아는 이 없이 구부는 요동을 떠나갔다.

우앙은 구부의 말을 충실히 따랐다. 요동성을 향한 어떤 군사지침도 없이 다만 근방의 황폐한 농토를 다듬고 민가를 재건하는 데에만 온 힘을 기울였다. 날이 갈수록 요동성에서 탈주해 오는 병사와 민간인의 숫자가 늘었고 우앙은 그들을 받아들여 다독였다. 구부의 말은 사실이었다. 요동성의 모용수는 다만 굳게 성문을 걸어 잠그고 나설 생각을 않았으며 인근의 어느 땅에서도 그런 요동을 구하러 오는 원군의 낌새가 없었다.

이제 요동성의 함락은 시간문제였다. 우앙은 슬슬 돌아갈 날짜를 헤아려 보았고 약 보름 뒤로 회군할 날짜를 잡았다. 요동성이 온전히 비거든 홀로 입성하여 몰래 깃발 하나만 꽂아

놓고 돌아오리라, 우앙은 몇몇 장수들만을 불러 마지막 소박한 포부를 밝히며 웃었다.

때가 무르익을수록, 개선의 날짜가 가까워올수록 그는 더욱 성실히 모든 일에 만전을 기했다. 병사들을 잘 먹이고 다독였으며 야습에 대비한 경비를 늘리고 군량고를 철저히 지켰다. 근방 민가를 복구하러 흩어졌던 병사들을 불러들였고 정찰병을 더욱 멀리까지 보내었다. 군진에는 칼날 같은 경계가 흘렀으며 사기는 충만했고 병사들은 건강했다. 모든 군령은 빈틈없이 내려지고 실행되어 군중에 구부가 없다는 사실은 누구도 알 턱이 없었다. 모든 일이 그렇게 순조로웠다.

왕위에 어울리지 않는다

약 보름이 흘렀다.

마침내 평양성으로 돌아온 구부는 성문을 열고 조용히 내성으로 들었다. 기적적인 대승을 거두고 혼자 조용히 돌아온 태왕을 보고 대신들은 놀라는 한편 만세와 축복으로 그를 맞이했다. 그러나 구부는 기쁨을 감추지 못하고 두 손을 들고 환영하는 대신들 가운데 알 수 없는 이상한 눈길을 의식하지 않을 수 없었다. 묘한 경계. 가장 높은 대신들과 귀족들의 눈길에는 묘한 이질감이 섞여있었다. 여태껏 구부를 마주하면 헤벌쭉 웃거나 머리를 긁으며 인사를 올려온 것이 그의 신하들이었다. 그것은 격의 없음을 보이며 스스로를 낮추는, 일종의 구부를 향한 자연스러운 경배였으며 충성의 표시였다. 그러나 지금의 대신들은 여느 군주와 신하가 보이듯 딱딱하고 엄숙한 예로 구부를 대했고 그 불편함의 정체를 구부는 어렵잖게 추측할 수 있었다.

'백제의 일이 잘못되었는가.'

그리고 내성의 대전까지 다다른 태왕은 그 추측이 사실임을 알 수 있었다. 대전에는 고운을 비롯한 몇몇 장수를 대동한 이련이 서서 그를 기다리고 있었다. 역시 잘못되어 있었다. 아직 백제에, 서어산에 있어야 할 장수들이었건만 먼저 도착해 있었다. 꼬인 매듭을 직감한 구부는 슬며시 눈을 감았고, 기다리던 장수들은 무릎을 꿇었다.

"폐하."

그들의 얼굴에는 그간의 고생을 말해주듯 이루 표현할 수 없는 피폐함이 떠올라 있었다. 이련이 몸을 일으키며 한 발 앞으로 나서 입을 열었다. 이윽고 더없이 침통한 음성이 그의 입에서 흘렀다.

"송구하옵니다. 패배하였사옵니다. 작은 승리에 자만하다 백제왕의 원군에 대패하였사옵니다. 출정한 군사의 태반을 잃어 살아남은 군사는 약 이천가량이옵니다."

이윽고 눈을 뜬 구부는 경직된 얼굴을 풀고 이련의 앞으로 다가가 그를 안았다.

"아니다. 미안하다. 모든 것이 내 탓이다. 살아 돌아온 것만으로도 장하다."

그러나 이련은 가만히 구부의 팔을 풀며 더욱 깊이 고개를 떨어트렸다.

"송구하옵니다. 폐하의 이름을 두 번 더럽혔사옵니다. 나가서 싸우다 패배한 것이 한 번이며 또 한 번은."

지나치게 비장한 이련의 목소리에 구부는 문득 묘한 기분이 들었다. 그 두꺼운 포위망을 뚫고 살아온 것만으로도 기적이라 할 만한데 이름을 더럽혔다니. 그러고 보니 이상했다. 어떻게 그 좁은 분지의 협로를 뚫고 살아나온 것일까. 대체 무슨 일이 있었기에. 구부는 짧은 순간 많은 생각을 떠올리며 이련을 바라보았고 말을 끊었던 이련은 제 입술을 깨물며 망설이다 남은 말을 내었다.

"보잘것없는 목숨 건사하고자 민간의 농토에 불을 질렀습니다. 인근의 곡창을 모조리 태워 그 난리 통을 타고 회군했사옵니다."

"……."

구부는 아무 말도 하지 못했다. 그의 얼굴에 미처 감추지 못한 낭패가 자리 잡았다. 창백해진 그 얼굴을 감히 올려다보지 못한 채 이련은 계속 말을 이었다.

"서어산 남쪽 등선에 불을 붙였사옵니다. 바람을 타고 불이 번졌고 일찍이 누구도 본 적 없는 대화재가 곡창을 모조리 태워버렸사옵니다. 백제군은 그 불길을 잡느라 아군을 추격하지 못했사옵니다."

"……."

"죽여주십시오, 폐하. 이미 태반의 수하를 잃고도 못난 목숨이 아까워 폐하와 고구려의 이름을 모두 더럽혔사옵니다."

구부는 슬며시 눈을 감았다. 백제는 이제 틀림없는 철천지 원수가 되었을 것이었다. 왕과 장수들뿐 아니라 백성 하나하나가 모두 고구려에 대한 원한을 불태우리라. 그토록 바라던 백제와의 화친은 이제 지난한 일이 되어있었다. 향후의 고구려를 꿈꾸며 그가 그려온 그림의 핵심은 백제와의 화친이었다. 전진과 동진의 전란을 틈타 강역을 넓히려던 꿈도, 요하 유역을 확보하여 민족의 뿌리를 되찾으려던 꿈도 백제와의 화친이 전제되어야만 가능한 일이었다. 이제는 아무것도 얻을 게 없는 백제와의 다툼에 휘말려 길고 긴 시간과 국력을 낭비해야만 할 것이었다.

　"죽여주십시오, 폐하."

　오랜 세월 쌓아온 꿈이 휘청거리는 것을 느끼며 구부는 입을 열었다.

　"어째서."

　순간 구부는 이상함을 느꼈다. 그가 아는 이련은 그럴 수 있는 사내가 아니었다. 강직하고 강직한 무인. 과격하되 당당하고 성급하되 정직한 전형적인 고구려의 사내였다. 민생을 해하지 말라는 자신의 철통같은 당부를 어기고 민간에 불을 지를 수 있을 만큼 제 목숨을 소중히 여기는 인물이 아니었다. 구부는 순간 자리한 몇몇 장수의 얼굴을 훑었고 그의 시선은 고운의 차례에서 멎었다. 신중하고 복잡한 낯빛에 영리한 눈매, 재기로 번뜩이는 입술. 충분히 무엇보다 스스로를 사랑할 만한, 공명심과 야망이 있을 만한 인물이었다. 이런 인물이 있었다니. 내 불찰이구나. 구부는 짤막한 한숨을 흘려내며 중얼거렸다.

"너로구나."

엉뚱한 물음이었으나 고운은 무릎 꿇은 채로 차분히 답했다.

"예, 그렇사옵니다. 폐하, 소신 고운이라 하옵니다. 소신이 왕제 전하의 명을 어기고 폐하의 이름을 더럽혔사옵니다."

내용과는 달리 한 치 부끄러움이 없는 당당한 목소리가 고운의 입에서 흘러나왔다.

"그래, 그토록 네 목숨이 소중했느냐?"

"예, 폐하. 소중했사옵니다."

더없이 무례한 대꾸와 함께 고운은 이내 허락 없이 꿇은 무릎을 세우며 일어섰다. 이련은 눈을 번뜩이며 죽일 듯이 고운을 노려보았고 자리한 신하들 역시 흠칫 놀라 고운에게로 눈을 모았다. 그가 뱉어내는 말과 행동은 역모에 준하는 것들이었다. 그러나 정작 구부는 말없이 고운을 바라보았다.

"송구하옵니다, 폐하. 그러나 소신더러 싸우다 죽으라 명하셨더라면 반드시 그리했을 것이옵니다. 그러나 이 전쟁은 처음부터 올바른 전쟁이 아니었사옵니다. 폐하께서 천하를 속이려 고구려 조정을 속이고 장졸을 속이며 온 부모들을 속인 거짓 놀음에 불과했사옵니다."

"이놈!"

이련이 더 참지 못하고 고운의 멱살을 잡아 들어 올렸다. 당장이라도 목을 꺾어버릴 태세였다. 그러나 이련의 눈빛을 받은 구부는 고개를 저었다. 다만 씁쓸한 얼굴로 고운을 바라보고 있을 뿐이었다. 곧 이련의 손에서 풀려난 고운은 목을 매만지며 다시 말을 이었다.

"고작 외교였습니다. 폐하께서는 부여구와 모종의 밀약을 하고자 아군 전부를, 온 고구려 명가의 아들들을 인질로 던진 것이었습니다. 온 고구려의 누구와도 합의하지 않은, 오로지 폐하 혼자만의 밀약을 위해 그 모두를 죽음의 구렁텅이에 밀어 넣은 것이었사옵니다."

"사실이다."

좌중의 눈길이 구부에게로 옮겨갔다. 구부는 선선히 고개를 끄덕이고 있었다.

"그 외교는 일단 성공했으나 부여구가 죽은 탓에 실패한 셈이 되어버렸습니다. 그 때문에 서어산의 모두가 백제의 손아귀에 떨어졌지요. 폐하께서 계획하신, 아무도 모르고 오직 폐하만이 아시는 밀약 탓에, 폐하의 노림수가 빗나간 탓에 우리 모두가 죽어야만 했던 것이었사옵니다."

"그래. 그 또한 사실이다."

"명예롭게 죽는 것이 장수이옵니다. 고구려의 기상을 위해 폐하의 명을 떠받드는 것이 장수이옵니다. 헌데 폐하께오서는 고작 부여구와의 회담, 그 한 자리를 위해 그 모두의 목숨을 내던지셨사옵니다. 그 누가 명예롭게 죽었사옵니까? 조씨 가문의 아들도, 명림씨 가문의 아들도, 주씨 가문의 아들도 모두 못난 패장으로 죽었사옵니다. 중과부적의 싸움 속에서 포위된 채 이름 모를 백제의 군졸에게 살해당했사옵니다."

"그랬구나."

"평양의 원군을 기다리며 모두가 분투했사옵니다. 헌데 서어산으로 왔어야 할 평양의 원군은 전진의 요동 땅으로 갔습니다. 그 또한 아무도 모를 폐하의 복안(腹案)이었겠지요. 폐하께서는 애초에 모두의 목숨을 없는 것으로 취급했던 것이옵니다. 고작 부여구와의 회담 한 자리를 위해 소모해 버린 덧없는 목숨이었던 것이옵니다."

"……."

"그런데도 폐하의 높으신 이름만을 위하여 그 자리에서 죽으라니요. 소신은 그럴 수 없었사옵니다. 하나라도 많은 목숨을 살려 평양으로 와야 했사옵니다. 그것이 비록 폐하의 뜻을 어기는 길일지라도 온전히 고구려를 지키는 길이라 생각했사옵니다. 폐하, 틀렸사옵니까? 소신에게 잘못이 있사옵니까?"

구부는 묵묵히 고개를 저었다.

"아니, 네 말이 모두 맞다."

"하면 말씀해 보소서. 도대체 무엇이었습니까!"

"……."

구부는 이련의 시선이 자신을 향하는 것을 느꼈다. 고운은 말을 계속했다.

"그 부여구와의 밀약이란 대체 무엇이었습니까? 그 많은 아들들의 목숨을 담보로 가져야 할 정도로, 그토록 중요한 것이었사옵니까?"

구부는 답하는 대신 찬찬히 자리한 이들의 얼굴을 훑어보았다. 모두는 이제 고운의 무례에 분개하는 대신 의구심과 원망이 가득한 눈빛으로 구부를 바라보고 있었다. 자리한 이들 모두 높은 고구려의 관리들이었으며 그들 대다수의 자식이 흙색 깃발의 군사에 있었다. 아마 태반이 살아 돌아오지 못했으리라. 구부는 고개를 끄덕였다. 모든 것이 이해가 가고 있었다. 고운은 이 사실을 미리 온 귀족에게 알렸을 것이었다. 신하들의 알 수 없는 경계는 그 때문일 것이었다.

모든 상황을 정리하자 그는 문득 실소를 흘렸다. 완벽한 복안이었고 설계였건만. 무엇 하나 틀어질 일이 없는 그림이라 생각했건만 치명적인 결점이 있었다. 구부와 그들은 같은 곳에 있지 않았다. 너무나 높은 견지에서 그려낸 그림이기에 누구와도 공유할 수 없다는 그 사실 자체가 바로 결점이었다. 고운이 그의 뜻을 알았더라면, 신하들이 그의 뜻을 알았더라면 기꺼이 제 목숨, 제 자식의 목숨을 내던져 훗날의 고구려를 위해 기쁘게 죽음을 맞이했을 텐데. 백제를 잃을 일 따위 없었을 텐데. 신하들은 물론 고운도 잘못이 없었다. 미워할 필요가 없었다. 구부 스스로의 한계였다.

'온 나라의 중지를 모아 대신 실천하는 것이 왕이다.'

구부는 고개를 끄덕였다. 우앙에게 말했듯 그는 애초에 왕과 어울리지 않았다. 무리를 대표해야 하건만 무리와 함께 일할 수조차 없는 사람이었다. 그가 있어야 할 전장은 달리 있었다. 오로지 그만이 할 수 있는 일이 따로 있었다. 이윽고 구부는 벌써 몇 번이나 꺼내었던 단어를 떠올렸다.

양위.

비록 방법과 때가 다르고, 번듯한 반석 위에 고구려를 올려놓은 뒤는 아니지만 어쩌면 지금이 적당한 때가 될 수도 있으리라. 백제를 얻지는 못했지만 요동은 얻었다. 이쯤에서 만족해도 되지 않을까. 그만하면 후대를 믿고 넘겨도 되지 않을까.

때가 된 것이다.

구부는 이련에게 눈길을 옮겨갔다. 한참 그를 뜯어보던 그는 긴 침묵 후에 고운을 향해 물었다.

"고운이라 했느냐?"

"예, 폐하."

"내 대답을 듣기에 앞서 말해다오. 전장의 이련은 어떠하였느냐?"

엉뚱한 물음에 고운은 잠시 뜸을 들인 뒤 천천히 입술을 떼었다. 그는 비록 이기적일지언정 거짓을 꾸며 말하는 이는 아니었다.

"더없이 용맹하셨사옵니다. 백제의 누구도 감히 대적할 자가 없었사옵니다. 영웅이라는 백제왕조차 감히 맞서지 못해 비열한 꾀를 꾸미고 도망했사옵니다."

"무예를 물음이 아니다. 이련은 온 군사의 한중간에, 그들 마음의 가운데에 있었느냐?"

"물론이옵니다. 이길 때에도, 질 때에도 모두가 전하와 한 몸이었사옵니다. 소신과 같이 졸렬한 자조차도 왕제 전하를 위해 목숨까지 바쳐 싸웠사옵니다."

구부는 고개를 끄덕였다.

"이련은 능수능란한 명장이었느냐? 계략을 꾸미는 데 재능이 있었느냐?"

"아니옵니다. 전혀 그렇지 못했사옵니다. 편제를 하고 전술을 세우고 군영을 관리하는 모든 일에 장수들의 조언과 도움이 필요했사옵니다. 왕제 전하께서도 따르는 장수도 미숙하여 셀 수 없는 실수를 겪었사옵니다."

"그렇구나."

구부는 이련에게 눈길을 주었다. 한편으로는 고운을 노려보면서도 부끄러운 낯빛을 떠올린 채 고개를 들지 못하는 이련을 한참 바라보던 그는 천천히 입을 열었다.

"앞으로 너는 성장하겠구나. 너의 곁을 따르는 이들도 성장하겠지. 고구려가 너와 함께 커가겠구나. 너를 돕는 많은 책사가, 많은 장수가 탄생하겠구나."

"……?"

"이제 네가 고구려를 이끌어라."

순간 이련과 고운을 비롯한 온 신하의 입술에서 짤막한 신음이 터져 나오며 그들의 동그래진 눈길이 구부의 얼굴로 향했다. 구부는 편안한 얼굴로 고개를 잠시 끄덕이고는 입을 열었다.

"아직 미숙하니 섭정(攝政)으로 시작하여라. 허나 내 모든 국무에서 손을 뗄 것이라 이미 태왕의 위에 오른 것이나 진배없다. 향후 적당한 때를 보고 날을 골라 정식으로 양위토록 하자."

"폐하!"

"대장군 우앙이 곧 요동성을 함락시키고 돌아올 것이다. 요동을 발판 삼아 꿈을 꾸어라. 천하를 떨어 울리는 위대한 정복의 군주가 되어라. 나와 부왕(父王)께서 했던 것과는 다른 치국의 길을 걸으라. 민생을 보살피고 가르치는 일은 후대에 양보하여라. 먼저 칼을 들어 천하의 중심에 고구려라는 나라를 세우고 그 자부심 속에 살게 하여라."

"폐하!"

"천하 대제국 고구려를 세우는 일을 너에게 넘기마."

순간 이련을 비롯한 문무백관이 한마음으로 만류의 외침을 내었다. 태왕의 사사로운 계략에 자식을 잃었다는 설움, 모두를 속이고 이용했다는 미움은 그 순간 자리한 모두의 마음에서 잊혀있었다. 그는 사상 유례가 없는 위대한 군주였다. 법치로써 민생을 안정시킨 성군이며 학문을 크게 키워낸 대학(大學)이었고 기적에 가까운 전공을 몇 번이나 거두어 낸 전신(戰神)이었다. 그럼에도 격의라고는 찾아볼 수 없이 백성과 신하를 마치 벗처럼 대해온 따사로운 인물이었다. 그런 군주를 잃을 수는 없었다. 온 신하가 머릿속의 모든 것을 비운 채거듭 만류의 외침을 내었다.

"폐하!"

"이제 내 고운의 물음에 답하마. 내 너희의 자식들을 사지로 내몬 것은 부여구를 설득하기 위함이었다. 그에게 고구려의 왕위를 주겠다고, 고구려와 백제 두 나라의 왕이 되게 해주겠다고 하였다."

고운은 고개를 저었다. 신하들 가운데도 믿는 이가 없었다.

대체 이 무슨 일인가, 어째서 이 위대한 태왕을 잃어야만 하는가. 태왕은 무슨 말도 안 되는 소리를 하고 있는가. 어째서 이런 거짓말을 늘어놓는가. 그런 물음만이 있었다.

"믿지 않는구나. 허나 사실이다."

모두가 또다시 고개를 저었다.

"고운의 말이 모두 맞다. 내 고구려를 팔아넘기려 너희 모두를 속이고 그리 꾀를 꾸몄던 것이다. 비록 부여구가 죽어버리는 바람에 실패했지마는."

태왕의 말은 점입가경이었다. 신하들은 숫제 듣지도 않고 있었다. 웬 허튼소리인가. 양위를 설득하기 위한 엉망진창의 거짓말에 불과하다. 모두 그렇게만 생각하며 간곡한 목소리로 거듭 양위를 만류할 뿐이었다.

"왕이 하기 싫고 귀찮아 그리했던 것이야. 너희가 내게 모든 일을 미루기만 하니 이런 일이 생기지 않느냐. 그러니 오늘부터는 너희가 스스로 좀 일하여라. 왕이 멋대로 농단을 벌이게 놓아두지 말고, 또다시 이런 일이 생기지 않도록 직접 고구려를 만들어 가라는 말이다."

"폐하."

"너희의 시대야. 이련을 잘 보필하여 훌륭한 고구려를 열어 보여라."

신하들은 엎드린 채 거세게 고개만 저었다. 태왕은 정말로

떠나가고 있었다. 그 진정한 저의는 알 수 없었지만 그는 이미
결단을 내린 것이었다. 마치 부모를 잃는 것과도 같은 기분에
그들은 망연자실했다. 부모였다. 온 나라가 모든 일을 그에게
의지하였으며 그는 모든 일을 여태껏 홀로만 해결해 왔었다.
말하지 않는 일이 있다면 그만한 이유가 있는 까닭이며 혼자
모든 것을 떠안으려는 까닭일 것이었다. 바깥의 일을 미주알
고주알 털어놓지 않는 아버지, 다만 아이들을 보고는 웃기만
하는 그런 아버지와도 같이 그는 항상 모두를 향해 웃기만 했
었다. 그런데 이제 그 아버지가 떠나는 이유란 대체 무엇이란
말인가.

"폐하, 아니 되옵니다. 결코 아니 되옵니다."

"오래전부터 결정했던 일이야. 그대들은 더 말을 말라."

그리 말하며 구부는 자리에서 일어섰다. 신하들은 몇 걸음
을 쫓아가 그를 만류하려 했으나 구부는 홀홀히 대전의 뒷문
으로 나섰고 신하들은 감히 그의 옷자락까지 잡을 수는 없어
멍하니 그 뒷모습을 바라볼 뿐이었다.

한참을 그렇게 태왕이 사라진 대전에서 멀거니 서서만 있던
그들은 이윽고 고운에게로 눈길을 모았다. 그는 그들에게서
태왕을 앗아간 장본인이었다. 살기등등한 수십 쌍의 눈빛이
그를 향했고 이를 묵묵히 마주 보던 고운은 곧 손에 들고 있던
장수의 투구를 바닥에 내려놓았다. 그러고는 고개를 떨어트

린 채 쓸쓸히 대전을 떠났다.

"경하드리옵니다."

이어서 이련을 향한 축하의 인사 한두 마디가 적막 속에 무겁게 내려앉았다. 이련은 인사를 받지 않은 채 가만 서서만 있었으며 대신들 또한 겉도는 말투로 축하할 뿐이었다. 모두가 태왕이 사라진 자리만을 바라보고 있었다.

단청은 앞뒤 없이 찾아와 제 무릎을 베고 드러누워 버린 태왕을 조용히 바라보았다. 나이를 알 수 없게 동안인 그의 얼굴. 늘 해맑은 장난꾸러기 같은 그의 얼굴에는 지친 듯한, 그러면서 한편으로는 후련한 표정이 깃들어 있었다.

한참을 지나자, 태왕은 그간의 긴 이야기를 들려주기 시작했다. 한(漢)의 대계부터 시작해서 부여구와의 밀약, 대륙을 전란으로 밀어 넣는 계략부터 서어산의 실패까지. 그 긴 이야기의 마지막에 구부는 떠날 뜻을 밝혔다. 단청은 말이 없었고, 태왕은 마음이 편해졌는지 표정도 맑아졌다. 그는 아무에게도 밝히지 않았던 사사로운 이유, 이야기의 끄트머리를 들려주었다.

"이쯤에서 가야지. 내가 해야 할 전쟁은 따로 있으니까."

단청은 이해한다는 표정을 지었다. 몇 번이나 구부의 이야기를 들어왔던 단청은 어렴풋이 그 중요한 것의 정체를 깨닫고 있었다. 한(漢)의 문물. 공자가 차지해 버린 거대한 바다. 구부는 그 바다를 퍼내어 말려버리겠다는 그야말로 상상조차 못 할 거대한 포부를 지니고 있었다. 실은 이제야 비로소 그 야망이 시작되는 셈이었다. 더욱 커다란 싸움을 향해 떠나가는 것이었다.

그것은 그녀 본인의 염원이기도 했다. 저와 제 아비의 원수, 누구인지 무엇인지 알 수조차 없었던 원수를 구부는 정확히 지목했고 이제 그녀를 대신해서, 고구려 만민을 대신해서 갚아나가려는 것이었다.

"또한 왕으로서는 비구니와 혼인할 수 없으니까."

장난스레 덧붙은 한마디에 단청은 저도 모르게 얼굴을 피하며 제 머리를 만졌다. 이제 한두 마디 남짓 거뭇하게 자라난 머리가 어색한 듯 그녀는 손끝을 오므리다 이내 웃어버렸다.

"출가하지 않았다면 폐하를 뵙지도 못했을 것입니다."

여전히 무릎을 베고 누워있던 구부는 그런 그녀의 손가락 끝을 잡아 매만졌다.

"과거 보고를 들으며 가슴 아파했던 이야기가 있어. 유자들의 가혹한 계도에 일어난 민란, 그리고 태수를 찔렀다는 어린 소녀. 그대와 딱 들어맞지. 어쩌면 내가 그대를 비구니로 만든 셈일까."

"……"

"미안하다. 그대를 그리 만든 것이 미안하고 여태껏 알고도 모른 척한 것 또한 미안하다. 내 그대에게 잘못이 많다."

"……."

"차차 갚아보자꾸나."

단청은 동요하는 대신 다만 설운 눈매를 멀리 던졌다. 한참 말없이 시간을 흘려보내던 그녀는 어느 순간 결심한 듯 고개를 끄덕였다. 그리고 여느 때와 같이 차분히 입을 열었다.

"폐하."

"그래."

"말씀하신 바 모두 사실이옵니다."

"그렇구나."

"저의 아비는 예법을 지키지 못하여 맞아 죽었사옵니다."

쓸쓸한 듯 공허한 듯 알 수 없이 겉도는 목소리가 이어졌다.

"그것이 불씨가 되어 민란이 났고 백성들은 관소에 쳐들어가 태수를 억류했습니다. 그러나 붙잡힌 태수는 오히려 백성을 보호하고 다독였습니다. 그는 공정하고 깨끗하며 검소한 사람, 군자라는 말이 부끄럽지 않은 사람이었습니다. 오로지 야만과 무지가 너희의 원수다, 누구도 너희를 삿된 뜻으로 해하지 않았다. 그는 그렇게 타일렀고 감동한 군중은 부끄러움에 무기를 버렸습니다."

"음."

"다만 제가 부끄러움을 모르고 태수를 찔렀습니다. 제게는 야만과 무지 따위가 아닌, 유학의 예법을 엄격히 강요한 그 태수가 바로 원수였습니다. 저는 복수를 한 셈이었습니다."

단청은 잠시 쉬었다가 담담한 목소리를 이어갔다.

"그러나 태수는 피 흘리며 죽어가는 와중에도 오히려 그를 찌른 저를 마루 밑에 숨겼습니다. 잊어라, 잊어라, 오늘 일은 모두 잊어라. 그것이 그가 죽어가며 남긴 마지막 말이었습니다."

"……."

"제 아비는 죄인으로 죽었고 저는 죄인이 되었습니다. 그리고 죄인이 되면서까지 찔렀던 원수는 성인(聖人)이 되어버렸습니다. 저는 누구를 원망해야 할지 알 수 없었습니다. 다만 제가 생각키에 그 모든 일은 유학, 유학 때문이었습니다."

"……."

"공자가 만들고 태왕께서 받아들였다, 제가 그 무서운 유학에 대해 아는 것이라곤 그뿐이었습니다. 공자는 옛사람이라 만날 수 없으니 폐하를 찾아 여쭈려 했지요. 태학을 세워 유학을 퍼트린 이유가 무엇인지. 진실로 그 유학을 받아들여야만 비로소 사람답게 살 수 있는 것이 맞는지."

"……."

"다른 선비와 같은 말씀을 하신다면. 예법이란 그저 좋은 것이다, 따라야 하는 것이다라고만 말씀하신다면. 그리하면 독이 든 찻잔을 바치리라는 것이 저의 생각이었습니다. 그러나 폐하는 이상한 분이셨습니다. 유학을 퍼트렸으면서도 유학을 미워하고, 법을 만들었으면서도 법을 미워하고 계셨습니다. 하다못해 불법을 받아들였으면서도 불법을 비웃고 계셨습니다. 궁성에 온 뒤로 저는 매일 차를 달였으나, 그러나 올릴 생각이 없음을 다행으로 여기었습니다."

구부는 흠칫 법당 한구석에 놓인 상을 바라보았다. 항상 놓여있던 찻잔과 찻주전자. 그것이 독이었단 말인가.

"그 모두를 하찮게 여기는 분의 뜻이란 더욱 높은 곳에, 유학 너머에 있으리라는 믿음, 저는 폐하와 함께하는 동안 어렴풋이 그런 믿음을 가지게 되었습니다."

"……."

"그 너머에 무엇이 있는지, 폐하께서 닿으려는 곳이 어디인지 저는 알지 못합니다. 다만 어렴풋이 짐작건대 제가 갔어야 하는 곳, 모자란 탓에 가지 못하는 곳이 폐하께서 가시는 곳이겠지요. 갈 길 잃은 이 땅의 수만 백성을 대신하여 가시려는 곳이겠지요."

"……."

"품으신 뜻은 진즉 눈치채었으나 말씀드리지 못했사옵니다. 늦게나마 감사드리옵니다. 원수인 줄로만 알고 찾았던 폐하가 실은 하나밖에 없는 은인이었사옵니다. 모든 것을 잃어버린 보잘것없는 제 삶에 단 하나 기댈 곳이 있다면 그것은 오로지 폐하였사옵니다."

긴 이야기를 듣는 내내 구부는 지그시 눈을 감고 누워만 있었다. 그녀가 더 말을 잇지 못한 채 목소리에 물기를 머금자 구부는 천천히 일어나 앉았다. 한참 그녀의 얼굴을 뜯어보던 그는 곧 고개를 갸웃거리며 뚱하니 물었다.

"그대가 하는 말이 너무 길고 어려워 잘 알아듣지 못하겠다. 그냥 혼인을 약조하겠다는 이야기로 들어도 되겠는가?"

"폐하."

"모든 과거를 잊고 더는 생각하지 말라. 그저 내게 기대라. 내 잘 해낼 수 있을 것이다."

단청은 마침내 눈물을 한 방울 떨어트렸다. 구부는 그런 그녀를 가만히 감싸 안았고 그들은 그렇게 시간이 멈추기라도 한 듯 움직임 없이 오랜 시간을 보냈다. 구부는 그녀의 꺼칠한 머리를 쓰다듬며 편안한 미소를 지었으며 단청은 긴 세월 남몰래 삭혀왔던 속내를 마침내 털어내며 뜨거운 눈물을 흘렸다.

"감사하옵니다. 감사하옵니다……."

그리고 그들이 자리한 법당 바깥에는 고개를 갸웃거리는 사내가 있었다. 백동. 우연히 지나치다 태왕과 비구니 사이의 기묘한 광경을 발견한 그는 놀라는 대신 눈을 가늘게 뜨며 연신 기억을 더듬었다. 그의 눈길은 태왕이 아닌 비구니를 향해있었다.

구부의 군사

　무덤.

　부서진 비석이 굴러다니고 푸르스름한 도깨비불과도 같은 것들이 허공에 떠다니는 오래된 무덤 터에 한 사내가 모습을 드러냈다. 온통 검은 옷을 입고 얼굴을 가린 그는 주변을 삼엄히 경계하며 한 걸음씩 천천히 옮겨놓다 한 무덤 앞에 이르러서 무릎을 꿇고 앉았다. 이윽고 허리를 숙인 그는 대단히 숙달된 손놀림으로 봉분의 한구석을 파기 시작했고 머지않아 꽤 깊은 구멍이 생겨났다. 곧 상반신을 구멍으로 집어넣은 그는 한참 안쪽을 더듬다 손을 빼냈다. 그의 손끝에는 반쯤 썩어가는 허연 조각이 들려있었다. 그가 자세히 들여다보는 그것은 틀림없는 사람의 뼈, 무덤에 묻힌 자의 뼛조각이었다.

　"심봤다."

　그는 이윽고 만면 가득 웃음을 떠올리며 들리지 않게 입모양만으로 외쳤다. 곧 그는 상반신을 다시 구멍으로 밀어 넣었고 한참 무덤 구석구석을 더듬거리다 빠져나온 그의 손에는 순금 가락지가 들려있었다.

"허, 대단하구나."

기뻐서 어쩔 줄 모르던 그는 갑자기 들려온 목소리에 황급히 품속의 단도를 뽑아 들며 뒤로 물러섰다. 그러나 나타난 인물은 다만 편안한 웃음을 지으며 손을 내저었다.

"아니, 불안해하지 말거라. 너를 고발하거나 해치려는 것이 아니야."

"순졸이냐? 도적이냐? 무엇 하는 놈이냐?"

"쉬, 태왕이야."

"무어? 이런 정신 나간 놈을 보았나. 저리 꺼져."

도굴꾼이 단도를 치켜세우며 위협했으나 스스로를 태왕이라 밝힌 인물은 아랑곳없이 손사래를 치며 한 걸음 가까이 다가갔다. 겁먹은 도굴꾼의 단도가 태왕에게로 향하고 시퍼런 날이 반짝이는 찰나, 어둠 속에서 마치 닭이 날개를 퍼덕이듯 바스락거리는 소리와 함께 한 사내가 나타나 도굴꾼의 팔목을 비틀어 쥐었다. 단도는 힘없이 바닥에 떨어지고 나타난 사내는 도굴꾼의 귀에 속삭였다.

"나는 이미 열다섯 무렵에 고구려 제일장 여노의 기예를 모조리 익힌 태왕 폐하의 호위무사 종득……."

사내는 말을 끝내지 못하고 머쓱하니 한쪽으로 물러났다. 혀를 차며 다가온 태왕이 그의 궁둥이를 발로 차버린 탓이었다. 곧 태왕은 도굴꾼이 들고 있는 뼛조각에 지극한 관심을 보이며 물었다.

"너는 그 뼈를 보고 죽은 이가 부유한지 알 수 있던 것이냐?"

종득의 손아귀에서 풀려난 도굴꾼은 꺾였던 팔목을 매만지며 썩은 얼굴로 태왕과 종득을 번갈아 바라보다 '쯧' 소리를 내며 고개를 끄덕였다.

"호, 어찌?"

"늑골이 기다랗게 뻗었으니까. 잘 먹는 자는 배가 나오게 마련이고 늑골이 뻗게 마련이오."

"늑골 외에 다른 뼈로도 짐작할 수 있느냐?"

"뭐, 웬만하면 다 가능하지. 묻은 기름을 만져보아도 알 수 있고, 뼈마디가 닳았는지 만져보아도 알 수 있고, 모가지가 휘었는지 뻗었는지도…….."

"하면 다른 것도 알 수 있느냐?"

"사내인지 계집인지, 뭐, 나이는 얼마쯤인지, 어느 지방 놈인지 그 정도는 알 수 있소만. 그런데 왜 그러시오? 관소에 고할 것이면 고하고 이 가락지를 뺏을 것이면 뺏을 일이지 쓸데없는 것은 왜 자꾸."

"대단하구나!"

구부는 손뼉을 치며 도굴꾼을 칭찬했다. 그러고는 그의 어깨를 두드리며 물었다.

"혹시 내 신하가 되어볼 생각이 없느냐?"

"신하요?"

도굴꾼은 기가 막힌 듯 구부를 빤히 쳐다보다 한숨을 쉬었다.

"당신이 무언데?"

"태왕이래도."

막 짜증이 일어난 도굴꾼은 한 소리 욕설이라도 길게 뻗어 내려다 갑자기 입을 다물었다. 어쨌거나 무사임에 틀림없는 종득이라는 자가 당장이라도 불길이 뻗어 나올 것 같은 눈을 있는 대로 부라리고 있는 까닭이었다.

"샀은 줄 테요?"

"아무렴, 주지."

그리고 태왕은 종득의 품을 뒤적거려서는 묵직한 은덩이 하나를 꺼내어 도굴꾼에게 툭 던졌다. 평생 그만한 크기의 은덩이는 구경해 본 적도 없는 도굴꾼은 손이 전해오는 무게에 놀라 눈을 휘둥그레 뜨고는 갓 태어난 아이라도 만지듯 조심스레 몇 번 쓰다듬어 보다 곧 태왕의 앞에 풀썩 소리가 나도록 엎드렸다. 구부는 씩 웃으며 그를 붙잡아 일으켰다.

"헌데 무덤이 어디에 있는지는 보통 어찌 아느냐? 도굴하려면 일단 무덤을 잘 찾아야 할 것 아니야."

일어선 도굴꾼은 만면 가득 존경을 지어 보이며 공손히 답했다.

"풍수지리에 정통한 자가 따로 하나 있습니다. 그자가 가라는 곳을 가보면 십중팔구는 무덤이 있어요. 소인도 이제 도가 트기는 했지만, 그래도 역시 그자가 낫기는 낫습니다, 어르신."

"그래, 그러면 그자에게 가자꾸나."

구부는 한껏 기분이 좋은 듯 껄껄 웃으며 도굴꾼과 종득을 앞세워 걸음을 옮겼다.

"뉘신지?"

"태왕이야."

풍수사라는 자가 거친 욕설을 뱉으려는데 도굴꾼이 그의 머리를 잡아 누르며 예를 표하게 했다. 이윽고 그에게도 은덩이가 떨어지니 풍수사 역시 즉시 공손한 얼굴이 되어 무릎을 꿇고는 구부가 묻는 말마다 정성을 다하여 답했다.

"지방마다 다릅니다. 해가 반절 이상 나는 지방은 산골을 좋아하고 좀 추운 지방은 휑한 들판을 좋아해요. 아무래도 시체라는 게 썩으면 보기 안 좋고 하니까. 재밌는 건 이게 또 백제놈 고구려놈 신라놈 다 다르고 그렇습니다. 고구려는 무덤 돌이 크면 권세가 높은데 신라는 또 작을수록 높고 그래요. 좀 사내답고 계집 같고 그런 냄새가 나라마다 다릅니다. 왼쪽이 막히고 오른쪽이 막히고 이런 건 땅속 물길 때문인데, 이게 또."

"허, 너는 풍수를 공부했다면서 어쩌 공부한 티가 나질 않는구나."

"다 웃기는 소립니다. 풍수 보는 놈들 잡아다 주역(周易) 같은 서책 한 권 들고 어디 옛 무덤들 찾아보라 해보십쇼. 뭐 하나 찾는 놈 없습니다. 책이 무슨 신령님도 아니고. 아니, 뭐 소인도 읽기는 읽었습니다. 읽기는 읽었는데 이게, 글쎄 감이랄까 생각이랄까 그런 게 더 중요합니다. 책이 이렇다 하면, 왜 그럴까, 아, 이래서 그렇구나, 뭐 그런. 여하튼 책으로 공부하는 것은 태학의 높으신 선비분들이나 할 일입죠."

"허허."

구부는 크게 웃으며 풍수사의 어깨를 두드렸다.

"그 태학의 여느 학생들보다 네가 훨씬 낫구나. 그래, 사람은 생각을 해서 알아야지."

풍수사 역시 손사래를 치며 낄낄 웃었다. 다만 농담으로 받아들인 탓이었다.

"헤헤, 태학이오? 듣자니 어르신은 태학을 가보시기라도 한 것 같습니다."

"가볼까?"

"예?"

"태학 말이다. 말 나온 김에 한번 가보자꾸나. 어쩌면 거기에도 쓸모 있는 놈이 있을지 아느냐."

"에이, 없습니다, 없어요. 죄 답답한 서생들이지."

"내가 하나 봐둔 놈이 있기는 한데 말이야."

구부는 말끝을 흐리고 이내 태학이 위치한 도성을 향해 걸음을 옮겼다. 신하로 거두어진 풍수사와 도굴꾼이 제각기 은덩이를 쓰다듬으며 콧노래를 흥얼거리며 더없이 행복한 얼굴로 그의 뒤를 따랐다.

그러나 더없이 행복했던 도굴꾼과 풍수사의 얼굴은 얼마 안 있어 사색이 되어야 했다. 도성의 성문에서 구부를 본 모든 군졸이 일제히 옆으로 물러나며 머리를 조아린 때문이었다. 태왕을 배알한 군졸들은 사방이 떠나가라 외치며 지극한 예를 표했다.

"태왕 폐하를 뵈옵니다."

눈이 튀어나오도록 놀란 둘은 이후로 구부의 뒤로 이십 보가 넘도록 떨어져 걸으며 태왕이 돌아볼 적마다 엎드리며 바닥에 이마를 비볐다. 그 꼴이 재미있는 구부는 두세 걸음마다 그들을 한 번씩 바라보아 태학에 다다를 즈음 둘은 온몸이 흙투성이가 되어있었다. 곧 태학에 들어 먼지 한 톨 없이 깨끗이 닦여있는 마루에 오르려니 민망한 그들은 멀찍이 떨어져 옷을 털었고 그 순간 어디선가 한 젊은 선비가 고함을 치며 그들에게 달려왔다.

"잠깐, 잠깐 그대로 있으시오."

젊은 선비는 달려온 그대로 바닥에 종이를 펴며 엎드리고는 붓을 들어 그들의 모습을 그림으로 그리기 시작했다. 당황하여 먼지를 털던 그들은 멀거니 선비만 바라보았고 그림을 다 그린 선비는 종이를 들어 그들과 번갈아 바라보더니 크게 외쳤다.

"세(洗)!"

"……?"

"틀림없는 세(洗: 씻다)로다!"

그러고는 저 홀로 연신 떠들었다.

"과연 앞의 점 세 개는 씻을 물을 뜻하는 것인가, 아니면 먼지를 뜻하는 것인가. 혹 작은 벌레를 뜻하는 것은 아닐까. 선(先)이 사람의 모습인 것은 분명하건만. 어렵다, 어려워!"

그러고는 도굴꾼과 풍수사에게서 관심을 거두고 옆의 종득을 향해 외쳤다. 정확히는 그가 허리춤에 차고 있는 칼을 향한 외침이었다.

"도(刀)는 휘었고 검(劍)은 똑바르니 당신 허리의 그 똑바른 칼은 검이오. 하지만 검(劍)에는 갑주를 두른 사람이 서있으니 검을 차려면 반드시 갑주를 입어야 해. 당신, 앞으로 갑주를 입지 않으려면 반드시 검(劍) 대신 도(刀)를 차시오!"

　종득 또한 해괴한 소리에 할 말을 잃고 선비를 바라만 보았다. 선비는 이번에는 구부를 보며 외쳤다.

　"제(帝)가 어째서 관을 쓰지 않는단 말입니까! 임금이 관을 쓰지 않으면 시(市)가 되고 만단 말입니다!"

　"그렇지 않다. 제(帝)는 사람 모양이 아니라 제사를 올리던 제단의 모양에서 따 왔거든."

　"하면 앞으로 관을 쓰지 않으셔도 됩니다."

　선비는 그리 쓰윽 중얼거리고는 그들의 앞을 떠나갔다. 모두 어처구니가 없어 멀뚱히 서있는데 구부가 어깨를 으쓱하며 말했다.

　"저자다."

　"예?"

　"내 세 번째 장수."

　"세 번째요?"

　"그래. 첫째는 너, 둘째는 너. 그리고 저자가 셋째."

　"신하도 아니고 장수란 말이옵니까?"

　구부는 고개를 끄덕이고는 멀어져 가는 젊은 선비를 따라 걸음을 옮겼다. 선비의 처소까지 따라간 구부는 닫힌 문을 열어 젖히며 선비를 부르다 말고 '허' 하는 탄성을 내었다. 선비의 처소에는 수백 장의 꾸깃꾸깃한 종이가 빼곡하게 널브러져 있었다. 다양한 그림과 그 그림을 닮은 글씨들이 쓰인 종이 쪽들이었다.

"가자."

앞뒤 없이 구부가 묻자 선비는 물끄러미 구부를 쳐다보다 주섬주섬 제 물건 몇 가지를 챙긴 뒤 걸어 나왔다.

"어디로 가잔 줄 알고 묻지도 않고 바로 나서?"

"도성의 물건은 이미 다 그려보았습니다. 어딘들 다른 걸 그려보러 가고 싶었는데 마침 가자시니 가야지요. 태학에서도 학문이 모자라 곧 쫓겨날 차였습니다."

구부는 더없이 즐겁게 웃으며 그의 손을 잡았다.

'긴 여행을 떠날 것이다. 함께 가자꾸나.'

무릎에 행낭을 올린 채 법당 마루에 걸터앉은 단청은 며칠 전 밤 귓가에 머물렀던 그 말을 되새기며 태왕이 나타나기를 기다리고 기다렸다. 그리고 마침내 눈앞에 나타난 태왕에게로 향한 그녀의 맑은 눈은 애틋함과 설렘 대신 황당함으로 가득 차올랐다. 호위인 종득을 제외하고도 세 사람 더, 도굴꾼과 풍수사와 선비가 꾀죄죄한 옷을 입은 채 태왕의 뒤를 따라 모습을 드러낸 탓이었다. 그들 가운데서 구부는 그녀를 향해 양팔을 벌려 보이며 당당히 외쳤다.

"단청, 보아라! 나의 군대다!"

"예?"

"이들이 바로 나의 장수들. 천하를 상대로 싸워 이겨낼 영웅들이다. 어떤가, 참으로 위풍당당하지 않으냐?"

"아."

"고구려 제일의 무사, 고구려 제일의 풍수사, 고구려 제일의 학자, 아니 화가인가? 그리고 고구려 제일의 도굴꾼. 여하튼 모두가 둘째가라면 통곡할 인물들이야. 나와 함께 싸워줄 인재 중의 인재들이다."

당황했던 그녀의 눈이 구부의 소개를 따라 그 꾀죄죄한 인물들을 죽 훑으며 점차 부드러워졌다. 함께할 사람들을 얻었구나. 그녀는 법당 지붕 처마 끝으로 눈길을 던졌다. 과거 한 없이 외로워 보이던 구부를 품에 안으며 중얼거렸던 말들을 떠올리며 그녀는 웃었다. 세상 어디에도 엮일 수 없는 사람이라 생각했던 그가 데리고 나타난 사람들이란 또한 하나같이 남과 어울리지 못할 괴짜들이었다.

"어울리십니다."

홀로도 지금까지 누구보다 위대한 업적을 세워온 구부였다. 이제 조력자들까지 얻었으니 무엇도 거칠 것이 없으리라. 그리 생각하며 단청은 진심을 담아 마음속으로 구부의 승리를 축원했다.

"그리고 보여줄 것이 하나 더 있는데."

구부는 단청의 손목을 잡아끌었다. 법당 바깥까지 그녀를 끌고 나선 그는 손가락을 들어 내성이 있는 쪽을 가리켰다.

"아."

내성에는 수십 명의 도공(圖工)들이 기둥과 담장마다 색을 칠하고 있었다. 무늬. 다섯 가지 색깔이 서로 얽힌 채 푸른 듯 붉은 듯 묘한 빛깔을 띠고 있었다. 그녀가 모를 리가 없었다. 틈날 적마다 법당에 그려 넣던 그녀의 무늬였다. 단청무늬, 구부는 그러한 이름을 붙이겠노라며 혼인을 들먹였었다. 문득 발갛게 달아오른 낯빛을 감추려 그녀는 고개를 숙였고 구부는 가만히 그녀의 어깨를 잡아 품에 안았다.

"호(好)! 역시 여인(女)과 사내(子)가 붙으면 좋기만 하구나!"

젊은 선비가 어느새 종이에 두 사람을 그려 넣으며 외치고 있었다.

〈7권에 계속〉